UN FLIC DE L'INTÉRIEUR

Georges Moréas

UN FLIC DE L'INTÉRIEUR

Edition°1

Elles ne sont
vraiment pas belles,
les personnes qui
ont raison.

Charles Cros.

A mes amis.
Aux flics.
Ce sont souvent
les mêmes.

Première partie

LA BRIGADE DU TIGRE

CHAPITRE PREMIER

Trois heures déjà qu'on était en planque (1) dans ce vieux quartier de Levallois. Il est presque onze heures du soir. Les lumières des fenêtres des H.L.M. de la cité voisine se sont éteintes après le film de la télé, comme des lampions de 14 juillet après les derniers flonflons de la fête.

C'est l'heure cafardeuse. L'heure où l'on se demande à quoi on joue et pourquoi on fait un tel boulot. Quinze jours que nous recherchons ce type. On y a déjà passé des heures, des nuits et deux week-ends. Là, devant le domicile de sa maîtresse, on attend maintenant sa sortie hypothétique. Encore faut-il que le tuyau soit bon et qu'il soit bien venu passer la soirée chez elle.

Au fait, qui s'intéresse à ce voyou, si ce n'est nous et quelques collègues de services concurrents ?

Près de moi, Hubert dort, la bouche légèrement entrouverte. Une petite bulle s'est formée à la commissure de ses lèvres et un léger sifflement semble sortir du plus profond de sa gorge. Son cigare à embout plastique, qu'il mâchonne continuellement, est tombé sur sa braguette. Il est tranquille, Hubert. Vingt ans qu'il fait ce boulot et il ne

(1) Voir lexique p. 303.

se pose pas de questions. Pas de problèmes métaphysiques pour lui, il est flic et se sent bien dans sa peau de flic. Il roupille, relaxe, mais si notre gus sort, si ça se met à chauffer, instantanément il sera lucide et prêt à bondir.

Je me dis que les deux autres, Patrick et Jacques, doivent somnoler également dans leur R5 trop petite pour leur gabarit. J'approche le doigt du bouton radio pour vérifier, puis renonce. A quoi bon les embêter ? Eux aussi bondiront à la première alerte.

Je tente de me caser du mieux possible sur le siège inconfortable, et bien sûr non réglable, de la voiture que nous a confiée l'Administration, et ferme les yeux.

Cinq ans maintenant que j'étais chef du Groupe de répression du banditisme du Service régional de police judiciaire de Versailles, la fameuse Brigade du Tigre du feuilleton de la télé, créée par Clémenceau pour lutter contre la bande à Bonnot. Sept ans que j'étais commissaire de police. J'étais entré dans cette profession par lassitude, ne pouvant plus supporter une vie trop plate, attendre vainement des aventures qui n'arrivaient jamais. Sans doute aussi pour satisfaire un rêve de gosse, qui avait dû naître avec les nombreux romans policiers que j'avais avalés dans mon adolescence.

Il y a longtemps que je n'en lisais plus. Quand un rêve est devenu réalité, il faut changer de rêve.

Pendant des années, ça avait été l'un de mes plaisirs, un polar et une tablette de chocolat. Je me mettais au lit sans manger, et n'éteignais ma lampe que la dernière page tournée. Ma mère venait me voir vers minuit. Elle se couchait toujours très tard. Elle ouvrait doucement la porte de ma chambre et, voyant que je ne dormais pas, rouspétait pour la forme, avant de m'embrasser tendrement sur le front.

Quand on est jeune, on ne se rend pas compte de l'amour que peut contenir le baiser d'une mère, et combien il peut vous manquer, vingt ans plus tard.

Un souvenir en entraînant un autre, je me mis à penser à mon copain d'enfance. Qu'était-il devenu, René ? Comme moi, enfant de la rue, avec des « vieux » toujours au boulot, nous avions eu une jeunesse mouvementée tous les deux. Pas loin de ceux qu'on appelait à l'époque les « blousons noirs ».

Avec l'ascendant et l'autorité que lui donnaient ses deux ans de plus que moi, il m'avait fait faire les quatre cents coups. Puis, une fois, on était sans doute allés un peu trop loin. Difficile pour un gosse de distinguer ce qui est légal de ce qui ne l'est pas. Il peut distinguer le bien du mal, mais ce sont des notions très subjectives, et les mots qui font vibrer ses cordes sensibles ne sont pas les mêmes que pour les « grands ». Ceux-ci ne pensent que « justice » et lui pense « injustice ». Dans ce monde de robots, les gosses sont de plus en plus isolés et incompris. Un jour, la révolte grondera pour ne plus savoir ce que pensent nos enfants.

Ma bêtise ne devait pas être si terrible pourtant, puisque aujourd'hui je ne m'en souviens même plus. Mais mon père s'était fâché. Certain que je finirais mal, il m'avait traîné au commissariat de police, en me disant :

— Si tu dois aller en prison, autant que ce soit tout de suite, avant que tu ne fasses des choses trop graves.

Je m'en souviens comme si c'était hier. Le bureau du commissaire était sombre et crasseux. Il sentait la pipe froide et une vague odeur de rance, prenante et indéfinissable. Assis sur le bord d'une chaise, n'osant bouger de peur de faire le moindre bruit et d'attirer l'attention sur moi, j'avais vécu comme dans un rêve cette scène où l'on avait parlé de moi à la troisième personne du singulier.

Le commissaire, d'un âge indéterminé, avait écouté mon père en nous regardant alternativement, par-dessus des lunettes en demi-lune qui lui donnaient une expression malicieuse. Il avait posé de nombreuses questions, puis, après avoir tenté de me démontrer la gravité de mon « méfait », m'avait fait signer d'un air sévère, une feuille dactylographiée, sans me donner le temps de la lire.

Ensuite, il m'avait regardé longuement et, à ma grande surprise, m'avait souri. Pas un sourire supérieur ou moqueur, non, un sourire simple et gentil. Il s'était levé, se prenant plus ou moins les pieds dans le fil du téléphone qui pendouillait le long de son bureau et se tordait à terre comme un serpent mort. Il avait fait quelques pas dans la pièce avant de se planter devant moi.

— Ecoute bien, petit, m'avait-il dit, tu as fait une grosse bêtise. C'est très grave. Ton père a eu raison de t'amener ici. Mais tu es jeune et je vois bien que tu regrettes, alors je vais te faire une proposition. Tu veux bien ?

Mes yeux brouillés de larmes ne m'avaient rendu qu'une image floue, aux contours imprécis. Aucun son ne voulant sortir de mes lèvres desséchées qui s'agitaient vainement, j'avais hoché la tête affirmativement.

— Je devrais transmettre ton dossier au juge, et peut-être irais-tu en prison, mais... je ne le ferai pas. Je vais le classer dans ce coffre, que tu vois là. Si tu ne fais plus d'histoires, si je n'entends plus parler de toi, eh bien, je le brûlerai, je te le promets. Tu es d'accord ?

— Oui, Monsieur, avais-je répondu faiblement.

La leçon avait porté, et sans être un enfant exemplaire, je m'étais efforcé d'adopter une conduite plus morale. Après l'armée, quand je m'étais retrouvé seul et désargenté dans Paris, après avoir goûté bien des métiers, j'étais retourné dans le petit commissariat du quartier de mon enfance. J'avais demandé à voir le commissaire.

On m'avait fait asseoir sur un banc. Les lieux étaient les mêmes, tristes et sales, avec cette odeur indéfinissable que j'aurais reconnue entre toutes. J'avais regardé ces policiers, allant et venant devant moi, échangeant des réflexions sur leur travail ou leur famille. J'avais essayé de m'identifier à eux, comme un chien à la recherche d'un maître. Une atmosphère mystérieuse, forte et virile, m'avait entouré et, sans savoir pourquoi, j'avais aimé cette ambiance. J'avais admiré et envié ces hommes. J'avais eu envie d'être des leurs.

Un jeune homme, guère plus âgé que moi, s'était approché. « Je suis le commissaire », avait-il dit. Ainsi, il n'était plus là le vieux flic de mon enfance. C'est vrai, tant d'années étaient passées. Sans doute était-il à la retraite. Peut-être même était-il mort. J'avais balbutié quelques excuses, avant de ressortir, contrarié et un peu triste.

Je m'étais assis à la terrasse d'un café voisin et, longuement, j'avais regardé sans vraiment les voir, ces gens qui entraient et sortaient, et qui tous semblaient avoir un but et des occupations importantes. « Et toi, m'étais-je dit, que fais-tu de ta vie ? A quoi sers-tu ? Où vas-tu ? A quoi peux-tu être utile et à qui ? Qui a besoin de toi ? »... Rien ! L'horizon de ma vie était vide, désespérément vide. Une envie folle de participer à cette activité avait surgi en moi. Mettre fin à cette monotonie, à ce train-train qui ne menait nulle part. Participer ! J'avais eu envie de participer et de me donner, sans savoir exactement à quoi et à qui.

C'est ce jour-là que j'avais pris ma décision. Je serai flic.

— Réveillez-vous, Patron !

Hubert me secoue par le bras. Il a replacé son cigare éteint entre ses dents et le mâchonne nerveusement.

— Je crois bien que c'est notre mec qui vient de sortir.

En même temps, la voix de Jacques se fait entendre à la radio.

— C'est lui ! Il mate de partout !... Voilà, il se dirige vers une Mercedes verte.

Hubert a déjà mis le moteur en marche.

— Je le vois, dis-je en reprenant la direction des opérations. Attention les gars, on va y aller ! Attendez !... Maintenant !... On y va !

Roger Delbourg (1), malfaiteur recherché pour une dizaine de braquages et aussi pour avoir tiré sur des flics, trois semaines auparavant, n'eut même pas le temps de mettre la main sur le 9 mm qu'il portait à la ceinture.

Plaqué au sol, étourdi d'un coup de crosse qui lui a largement entamé le cuir chevelu, il se retrouve menottes dans le dos avant d'avoir eu le temps de comprendre et de réagir.

— Quelle heure est-il ? Cinq heures !

J'ai fait la question et la réponse. Je prends Hubert à part.

— Ecoute, on ne fait pas de perquisition. Tu ramènes le client au service et tu commences à l'entreprendre sérieusement. Je vais garder la bagnole, j'ai encore quelque chose à faire.

Hubert fait passer son cigare de gauche à droite en me lançant un regard surpris. Dans notre boulot, la perquise, c'est ce qu'il y a de plus important après l'arrestation.

(1) J'ai dû modifier les noms de quelques-uns des protagonistes de ce récit, pour des raisons faciles à comprendre.

Pourtant, il ne me pose aucune question. Il dit simplement :

— Fais gaffe, Patron !

— T'inquiète pas ! Fais plutôt gaffe de ne pas salir la bagnole, il pisse le sang de partout, ton mec.

Je lui lance une grande bourrade amicale avant de m'engouffrer dans ma voiture, à l'intérieur de laquelle se mélangent intimement les odeurs de cigare éteint, de jambon et de bière, vestiges un peu écœurants à l'heure du café, de notre repas d'hier soir.

CHAPITRE II

Peggy vint m'ouvrir la porte presque tout de suite. Elle habitait un coquet deux-pièces à Neuilly, près de l'hôpital Américain. Comme d'habitude en entrant chez elle, un certain malaise m'envahit. Pourtant, elle était plutôt sympa, mais les putes et les pédés m'ont toujours indisposé. Et Peggy, c'est un peu les deux à la fois. Plus exactement, c'est un transsexuel.

Il y a quelques mois de ça, un collègue, avec qui elle avait fréquenté la Fac de droit d'Assas cinq ou six ans plus tôt, me l'avait présentée en me disant qu'elle avait besoin d'un coup de main, mais qu'elle pourrait renvoyer l'ascenseur. Je lui avais rendu de petits services, et l'on s'était bien entendus. Elle m'avait raconté sa vie et mon seul mérite avait été en fait de savoir l'écouter.

Après une jeunesse assez tourmentée, Peggy, au prénom impossible de « Jules », s'était aperçue que malgré les apparences et son état civil, elle se sentait femme. A partir de ce jour, elle avait tout fait pour camoufler son sexe, le renier, et même l'oublier complètement. Elle avait suivi sans le savoir, la démarche de tous les hommes dans son cas. D'abord simple travestie, elle s'était ensuite fait faire des injections massives d'hormones féminines, pour finalement finir dans une clinique marocaine. Elle en était revenue privée de ses attributs masculins, transformée en une « vraie » femme, du moins en était-elle persuadée. Mais ensuite, ce fut peut-être encore pire pour elle. En France, un homme n'a pas le droit de choisir son sexe, ni avant la naissance, ce qui est normal, ni après. Il y a même une loi qui punit le simple fait de se travestir en public. Dans l'impossibilité de trouver du boulot, elle commença par michetonner, tant pour se procurer de l'argent que pour se prouver sa féminité. Puis rapidement, elle se fit prendre en main par le patron d'une boîte de nuit des Champs-Elysées et devint, sans même s'en rendre compte, une vraie professionnelle du bitume. Une gagneuse, à la botte d'un julot qui lui prenait ses gains et lui donnait des raclées quand la comptée n'était pas suffisante.

Maintenant, elle voulait s'en sortir, et elle comptait un peu sur moi pour ça. Elle voulait que je la tire du Milieu qui l'avait accrochée et qui ne la lâcherait pas facilement.

C'est elle qui m'avait donné Delbourg. Elle m'avait dit :

— Tous les flics le recherchent, moi je sais où il tombe. Il passe au moins une soirée par semaine chez sa nana. Je te donne son adresse, mais à une condition, tu le sautes dehors et tu ne mets pas les pieds chez sa souris. C'est la fille avec qui je tapine et c'est une amie.

J'avais promis sans poser de questions. La loi du Milieu à laquelle doivent parfois se soumettre les flics. Les truands sont souvent des gens infects et sans pitié. Ils sont capables pour arriver à leur fin des pires dégueulasseries, mais quand ils donnent leur parole, il est rare qu'ils ne la tiennent pas. C'est la seule morale qui leur reste mais, à la différence de bien des honnêtes gens, au moins y sont-ils fidèles. Le flic se doit d'avoir le même code d'honneur. Sans une certaine identité, il n'y a pas de compréhension, et sans compréhension, notre boulot deviendrait impossible.

Maintenant, après l'arrestation de Delbourg, je revenais voir mon indic, pour lui dire que tout s'était passé comme convenu et que j'avais tenu parole.

— C'est fait, lui dis-je en entrant.

Peggy ne me posa aucune question. Elle prit le téléphone et appela son amie. Elle justifia son appel par un prétexte futile et, aux excuses qu'elle bafouilla, je devinai que sa correspondante ne devait pas être jouasse d'avoir été réveillée à pareille heure. Elle raccrocha en s'excusant à nouveau.

— Tu vois, lui dis-je, elle n'est même pas au courant.

— Je savais que je pouvais te faire confiance.

Je refusai le whisky qu'elle me proposait, et tandis qu'elle s'en servait un grand verre, malgré l'heure matinale, j'admirai sa grâce et sa souplesse. « Nom de Dieu ! me dis-je, elle est encore plus féminine qu'une femme. » Seuls ses avant-bras et ses poignets, peut-être un peu trop musclés, pouvaient faire planer un doute sur la nature de son sexe originel.

Elle s'assit dans le fauteuil face au mien, découvrant très haut ses cuisses dans leur intimité.

Elle surprit mon regard et, d'un ton amusé, me demanda :

— Tu veux voir ma chatte ?

Je secouai la tête de gauche à droite, d'un air gêné.

Elle écarta un peu plus les jambes et il me fut impossible de ne pas remarquer qu'elle était nue sous son peignoir.

— Ça suffit, dis-je en me levant. N'oublie pas que je suis ton ami, et non l'un de tes clients et n'oublie pas non plus que je suis flic.

— C'est vrai, je n'oublie pas. Je te fais juste un peu

marcher. Tu sais, je compte sur toi pour m'aider à me sortir de cette merde, et d'ailleurs je paie d'avance. Je t'ai filé un bon tuyau et je vais t'en filer encore un bien meilleur. La super affaire, crois-moi. Mais ça ne me plaît pas de servir d'indic, rappelle-toi que je veux m'en sortir et que je veux devenir une vraie femme, libre, honnête. Je veux me marier et même… avoir des enfants.

Devant mon air ahuri, elle ajouta en riant :

— D'accord, les enfants, je les adopterai.

Un ange passa. C'est elle qui rompit le silence.

— Tu connais Robert Lereste ?

— Bien sûr, de nom.

Tous les flics chargés de la répression du banditisme connaissaient ce mec. Lereste, dit « Le Gros », était un ancien de l'équipe des « trois canards ». Composée de truands notoires, cette bande de malfaiteurs avait acquis, dans les années 65-70, une place prépondérante dans le milieu parisien et avait réussi à impressionner aussi bien les voyous que les flics, tant leur cruauté était devenue légendaire. Dans le bar qui leur avait donné son nom, des dizaines d'hommes, concurrents ou pigeons, avaient été séquestrés, torturés et finalement exécutés d'une balle dans la tête.

— Alors voilà, ajouta-t-elle, Le Gros est mon mec et je vais te le donner.

En arrivant au service, je ne me sentis pas vraiment en forme : j'étais sale, barbu et j'avais besoin de sommeil.

Je grimpai l'escalier cradingue jusqu'au cinquième étage. Sous les toits, c'est toujours là qu'on les mettait, les flics chargés de la lutte contre le banditisme. Comme si on en avait honte.

En arrivant sur le palier, un peu essoufflé, je tombe sur Robert, un inspecteur athlétique, un peu facho, dont la seule passion est une splendide collection d'insignes nazis et d'armes de tous genres. Un bon flic au demeurant, toujours disponible et prêt à tout, à condition que ce ne soit pas trop intellectuel. Pour l'instant, il se livre à son passe-temps habituel qui consiste à tirer avec un pistolet à plombs sur les vitres des bureaux désaffectés situés en face, de l'autre côté de la cour. Attentif à sa visée, il ne m'a pas entendu venir. Je lui file un coup d'épaule en passant et son plomb va se perdre dans la fenêtre du chef de l'Identité judiciaire. Tout con, il me regarde.

— Salut Robert ! lui dis-je. Ça va ? Excuse-moi, je ne t'avais pas vu.

Et je pénètre dans le bureau d'Hubert, sans attendre sa réponse.

Notre client est là, le bras droit tendu vers l'arrière, accroché par une paire de menottes au tuyau du radiateur. La chaise sur laquelle il est assis est en équilibre sur les deux pieds arrière et il se trouve dans l'impossibilité de la poser d'aplomb. Il doit faire un effort continuel pour ne pas tomber à la renverse. Il est tout blanc et des gouttes de sueur perlent sur son front. J'ai l'impression que ça doit faire un moment qu'il est dans cette position. Je l'ignore complètement.

Hubert est à la batteuse.

— Salut, Patron, me fait-il.

Il me regarde d'un air un peu ironique. Il a les traits tendus et une barbe de 24 heures qui lui mange les joues. Ses yeux sont injectés de sang.

Je le connais, mon gars. Il a sa tête de gagnant. Sûr qu'il vient de remporter le combat contre Delbourg. C'est comme ça qu'il prend son pied, Hubert, dans la pratique des interrogatoires difficiles. Souriant ou méchant, poli ou grossier, menaçant et même parfois un peu plus, il se place toujours un rang au-dessus de son adversaire et ne laisse jamais percer ses intentions. Il est imprévisible dans ses réactions et ses « clients » se demandent toujours ce qu'il va faire, incapables de jauger ses limites. Et ça lui réussit, je crois que je ne l'ai jamais vu échouer. D'un type au départ dur comme un roc, il arrive toujours à tirer quelque chose.

Badinter, Arpaillange et les théoriciens auront beau raconter ce qu'ils veulent et écrire des articles dans *Le Monde,* ils n'y changeront rien. La vérité des rapports entre un truand et un flic n'est pas dans les livres — et encore moins dans la réforme du Code Pénal. On nous parle toute l'année de la suppression des Q.H.S. (1), de la réinsertion des condamnés, de la limitation du pouvoir des policiers. Pourquoi pas ? Mais il faut bien, aussi, dire les choses comme elles sont : un truand est un truand. La seule chose qu'il comprenne, admette, et même respecte, c'est la force. S'il sent en face de lui un adversaire déterminé, puissant, soutenu, dont il ne peut saisir ni les limites ni les possibilités, alors il n'a aucune honte à plier. Il devient d'un seul coup plus perméable à bien des arguments, on peut toujours discuter entre hommes. Et comme toujours, quand le dialogue s'installe, même s'il ne s'agit que de flics et de voyous, la moitié du travail est déjà faite.

— Alors ?

Hubert me répond en mâchonnant son bout de plastique. Il est tellement fatigué et énervé que je ne comprends rien à ce qu'il dit. Je me plonge dans les procès-verbaux, tandis qu'il continue à malmener sa bécane.

Pas de problème, Hubert a fait du bon boulot. Delbourg

(1) Voir glossaire p. 299.

a reconnu sa participation à tous les braquages dont on le soupçonnait. Bien entendu, il n'a pas nommé ses complices, qu'il « ne connaît pas » et, bien entendu aussi, ce sont eux qui ont tiré sur les flics.

La « négociation » a dû être difficile et Hubert a été obligé de faire le « cadeau de garde-à-vue » : minimiser le rôle du malfrat pour obtenir ses aveux. Ce qu'il ne savait pas, notre truand, c'est qu'on n'avait rien contre lui. Pas le plus petit début de preuve. Sans ses déclarations, il tombait pour port d'arme et dans deux mois, il était sorti. C'est vrai que, vu la personnalité du bonhomme et la perméabilité de nos prisons, il sera peut-être dehors avant.

Savez-vous pourquoi les plus grands truands, ceux qui devraient être en principe les plus surveillés et les mieux gardés, arrivent à s'évader si facilement ? C'est que leur renommée impressionne les flics, les pandores, les matons et les magistrats. Même s'ils s'en défendent.

Moi, j'ai arrêté Mesrine. Moi, j'ai gardé Besse. Moi, j'ai inculpé Sulak. C'est *mon* affaire. Voilà ce qu'ils se disent, tous, dans leur tour d'ivoire. Ce qu'ils ne disent pas, c'est que s'ils ne s'étaient pas tirés la bourre entre eux, Mesrine, par exemple, aurait été arrêté beaucoup plus vite et ne se serait pas évadé tant et tant de fois. Ça aurait peut-être sauvé la vie à une douzaine de ses victimes et évité d'en faire un héros. Je ne juge pas les collègues qui ont abattu Mesrine, il l'avait mérité cent fois, je dis que la police s'est déconsidérée en se substituant à la Justice, même avec sa bénédiction.

Tiens, la Justice ! Parlons-en ! Mettez-vous à la place de ce petit juge de province. On lui apporte un dossier sur un vol de voiture ou un petit braquage. Rien de bandant. Attention, le principal suspect est Sulak, celui dont toute la presse parle. Ça change tout. Quelle importance d'un seul coup ! Quelle belle affaire sur laquelle il passera des heures et des jours, négligeant bien souvent pour cela le meurtre crapuleux de la petite vieille, dont personne ne parle, ou bien le casse chez votre voisin, dont tout le monde se fout.

Et pendant ce temps, nos héros sont baladés aux quatre coins de France pour satisfaire le petit juge et la dizaine de ses collègues dans le même cas. Et chaque fois, des pandores différents l'escortent, chaque fois des matons différents le gardent et chaque fois des journalistes différents en parlent et prennent des photos.

Quelle importance ! Quel événement !

Puis un jour, au revoir et merci ! Exit Mesrine, exit Besse, exit Sulak. Il y a comme ça quelques douzaines de truands, dont on ne classe jamais les dossiers, même quand ils sont arrêtés.

Je jetai un coup d'œil sur Delbourg. Il me regarda. Ses yeux un peu trop brillants ne montraient aucune animosité. Il est fréquent que les « beaux » voyous aient de l'estime pour les poulets qui ont réussi à les sauter. La garde à vue dans ce cas prend souvent une importance fondamentale. Le truand est en confiance. Il est « entre hommes ». Il peut se laisser aller à des confidences, qu'il ne fera à personne d'autre. Bon nombre de garde à vue, à l'échéance des 48 heures, se terminent par une sincère poignée de mains entre le flic et le voyou, accompagnée souvent d'une cartouche de cigarettes glissée sous le bras, l'air de rien.

C'est le contact de gens qui baignent dans la même ambiance, connaissent les mêmes personnes, fréquentent les mêmes lieux, aux mêmes heures, parlent le même langage, mais n'en restent pas moins de farouches concurrents. Pas des ennemis.

— Comment vous avez fait pour me trouver, me demanda-t-il ?

— Bof ! La routine.

— Je pensais bien ne plus jamais me faire piquer... du moins vivant.

Il marqua un temps d'arrêt.

— En plus par des poulets de Versailles...

— Tu es à la première, mon gars. La Brigade du Tigre. Mais tu vois, on est doux comme des agneaux.

— Ça me serre, dit-il, en désignant les menottes d'un mouvement de menton

Je m'approchai. Sa main droite était bleue et légèrement gonflée. Je demandai les clés à Hubert et lui desserrai légèrement son bracelet d'acier.

Au début ça m'avait choqué d'accrocher des types après les tuyaux des radiateurs. Je m'étais vite rendu compte qu'il était indispensable de les immobiliser, sinon c'était prendre le risque de les voir se lancer tête la première contre une armoire. Ce qui dans le meilleur des cas amenait une suspension de la garde-à-vue et bien souvent une plainte de l'avocat du suspect pour coups et blessures volontaires. Pas rare alors que le Parquet ouvre une enquête. Et allez donc prouver que le gars s'était fait ça tout seul. Mais je me disais quand même que l'administration aurait pu prévoir un système pour attacher nos clients. Puis un jour dans un commissariat moderne, j'avais vu des anneaux scellés dans les murs, justement destinés à cet usage. Ça m'avait choqué. Sans savoir pourquoi, j'avais trouvé déplacés, avilissants même, ces colliers de ferraille qui faisaient ressembler le bureau du policier à une étable. Finalement, je préférais encore « nos » tuyaux de radiateurs.

Je laissai Hubert terminer sa procédure.

En sortant du bureau, je saluai hypocritement le chef de l'Identité judiciaire qui s'engueulait vertement avec Robert.

Faut dire qu'il en avait bien pour six mois avant que sa vitre ne soit remplacée, et encore, à condition de faire un rapport tous les quinze jours.

Bardon posa son bouquin sur un coin du bureau. Il n'aimait pas être surpris en train de lire et en général planquait rapidement son livre quand il entendait quelqu'un s'approcher de la porte. Je le savais. Aussi avais-je pris garde de ne pas faire de bruit. J'étais entré en même temps que je frappais.

Bardon, c'est le chef de la section criminelle. Entré très jeune dans la police, il avait jeté sa gourme en montrant des qualités d'homme d'action. Ses collaborateurs l'avaient baptisé « le commissaire aux yeux bleus ». Entraîné malgré lui dans l'affaire Markovic, il avait vu autour de lui ses collègues sauter les uns après les autres, déplacés ou virés selon les cas. Il avait su tirer son épingle du jeu et c'était à présent le seul survivant « administratif » de cette affaire merdique. Il avait payé pour apprendre le mal que pouvaient faire les médias, quand ils s'emparent d'une enquête policière et tentent de l'exploiter à des fins politiques. Il en avait gardé une haine farouche de tout ce qui rappelle, de près ou de loin, les journalistes.

Agé maintenant d'une quarantaine d'années, il s'était un peu tassé et avait renoncé à l'action pour assumer des responsabilités plus importantes. Il le faisait d'ailleurs fort bien. Toujours passionné par son métier, il était devenu le plus beau théoricien de la Police judiciaire, et ses excès verbaux étaient devenus légendaires.

C'était un chef enrichissant avec qui il était bon de discuter et qui savait déléguer ses pouvoirs et prendre ses patins. Malgré ses allures un peu snobs de bourgeois qui a mal tourné et ses vouvoiements tous azimuts, je l'estimais beaucoup.

Je lui rendis compte sommairement de l'affaire de la nuit et des résultats obtenus. Il apprécia en connaisseur et ne me posa aucune question sur l'origine de mes informations. De toute manière, je ne lui aurais pas indiqué. J'omettais également, d'ailleurs, de lui parler des nouveaux tuyaux que m'avait donnés Peggy.

J'avais compris depuis longtemps qu'une affaire dont on parle à l'avance est une affaire avortée. Comment voulez-vous garder un secret, si vous n'êtes pas foutu de conserver le silence vous-même ?

Mon bureau était couvert de papiers. J'avais pris un sacré retard ces derniers jours. Il me fallait absolument mettre le nez dans toute cette paperasse. Je jetai un coup d'œil aux journaux, en m'attardant sur les faits divers. Pas grand-chose d'intéressant. Un nouveau règlement de comptes à Nice, mais ça devait faire le vingtième en deux ans. Et cette année 77/78 était bien partie aussi.

J'hésitai à passer un coup de fil à mon ami d'Europe 1 pour l'informer de l'arrestation de Delbourg, puis renonçai. Après tout, ce n'était pas à moi d'informer la presse.

Quelle naïveté à cette époque ! Je n'avais pas encore compris qu'un grand flic est celui qui sait faire parler de lui. Nos ministres, nos chefs de cabinets et directeurs, ne lisent guère la montagne de télex, messages et rapports de toutes sortes qu'ils reçoivent chaque jour. Par contre, ils se jettent sur la revue de presse et la décortiquent minutieusement. Ils veulent savoir ce que les gens « peuvent » savoir. A croire que leurs décisions ne sont prises qu'en fonction des réactions provoquées dans l'opinion publique.

Certains collègues l'avaient parfaitement compris. Je pensais à une affaire récente, une prise d'otage dans une banque parisienne. Le Patron nous avait mis en « état d'alerte » ; ce qui ne veut pas dire grand-chose. Ça arrivait parfois, lors d'un événement exceptionnel dont on ne pouvait prévoir le dénouement et susceptible de nécessiter rapidement une action importante. Dans la pratique, ça se traduisait le plus souvent par de gigantesques parties de cartes dans les bureaux, accompagnées d'un casse-croûte improvisé.

Cette fois-ci, j'avais demandé que l'on participe plus activement. Le S.R.P.J. de Versailles étant compétent sur toute la grande couronne parisienne, il encercle géographiquement la préfecture de police, dont l'activité se limite à Paris et aux trois départements de la petite couronne. On m'avait concédé l'autorisation de placer des véhicules radio sur les principaux axes sortant de la capitale, de manière à pouvoir prendre le relais d'une éventuelle filature en direction de la province. C'était déjà pas si mal.

Il y avait quand même un problème, c'est que ces deux services utilisent des matériels radio complètement différents, avec des fréquences définitivement incompatibles. La P.P. « travaille » dans la bande des 400 Mhz et nous dans celle des 80. Nous étions donc sourds et aveugles. Je décide d'aller sur place en observateur, de manière à suivre le déroulement des opérations et à tenir ainsi mes gars informés.

Sur le terrain, il y a les deux brigades anti-gang, la B.R.I. et l'O.C.R.B. Je me mêle incognito au dispositif.

Ça parlemente, ça hésite, les truands demandent une importante somme d'argent pour libérer leurs otages, et une voiture pour s'enfuir. Finalement, ils obtiennent les deux et sortent en se protégeant derrière deux femmes, calibre sur la tempe. Leur voiture démarre, poursuivie par une escouade de véhicules des deux services.

Ils ne vont pas loin. Au bout de cinq minutes, leur voiture percute celle d'un parlementaire en vadrouille. Tout le monde s'arrête. Les bandits, leurs otages, l'élu du peuple, par obligation et la meute de poulets à quelques dizaines de mètres. Les flics se posent des questions, hésitent, tergiversent, attendant des instructions qui ne viennent pas. Les malfaiteurs, plus pragmatiques, ne se bilent pas. Ils descendent de voiture et commencent à arroser leurs poursuivants à l'aide de fusils à pompe. Les collègues les plus proches sont ceux de l'O.C.R.B. Ils ripostent. Derrière, les ordres sont contradictoires. Qui dit : « Ne tirez pas, il y a les otages », qui, trop loin pour viser correctement, tirent par réflexe, sans trop savoir pourquoi.

Des secondes qui durent des heures. Puis l'un des ravisseurs tombe. L'autre lève les bras en l'air. Tout le monde se précipite. Un ou deux coups de feu claquent encore. Qui a tiré ? Personne ne le sait. Une équipe s'est jetée sur le deuxième voyou et lui passe une raclée avant de lui « passer les pinces ».

Un policier exulte : « Je l'ai eu ! A 50 mètres ! » Moi qui n'ai pas participé à l'action, je regarde le commissaire Broussard, le chef-adjoint de la B.R.I., avec consternation. Comment peut-on être assez vantard pour penser avoir fait mouche avec un simple revolver à 50 mètres, la nuit ? Et même si c'était vrai ! Peut-on se réjouir d'avoir tué un homme, même s'il le mérite cent fois ?

Je rêve d'une société où ce ne serait pas la loi qui interdirait la peine de mort mais simplement la raison que personne ne voudrait tenir le rôle du bourreau.

Le lendemain, tous les journaux reprenaient l'exploit de la B.R.I. et de son chef opérationnel. Ce n'est que quelques jours plus tard, après « réclamations » comme à l'arrivée d'un tiercé, que justice sera rendue aux hommes de l'O.C.R.B. C'était bien eux qui avaient tué le truand. Ils en avaient parfaitement le droit, car leur voiture, la plus proche de l'action, avait été criblée de balles. Le téléphone me tire de l'assoupissement qui m'avait gagné.

— Merde ! Il va être temps que j'aille me coucher.

C'est justement le commissaire Pellegrini, le chef-adjoint de l'O.C.R.B. Il n'est pas content, Charles, il vient d'apprendre l'arrestation de Delbourg alors que ses sbires se cassent les dents dessus depuis plusieurs mois.

C'est vrai que j'aurais dû le prévenir. D'abord parce que je savais que son service travaillait dessus, ensuite parce que l'O.C.R.B. est chargé de centraliser toutes les informations en matière de grand banditisme.

Je lui explique vaguement qu'il s'agissait d'une affaire ponctuelle et que je n'avais eu le temps d'aviser personne. Je savais qu'il ne me croyait pas. Je ne pouvais quand même pas lui dire que je n'avais pas voulu voir débarquer ses gars sur ce coup-là. « Nom de Dieu ! me dis-je, c'est vrai qu'on l'a arrêté sur le ressort de la P.P. »

Deux minutes plus tard, le téléphone sonne à nouveau. La secrétaire du Patron me fait savoir qu'« il » veut me voir immédiatement. Le bureau du Boss est au 2e étage. Je descends sans me presser, comme on va au charbon, me disant que ça va être ma fête.

La porte est ouverte, comme à l'habitude.

Michel Guyot est assis derrière son immense bureau, un téléphone dans chaque main. C'est un petit homme d'une cinquantaine d'années, solide et râblé, d'un abord très facile et d'une spontanéité parfois déroutante pour un grand chef de police.

Ancien patron d'une brigade territoriale de la P.P., il passait à l'époque pour un bon poulet, et ses collaborateurs l'avaient surnommé amicalement « Michel les Bretelles », à cause d'énormes bretelles de couleur, qu'il portait en permanence.

Il ne les porte plus depuis longtemps, mais le surnom lui est resté. C'est un homme de valeur, qui a su réorganiser le S.R.P.J. après que celui-ci ait été transféré de Paris à Versailles.

Les mauvaises langues disaient que la préfecture de police, dont le blason s'était un peu terni après l'affaire Ben Barka, avait profité de la cagade provoquée par l'enquête sur l'affaire Markovic, pour éliminer un service par trop concurrentiel. Le fait est que le Service régional de police judiciaire de Paris, l'ancienne 1re Brigade mobile, héritière directe de la Brigade du Tigre, était devenu d'un trait de plume, le Service régional de police judiciaire de Versailles. Il perdait du même coup sa compétence territoriale sur Paris et la petite couronne, laissant la place nette à ses concurrents de toujours.

C'était pour moi, nouveau poulet, un peu de l'histoire ancienne. Je ne voyais pas trop l'avantage qu'il pouvait y avoir à se tirer la bourre entre services de police, et je me disais que les « vieux » devaient radoter un peu, comme d'anciens combattants, quand ils parlaient de ce temps révolu, avec des trémolos dans la voix.

Pourtant, je m'étais rapidement rendu à l'évidence, les collègues de la préfecture de police n'étaient pas tout à fait des collègues. Ils se prenaient souvent pour des superpoulets et regardaient avec condescendance leurs petits cousins de province, comme ils disaient. J'ai bien peur qu'une génération ne soit nécessaire avant que ça ne change.

En tout cas, « Michel les Bretelles », bien que venant de la P.P., avait su se faire admettre rapidement. Il avait fait du très bon boulot, et après un flottement d'un an ou deux, *son* service était reparti de plus belle. C'était maintenant l'un des meilleurs de France.

Il me fit signe d'entrer, en me lançant un regard irrité et en raccrochant l'un des téléphones.

— Oui, Monsieur le Procureur !... C'est ça !... Nous l'avons interpellé au petit matin.

— ...

— Oui, bien sûr ! Mais vous savez ce que c'est... un jeune policier plein de fougue... Oui, un peu trop de zèle peut-être.

— ...

— Oui ! D'accord, Monsieur le Procureur... Merci ! Au revoir !

— Alors, me dit-il, en raccrochant son deuxième téléphone, vous voyez dans quel merdier vous m'avez mis ? Le Préfet de police ! Le Procureur de la République ! Le Directeur central ! J'ai tout le monde sur le dos. Qu'est-ce qui vous a pris de monter cette opération sans prévenir personne ?

— Je...

— Taisez-vous ! Vous n'avez aucune excuse. Vous êtes chef, donc responsable. Je ne veux pas que ça se reproduise, sinon je prendrai des sanctions. Vous devez impérativement respecter les règles du... de la P.J., compris ?

Il avait failli dire les règles du jeu. Je hochais la tête, n'osant rien dire, sachant que sur le principe, il avait cent fois raison. J'accrochais son regard. Ses yeux étaient bienveillants et semblaient exprimer exactement l'inverse de ses paroles.

Il est parfois difficile d'être le patron.

CHAPITRE III

Plusieurs jours s'étaient écoulés. Les choses s'étaient tassées. En ce lundi matin, j'entamais ma semaine de permanence. La permanence consiste à faire son boulot normal, plus le boulot des autres quand ils ne sont pas là. C'est-à-dire essentiellement le midi, le soir, et surtout la nuit et le week-end. En fait, une semaine non-stop. C'est au cours de ces permanences, qui se répètent parfois à raison d'une semaine ou deux par mois, que l'on peut visiter toute la région Ile-de-France, surtout de nuit.

Celle-ci avait bien commencé. La nuit du lundi, j'avais eu un pseudo-crime à Chartres. Après quelques heures, nous avions démontré que ce jeune militaire, retrouvé mort dans la salle de bains de ses parents, s'était tout simplement étouffé en voulant connaître le spasme suprême. Il s'était collé un bout de sparadrap sur la queue, avec une gaze sur la partie la plus sensible, voulant ainsi retarder au maximum son éjaculation. Puis, il s'était mis la tête dans un sac en plastique, noué autour du cou. Et enfin, il s'était lié les mains derrière le dos à l'aide d'une fine cordelette qu'il avait passée dans le lien qui lui enserrait le cou. Je ne sais pas s'il avait joui, mais en tout cas, il n'avait pas réussi à se détacher assez vite. Il s'était étouffé bêtement, dans son sac. Ses parents avaient eu beaucoup de mal à admettre que leur fils chéri était un barjo qui aurait sans doute fini par faire la sortie des écoles maternelles.

La nuit suivante, une bande de manouches avait organisé un rodéo dans l'Essonne. Bilan : quatre stations-service attaquées, trois voitures incendiées et le double viol d'un couple d'amoureux. Ils n'avaient pas fait de jaloux, en se tapant les deux, l'un après l'autre.

Puis une nuit calme, quatre ou cinq coups de téléphone seulement.

Le jeudi, un petit voyage à Poissy. Vous connaissez le cimetière de Poissy à trois heures du matin, quand le thermomètre se balade autour de zéro ?

Vous laissez votre voiture devant la grille et vous prenez l'allée de droite. Si vous avez de la chance, un léger clair de lune éclaire votre chemin et balance sur les murs les ombres des croix qui s'agitent comme des fantômes silencieux. Les branches des arbres chantent au rythme du vent. Vos dents s'entrechoquent. Le froid, bien sûr. Là, vous êtes en condition ?

Au fond du cimetière, une baraque : c'est la morgue. Je pousse la porte d'un air dégagé. La lumière blanche des néons nus me saute au visage, en même temps qu'une odeur trop forte d'antiseptique. Je marque un temps d'arrêt. Une autre odeur, plus sournoise, prenante et écœurante, commence à m'envahir. Une odeur qui vous met l'imagination en marche. Sur la table, un corps plié en quatre, attaché avec une grosse corde, dans une position qui pourrait être lubrique, si ce n'était son état de décomposition et sa couleur marron foncé qui lui enlèvent toute apparence humaine. Des lambeaux de sous-vêtements féminins tentent de cacher une nudité qui n'en a plus rien à foutre.

Garcia, l'inspecteur principal, chef de la Sûreté urbaine,

que je connais un peu, me lance un « bonjour, Patron » qui me fait sursauter. Dans le même temps, il arrête de farfouiller dans son cadavre et me tend une main un peu trop franchement ouverte. Pas encore vraiment réveillé, je la saisis avant de réaliser. Il se marre un bon coup, content de sa blague.

— Sale con ! Tu ferais mieux de me raconter.

— Sans rancune, de toute façon, il va falloir vous salir les mains. Bon, je vous résume : on l'a repêchée vers 18 heures, dans la Seine. J'ai fait un petit croquis de l'endroit exact. A priori, il s'agit d'une femme relativement jeune, entre 20 et 30 ans, pas de traces de blessures apparentes, mais les bêtes lui ont bouffé la moitié du visage. Rien pour l'identifier, si ce n'est ces bouts de vêtements et une alliance.

Je regarde « la femme ». Le corps est brun, presque noir par endroits, comme momifié. Le buste est quasi entier, par contre les membres ne sont qu'un magma inconsistant, qui recouvre en partie les os. La tête ressemble à une tête de mort typique, telle qu'on la voit sur les pavillons des pirates, ou telle que les gosses la dessinent sur leur cahier de classe. Elle rit de toutes ses dents. Le cadavre est trop vieux pour sentir vraiment mauvais et l'odeur que j'avais remarquée est inhérente à cet endroit, à moins qu'elle ne soit le fruit de mon imagination. Je jette la cigarette inutile que j'avais allumée avant d'entrer. Le seul moyen pratique de masquer un tant soit peu l'odeur insoutenable d'un corps en décomposition.

Je fais le tour de la table. La femme porte en effet une alliance à la main gauche. Quelle est ton histoire, ma belle ? Pute, victime d'un règlement de comptes ? Epouse, victime d'un mari jaloux ? Jeune fille victime d'un sadique ? Ça va pas être facile de le savoir.

— Si vous l'avez repêchée à 18 heures, pourquoi diable nous avoir prévenu si tard ?

Un peu embarrassé, Garcia répond :

— Ben, moi, j'étais sur un accident de la route, je n'ai été avisé que vers 20 heures. On n'y voyait rien, puis avec ce froid de canard... alors j'ai demandé aux pompiers de ramener le corps ici.

— Et l'I.J. ?

— Ben, le gars de l'I.J. finissait les constates sur l'accident et puis vous savez, il n'y a que trois véhicules au commissariat. Un qui est en réparation, celui que j'ai et le 3e...

Je l'interrompis d'un geste, je savais ce qu'il allait me dire : la 3e bagnole, la meilleure, c'était le commissaire qui s'en servait. Je l'avais déjà entendu cent fois.

— Alors, y'a pas de photos ?

— Ben... non !

— Et le commissaire ?

— Il était en tournée d'huissier. Il a terminé très tard. J'ai pu le joindre vers 9 h 30. Il m'a dit d'avertir le Proc. Il m'a fallu plus d'une heure pour pouvoir le joindre et tout ça pour m'entendre dire qu'il saisissait la P.J.

— Et maintenant, ils font tous dodo et nous, on est là comme des cons.

Cette affaire démarrait plutôt mal. A ce moment, Félix fit son apparition. Petit bonhomme à l'esprit un peu tordu, Félix était inspecteur à la crime du S.R.P.J. C'était un bon flic.

— Salut, tout le monde, lança-t-il en posant sa serviette et sa bécane sur la table où se trouvait la victime.

— Bonjour ! Vous êtes tout seul ?

— Euh ! C'est-à-dire, Pierrot a la grippe et je n'ai pas pu joindre Manu.

Les groupes d'enquêtes de la section criminelle sont

composés de 3 ou 4 gars qui travaillent tous ensemble, sur les mêmes affaires.

— Et Bruno ? Il vient pas ?

Bruno lui, c'est le spécialiste de l'I.J. de permanence pour tout le S.R.P.J.

— Il peut pas venir maintenant, il travaille depuis hier soir avec les gars d'Argenteuil sur un casse qui a été commis chez un gros ponte de la ville.

Tout en parlant, Félix avait enfilé une paire de gants en caoutchouc et tripotait le corps. Moi, bien sûr, je n'avais pas de gants. J'hésitai un peu, puis me décidai à lui donner un coup de main. Il me dit :

— Rien pour l'identifier. Il faudrait lui prendre ses empreintes mais je n'ai pas le matériel. De toute manière, je crois que ça servirait à rien, elle est trop « vieille ». La seule chance serait de lui faire un « gant de peau ».

Faire un gant de peau est une méthode qui consiste à prélever la peau de chaque doigt en le « décalottant » complètement. Ensuite, la peau est enfilée sur un support, en laboratoire, et les spécialistes peuvent travailler dessus. C'est un boulot de technicien. Félix ajouta :

— Si on ne le fait pas maintenant, après il sera trop tard. Le fait qu'elle ne soit plus dans la flotte va accentuer le phénomène de décomposition et..

— ... et on est marron ! Tu parles comme un livre.

Les mains pendent sous les avant-bras, semblant seulement retenues par quelques lambeaux de chair. Je regarde Félix. Comprenant ce que je voulais faire, il plisse des yeux derrière ses lunettes.

— Allez, sors tes sacs, dis-je.

Je prends délicatement la main gauche du macchabée et commençe à tirer doucement. Ça ne vient pas. Je tire plus fort puis fais pivoter la main plusieurs fois dans chaque sens.

— Merde ! Ça tient bon !

J'attrape finalement le poignet de la défunte à pleines mains et tire de toutes mes forces. La main se détache brusquement. Un morceau de chair « m'éclabousse » le visage. J'ai un haut-le-cœur. Quelle saloperie ! Rapidement, j'attrape l'autre main et l'arrache de son avant-bras. Je place les deux menottes dans les petits sacs bleus que me tend Félix.

— Ecoute, Félix ! Tu fais les constates sur le corps et tu le fais transporter à l'I.L.M. Au petit jour, tu vas sur place, où on l'a trouvée. Tu fais un topo des lieux et t'essaies de trouver des témoins.

— D'ac !

— Moi je rentre, je préviens le médecin légiste pour l'autopsie et je t'envoie l'I.J.

Je claque la porte derrière moi et respire une grande bouffée d'air frais. Le cimetière me paraît maintenant moins lugubre. Je me dirige vers ma voiture, mes deux petits sacs sanguinolents à la main.

A 9 heures, j'arrive au service. M'étant dit qu'il était trop tard pour retourner me coucher, je m'étais arrêté chez Christiane. Christiane, une grande fille brune de 22 ans que j'avais rencontrée en faisant un jogging dans le parc du château de Versailles. Je m'étais d'un seul coup découvert de plus grandes aptitudes physiques ; et, au bout de quelques jours, nous en étions à un autre sport, beaucoup plus agréable.

Elle m'avait ouvert la porte, complètement nue, et s'était engouffrée à nouveau dans son lit, après un rapide baiser. Gardant en mémoire l'arrondi de ses hanches, accentuées par la minceur de sa taille, je m'étais dévêtu rapidement. Après un moment d'hésitation, j'avais renoncé finalement à la rejoindre comme ça. Il fallait que je me débarrasse de cette puanteur qui me poursuivait. J'étais bien resté au moins dix minutes sous la douche bouillante.

Quand je m'étais allongé près d'elle, elle dormait à nouveau. Tout en sentant son jeune corps souple, chaud et parfumé tout contre le mien, l'image d'un autre corps m'avait poursuivi. Dommage que je n'ai pas eu de goûts morbides.

Je montai à la salle des transmissions. Le jeune stagiaire qui finissait sa nuit, me dit :

— On a essayé de vous joindre partout, Patron. On a été saisi d'un meurtre dans l'Yonne. Comme la crime était sur l'affaire de Poissy, j'ai pris sur moi d'envoyer la permanence du G.R.B.

Je le félicitai pour son esprit d'initiative. Il ajouta :

— Ce n'est pas sur leur circonscription, mais l'O.P.J. de permanence au commissariat d'Auxerre nous a quand même fait un message. Tenez ! Mais c'est les pandores qui ont fait les premières constatations.

Le télex disait que les motards avaient trouvé un cadavre en bordure de l'autoroute, un peu avant la bretelle de la sortie d'Auxerre. Plusieurs balles dans le corps, d'après le premier examen effectué sur place par les gendarmes. Suivait l'état-civil probable du mort, relevé sur une carte d'identité italienne trouvée sur lui.

Je m'assis sur un coin de table, entre les deux pupitres qui permettaient d'assurer l'écoute du trafic-radio de la Police judiciaire et de la Sécurité publique, et commençai à rédiger le message sur l'affaire de Poissy à la Direction et au procureur de la République, compte rendu habituel pour toutes enquêtes criminelles. Dans la foulée, j'en rédigeai un plus succint sur le cadavre d'Auxerre, d'après les premiers éléments fournis par le commissariat. Si les papiers trouvés sur lui étaient les siens, le type était de nationalité italienne. J'hésitais un peu. Devais-je faire un B.C.N. maintenant ou attendre d'avoir plus d'éléments ? Le B.C.N. est le Bureau central national, le correspondant de l'O.I.P.C., autrement dit Interpol. Chaque pays affilié à cet organisme international, dont le siège est à Saint-Cloud, près de Paris, a ainsi son bureau national. Le responsable du B.C.N.-France est le Directeur central de la police judiciaire, et toutes les correspondances, échanges d'information ou demandes d'assistances, doivent donc passer par son canal.

A Paris, chaque section de la Direction ou chaque Office central est spécialisé dans un certain type d'infractions : crimes de sang, banditisme, proxénétisme, stupéfiants, affaires politiques ou financières, et possède donc par conséquent un petit groupe d'inspecteurs qui assurent les enquêtes ou, le plus souvent, servent de boîte aux lettres. Inutile de dire que ça ne fait pas plaisir à tout le monde, et notamment à la préfecture de police et à la gendarmerie. Cette dernière a d'ailleurs récemment mis sur pieds un service plus ou moins parallèle qui n'a rien de légal ni d'officiel, mais qui existe bel et bien. « Ça » augmente les risques de bavures, mais puisque les autorités ferment les yeux, c'est que « ça » doit être bien. Dans ce cas précis, ma demande devait passer par la 5e section, si l'on considérait qu'il s'agissait d'un crime, ou par l'Office central pour la répression du banditisme, si l'on envisageait qu'il pouvait s'agir d'un règlement de comptes entre voyous.

Finalement, je rédigeai un petit message laconique demandant aux autorités italiennes tous renseignements possibles sur leur ressortissant, qui répondait au nom de Rumi Giovanni. Pour éviter la curiosité que suscite toujours les affaires de banditisme, je l'adressai à la 5e section. C'était probablement un règlement de comptes, mais je n'étais pas obligé de le savoir.

Le téléphone s'arrêta de sonner au moment où j'ouvrais la porte. Je m'assis lourdement dans le fond de mon fauteuil et posai les pieds sur la pile de dossiers qui s'accumulaient sur mon bureau.

Je fermai les yeux un moment. Le téléphone sonna à nouveau. C'était Hubert. C'est encore lui qui était parti sur cette affaire d'Auxerre.

— Bon ! Voilà Patron, me dit-il, le type a été trouvé vers dix heures hier soir, par deux motards de la gendarmerie. Entre parenthèses, ils ne sont pas contents d'être dessaisis. A priori, trois balles dans le dos et le coup de grâce dans la tête. Du 11,43, on a retrouvé les douilles. Le type était bien sapé, genre julot. Il avait sur lui des bijoux de valeur et pas mal d'argent. Ça sent le règlement de comptes à plein nez. Il faut me laisser l'affaire, Patron. C'est du banditisme.

Je le coupai pour lui rappeler que les homicides étaient du ressort de la crime et pas du G.R.B. Les S.R.P.J. sont composés de deux sections, une section financière et une section criminelle. Cette dernière comprend deux sous-sections ou groupes, le Groupe criminel et le Groupe de répression du banditisme. En général, l'affectation des dossiers ne pose pas de problèmes, car la répartition se fait automatiquement, sauf pour les règlements de comptes. Faut-il considérer que ce sont avant tout des homicides ou du banditisme ? Difficile de trancher. Dans la pratique, c'était le plus souvent la Crime qui les prenait. Ce n'était pas toujours mieux et, en tout cas, ça ne me satisfaisait pas du tout.

Hubert reprit, agacé :

— On a fait les constates et le corps est parti à l'I.M.L. Autopsie vers midi. Vous nous rejoignez ?

— O.K. ! Je viendrai, à tout à l'heure.

A première vue, ça ne lui donnait pas non plus entière satisfaction.

En sortant du bureau, je tombai sur Jean-Pierre, l'un de mes chefs de groupe, qui justement me cherchait.

— Patron, on vous a attendu, tout à l'heure.

Merde ! J'avais complètement oublié l'opération qui était prévue ce matin.

— On a quand même fait les perquises chez Dureck. Ça n'a pas été tout seul. Sa femme nous a fait une crise de nerfs. On a été forcés de l'embarquer aussi. Le problème, c'est qu'il y avait deux gosses de trois et cinq ans. On a été obligés de se transformer en nurses avant de les confier à un centre, mais ils ne peuvent les garder que quelques heures. Le lascar ne dit rien. C'est un vrai mur. Mais le tuyau était bon, on a trouvé trois calibres et des faux fafs.

Jean-Pierre n'était pas O.P.J., il ne pouvait donc pas faire de perquisitions tout seul. Seuls les officiers de police judiciaire, habilités par la cour d'appel, ont le droit d'effectuer des actes que l'on appelle coercitifs, telles les perquisitions ou les mises en garde à vue. Il me tendit les P.V. que je parcourai rapidement et que je signai contre le mur.

Quatre O.P.J. seulement pour tout le G.R.B. Aussi était-il fréquent que je prenne à mon nom des procès-verbaux pour des actes auxquels je n'avais jamais participé. Ça m'avait déjà valu quelques ennuis, mais comment faire autrement ? Quatre O.P.J. pour trente-cinq gars ! Je lui signai également deux P.V. en blanc pour les gardes-à-vue avant de descendre au deuxième faire mon rapport de la nuit.

Le sous-chef était absent et la porte du patron était fermée. Ça voulait dire « ne me dérangez pas ». Je décidai d'aller me taper un petit déjeuner au troquet situé en face de la Brigade.

Le chef des stups était là, en train de s'enfiler sa dizaine de bières matinales. Un type sympa, un peu aigri. On disait qu'on l'avait mis au rancard, parce qu'il s'était fait un petit garçon dans une affaire de toxicomanes.

Je lui offris une autre bière et m'installai devant deux œufs au plat. Il en profita pour s'asseoir face à moi et me raconter les derniers potins de la Direction.

Je l'écoutai à peine. Je me foutai bien de savoir si un tel avait eu de l'avancement avant tel autre, et de toutes ces histoires de mutation et paniers à crabes. Je l'abandonnai au milieu d'une phrase. Il me restait presque deux heures avant d'aller à l'I.M.L. J'avais le temps de passer chez moi.

Il y avait un petit mot sur la table de la cuisine, tracé d'une main malhabile : « Papa, je t'ai fait du café. Je t'embrasse. Hélène. » A côté se trouvait le bulletin de notes.

C'était pas brillant. Ni le café, ni les notes. J'étais vraiment un mauvais père. Elle avait douze ans, ma fille, et je ne l'avais pas vu grandir. Elle était née juste au moment où j'entrais dans la police. A part les premières années, passées tranquillement comme inspecteur à la

D.S.T., avec des horaires de fonctionnaire, ça avait toujours été l'enfer et un emploi du temps impossible.

Je pense, ma grande, qu'un jour tu m'en voudras beaucoup de ne pas avoir été un bon père et tu te ficheras pas mal de savoir si j'ai été un bon flic.

Ma femme s'était fait une raison. Mais je culpabilisais tellement vis-à-vis d'elle que, petit à petit, je m'en étais détaché. En fait, je n'avais pas de vie de famille. Je n'avais pas de foyer conjugal. J'étais un homme marié et père de famille menant une vie de célibataire. Une vie de bâton de chaise. Une vie de con.

Ça ne peut pas continuer, m'étais-je dit, il va falloir faire un choix entre la famille et le boulot.

Il y a longtemps que j'avais choisi.

CHAPITRE IV

J'étais à la bourre. La morgue avait son odeur habituelle, faite de désinfectant et... du reste. Dans le couloir, la dizaine de macchabées quotidiens était alignée sur des chariots. Nus et plutôt beaux, avec cet air majestueux que possèdent seuls les morts. Dans un coin, « ma noyée », toujours ficelée, ressemblait de loin à une statue de bois, comme on en voit parfois dans les églises.

Dans la première salle, le « Chinois » était en train de découper le cuir chevelu d'un patient. Le mot convenait d'ailleurs bien à ce genre de clients. Pendant ce temps, le docteur Deponge, le médecin légiste, sortait un à un les organes internes du thorax. Il les posait au fur et à mesure dans une sorte de bassine, après les avoir examinés méticuleusement.

Hubert se tenait un peu en retrait. Je lui touchai la main. Parlant instinctivement à voix basse, je lui demandai où il en était. Il me montra deux petites boîtes, dans lesquelles se trouvaient deux balles de gros calibre et plusieurs sachets en plastique contenant des bijoux et des papiers.

Le Chinois avait maintenant complètement dégarni le cuir chevelu du défunt. Il attrapa le bord et, doucement, tira le tout sur le visage. Le crâne apparut rond et rosé, presque obscène. Il introduisit une tige de fer dans l'orifice d'entrée de la balle, ainsi découvert, et tâtonna un peu.

— Voyons un peu, dit le toubib en s'approchant, par où est-elle ressortie ?

Il sonda doucement la blessure. La tige finit par apparaître au niveau de l'oreille droite. La balle était ressortie par le conduit auditif, mais le trou était quasi invisible.

L'inspecteur de l'I.J. prit des photos de la tête ainsi traversée de part en part par la sonde. Cela me fit penser à une scène de music-hall, quand on voit le prestidigitateur traverser la malle avec son sabre.

Le Chinois posa la scie à peu près au milieu du front et commença à scier. Le bruit de l'instrument était insupportable. Le toubib remit tous les organes en vrac dans le trou béant de la poitrine et rabattit tant bien que mal le poitrail. En s'essuyant les mains sur un torchon rougi, il me dit :

— J'ai examiné grossièrement votre noyée ; après cinq ou six mois dans l'eau, on ne verra pas grand-chose. On va la découper tout à l'heure, puis on la passera aux rayons X. J'ai quand même remarqué une légère trace autour du cou. Pas impossible qu'elle ait été étranglée, mais je ne pourrai sans doute pas vous le mettre dans mon rapport. Trop d'incertitudes.

Tandis qu'il me parlait, je me souvins d'un seul coup que j'avais oublié les deux mains dans le coffre de la voiture.

« Pas la peine de s'être donné tant de mal », pensai-je avec une grimace.

— Dites-moi, Docteur, il faut qu'on essaie de l'identifier, vous pourrez nous faire une description complète de sa dentition, ainsi que des radios de la mâchoire et du haut du corps ?

— Pas de problèmes.

Le bruit de la scie s'arrêta et le Chinois récupéra dans sa main gauche le haut de la boîte crânienne. Il le mit sur la table et plongea ses mains à l'intérieur pour en retirer la moitié du cerveau qui y était accroché et qu'il prit comme un curé prend l'hostie à l'élévation. Il posa le tout délicatement dans un petit plat de fer blanc. Le légiste l'examina puis retira l'autre partie se trouvant encore dans la tête. Il l'étudia en se tournant vers la lumière du jour, avant de la déposer dans le même plat.

Je regardai ce trou béant qui avait été le crâne d'un homme puis détournai les yeux. C'était tellement irréel que ce n'était même plus effrayant. « Grand-guignolesque », me dis-je. Sans ajouter un mot, les gants dégoulinants de sang et de déchets divers, le toubib se dirigea vers l'autre pièce où son second assistant lui avait déjà préparé le travail sur un autre client.

Le Chinois, après avoir replacé la calotte crânienne, remontait doucement la peau le long du visage. Les cheveux reprirent leur place et le cadavre une allure humaine. C'était un homme d'environ 25 ans, plutôt beau gosse et complètement inconnu.

Je sortis avec Hubert. Dehors, on respira un bon coup et je l'invitai à casser la croûte au bistrot d'en face. Devant un demi de bière et la bouche pleine de son sandwich aux rillettes, Hubert me fit le point.

— Pas grand-chose à dire, Patron. Ce type, on l'a exécuté. Sur lui, une montre Piaget en platine et diamants, une chaîne en or, une bagouze ; plutôt des bijoux de julot. Une carte d'identité italienne qui semble authentique et 15 000 balles en billets de 500 F tout neufs. Les gendarmes, comme d'habitude, avaient tout tripoté et piétiné partout. Pas de traces, pas de témoins.

Il marqua une pause.

— Cette affaire, faut me la laisser, Patron, parce que...

Je l'interrompis :

— Ça va, laisse tomber, cette affaire, on va se la garder. Par contre, ma morte de Poissy, je vais la refiler au groupe criminel.

— Il y avait aussi ça dans une poche, me dit-il en souriant et en me tendant un petit papier jaune.

C'était un reçu de pressing.

— Connard, va ! Allez, viens, on y va.

Madame pressing reconnut immédiatement le portrait sur la photo polaroïd que lui présentait Hubert. Je me dis que si elle l'avait vu à la morgue, il y avait maintenant deux heures de ça, sûr qu'elle ne l'aurait pas reconnu.

— Vous pensez, Monsieur l'Inspecteur, me dit-elle, un monsieur si gentil, si bien mis, avec des chemises en soie, dans ce quartier…

Je la coupai :

— Vous savez où il habite ?

J'avais volontairement évité d'employer le passé, pour ne pas l'effaroucher.

— Je crois qu'il habite l'ancien hôtel de... enfin, l'ancien hôtel meublé, à côté. Ils louent de petits appartements à la journée ou au mois. C'est juste à côté du tabac, au sept.

La gardienne, par contre, eut beaucoup plus de mal à reconnaître son locataire. Comme je commençais à me fâcher, menaçant de fouiller partout, elle devint plus compréhensive. C'est elle-même qui, finalement, nous conduisit à l'appartement de son client.

C'était un petit deux-pièces, gentiment meublé, dans le style rococo. Hubert partit chercher un voisin. En l'absence de l'occupant des lieux, et pour cause, il nous fallait en effet un deuxième témoin pour pouvoir effectuer la perquisition.

Pendant ce temps, je commençai à fureter un peu, sous l'œil attentif et réprobateur de la logeuse. Visiblement elle n'aimait pas les poulets.

Du tiroir de la table de nuit, je sortis un superbe 357 magnum flambant neuf et une boîte de cartouches. Il n'était pas blanc-bleu, notre client. En tout cas, il avait de quoi se défendre. Sûr qu'il avait dû penser avec nostalgie à son flingue, quand la première balle l'avait touché. Un calibre, c'est comme la ceinture de sécurité, ou bien on la porte tout le temps, ou bien c'est justement le jour où l'on fait l'impasse, qu'on a un accident. En guise d'accident, lui, il avait été servi. J'exhibai à la matronne ma découverte au moment où Hubert revenait, traînant un voisin grincheux derrière lui. A la vue de l'arme, il s'arrêta de rouspéter et se plaça près de la gardienne, ne sachant plus quelle position adopter. Tous deux devaient penser qu'ils auraient mieux fait d'aller au cinéma et que leurs ennuis ne faisaient que commencer.

J'enlevai les cartouches se trouvant dans le barillet et plaçai le tout sur la table.

Hubert, pendant ce temps, essayait d'ouvrir un attaché-case trouvé sous le lit. Ses yeux brillaient. Il savait... nous savions que s'il y avait quelque chose d'intéressant à découvrir dans cet appartement, c'était là-dedans.

La mallette était fermée à clé. Le voisin se dévoua pour aller chercher un grand tournevis. La petite valise, en matière plastique moulée, se défendit bien. Finalement, ce sont les charnières qui lachèrent en premier.

Hubert la posa sur le lit et l'ouvrit doucement sous l'attention générale. Après un long sifflement, il dit :

— Ça, Patron, c'est la belle affaire.

La valise était pleine de beaux billets de cent dollars en liasses épaisses comme des cahiers de cent pages.

Je m'assis sur le lit et réfléchis quelques secondes. C'était pas le moment de faire des conneries. Il fallait que tout soit fait réglo. J'attrapai le téléphone et appelai la Brigade. Je demandai que l'on m'envoie immédiatement le renfort de deux inspecteurs et de l'Identité Judiciaire. Nous aurions dû penser aux empreintes, mais c'était un peu tard, car nous avions déjà tout tripoté. Il fallait maintenant fouiller les lieux de fond en comble, compter les billets devant les témoins, faire les P.V. de perquisition et d'auditions. Il y avait du boulot et il fallait qu'il soit bien fait.

— Au fait, Hubert, on est bien en flag ?

— Oui, le Proc m'a dit qu'il n'ouvrirait une information que demain.

Bon ! Très important le flagrant délit. Ça nous permettait d'agir sur Paris sans avoir besoin de l'assistance de la P.P. Si une information avait été ouverte, nous aurions agi en exécution d'une commission rogatoire du juge d'instruction et, dans ce cas, il nous aurait fallu obligatoirement un O.P.J. territorialement compétent. C'était du formalisme, mais nous étions bien obligés de le respecter.

J'appelai néanmoins l'état-major du 36, pour leur signaler notre déplacement sur Paris, dans le cadre d'une enquête criminelle en flagrant délit. La routine.

Je devais me méfier des retombées. Assez d'ennuis comme ça.

Quand même, ils allaient faire la gueule, les collègues de la Crime, quand ils apprendraient ça.

CHAPITRE V

Le lendemain matin, contrairement à mes habitudes, j'arrivai tôt au service. Il fallait absolument que je parle au sous-chef de cette affaire d'Auxerre et du résultat de la perquisition, avant que tout le monde ne lui tombe dessus. « Il faut que je lui fasse une vente », me dis-je.

Bremond, que tout le monde appelait « Mémé », était un homme d'une cinquantaine d'années. Ancien spécialiste des affaires financières, il s'attachait à mettre la même logique dans les affaires criminelles. Ce n'était pas évident, car il n'y a personne de plus illogique qu'un truand. Tous les psy vous le diront. C'était un chef remarquable, pigeant très vite et sachant écouter. Mais une fois qu'il avait pris sa décision, rien ni personne ne pouvait le faire changer d'avis. Je l'avais déjà vu tenir tête à des directeurs ou des magistrats. Il n'avait pas cédé. Inutile de dire que sa carrière en P.J. s'était pour le moins ressentie de son caractère par trop entier. Pour réussir dans ce métier, m'avait dit un ancien, il faut deux qualités : une rigueur apparente et une souplesse réelle. Lui, il n'avait même pas la souplesse apparente.

Il n'était pas arrivé. En m'asseyant dans son bureau pour l'attendre, je me dis que je ne l'avais vraiment vu qu'une seule fois déconcerté et pour quelques instants indécis.

C'était dans l'affaire Hazan. Vous vous souvenez ce P.-d.g. du show-biz, enlevé lors d'un conseil d'administration ? Comme toujours en cas d'enlèvement, toutes les polices avaient été sensibilisées. La crime du 36 était saisie de l'affaire et la B.R.I. faisait de la fumée pour amuser la presse. Nous, les Versaillais, on faisait les bouche-trous. On était systématiquement embauchés dans ce genre d'affaire pour accomplir les tâches les plus ingrates, parfois sans même savoir à quoi ça pouvait bien servir.

Ce coup-ci, ça n'avait pas manqué non plus. Puis, un soir, vers 19 h 30, le big boss avait reçu un coup de fil d'Ottavioli, le chef de la Crime.

— Michel, lui avait-il dit, on a arrêté un suspect dans cet enlèvement. Il ne veut rien dire, mais on a trouvé sur lui un papier avec un numéro de téléphone, qu'il avait tenté de dissimuler. On l'a fait identifier. Ça donne une adresse à Tremblay-Le-Vicomte en Eure-et-Loir. C'est dans ton secteur, tu veux pas envoyer une équipe voir de quoi il en retourne ?

— D'accord, j'envoie le G.R.B.

Difficile pour lui de refuser. Il appelle son état-major, résume l'affaire et me demande d'aller sur place « vent-du-cul ».

Pas évident de trouver des volontaires. D'abord si la P.P. n'y va pas, c'est que c'est probablement une connerie, chacun en est persuadé. Ensuite, ce soir, il y a un match de foot à la télé. Je finis par récupérer six ou sept gars et l'on s'apprête à partir, quand Bremond m'accroche au passage et me dit :

— Tiens, je vais aller avec vous !

Peut-être le flair du flic ? Nous voilà partis à quatre voitures. Filant comme des fous et grillant tous les feux rouges. Il faut arriver avant 21 heures, heure limite pour pouvoir pénétrer chez un citoyen depuis la création du Code de procédure pénale.

Mémé prend l'opération en main. Seul dans ma voiture, je me contente de conduire et d'écouter la radio qui grésille. Il demande d'autres renseignements et notamment si les pandores ont été prévenus.

— Affirmatif, répond le haut-parleur. Le Patron les a prévenus personnellement en leur demandant de vous attendre à distance.

Mémé s'époumone dans le micro. Les gendarmes ne sont pas ses amis et il a déjà eu nombre de démêlés avec eux.

Au fil des kilomètres, le trafic radio s'intensifie. Ordres, contrordres, renseignements complémentaires et souvent inutiles, rectifications. Visiblement, des éléments nouveaux sont arrivés et l'affaire devient plus sérieuse. Puis un message que personne ne semble entendre et dont personne n'accuse réception signalant que la P.P. va se rendre sur place. Quand on donne un os à un chien, on ne lui reprend pas. J'imagine l'agitation qui doit régner au 36. La grosse machine est en branle. J'ai toujours été étonné par cette « maison », si efficace à Paris mais d'un fonctionnement lourd et administratif, dès que disparaissent les relents des boulevards périphériques.

Retardé par un poids lourd, qui n'en peut plus d'être doublé par de tels fous et qui klaxonne à tout va, j'arrive à un croisement pour voir Mémé remonter dans sa voiture et suivre une estafette de gendarmerie. Nous faisons quelques kilomètres à la queue leu leu, puis le fourgon s'arrête, tous feux éteints. Les quatre voitures qui se trouvaient derrière, dont la mienne, stoppent les unes après les autres. Deux gendarmes s'approchent de nous et, nous désignant une belle maison aux fenêtres éclairées, nous disent : « C'est ici. »

Nous sommes juste devant la grille d'entrée. Il est environ 21 heures. Le ciel est clair et étoilé. Une demi-lune se balade entre les arbres. Nous sommes dans une zone résidentielle dont la plupart des pavillons semblent inoccupés.

Le silence presque parfait est interrompu par la voix du Patron qui vitupère pour savoir où nous sommes. Le connard qui a laissé sa radio allumée fonce pour l'éteindre. Je prends le sous-chef à part pour lui demander ses instructions. C'est bon d'avoir quelqu'un pour décider à sa place. Il est un peu indécis et hésite entre les ordres qu'il a reçus, c'est-à-dire attendre les collègues de la P.P., et l'action immédiate que devrait entraîner notre arrivée intempestive. Je lui suggère de sauter les grilles et d'investir rapidement les lieux. Si l'otage est là-dedans, c'est la seule solution pour lui laisser une chance. Il hésite ! Je sais combien la décision est difficile à prendre. Il va à sa voiture et, à voix basse, transmet par radio un compte rendu fidèle de la situation. Pendant ce temps, je distribue les rôles. La maison est de plain-pied avec, semble-t-il, un étage mansardé. Elle se trouve au milieu d'un parc dégagé et de larges portes-fenêtres font face à l'entrée. Il doit bien y avoir 50 mètres à découvert. Pas facile de bénéficier de l'effet de surprise.

Mémé revient vers nous. Il n'a pas l'air content. Je suis sûr qu'il n'a pas réussi à obtenir d'instructions précises. Chez nous, c'est comme ça ; quand ça chauffe, les décideurs, on les trouve plutôt dans le bas de la hiérarchie. Combien d'affaires réussies (à l'issue desquelles on voit de grands chefs pavoiser devant les caméras de télévision) sont dues à l'initiative, sur le terrain, d'un petit inspecteur ?

Je le bouscule un peu.

— Faut y aller, Chef !

Maurice, vieil inspecteur divisionnaire, qui a commencé sa carrière avec lui, en rajoute :

— Si on n'y va pas maintenant, c'est foutu.

— Allez, dit-il, on y va !

En 5 secondes, le portail est escaladé et nous nous retrouvons dans le parc. Nous avançons doucement, chacun en direction de son objectif. Moi, je me dirige vers une porte-fenêtre largement éclairée. Maurice est juste derrière moi avec un P.M. J'entends son souffle dans mon cou, puis le bruit de la culasse de son arme qu'il actionne doucement. Je suis tranquille, avec lui en couverture. Il a des nerfs d'acier. La pièce semble vide. J'appuie doucement sur la poignée de la porte qui tourne sans difficulté. Je fais signe à mes co-équipiers et j'ouvre brutalement. Chacun fonce, qui à droite, qui à gauche, qui au premier étage. Rien, personne. Dans un coin, la télé marche en sourdine. Sur une table basse, deux verres sales, une bouteille de scotch et un cendrier rempli de mégots.

Tout le monde se retrouve dans la grande pièce, l'air désabusé. Personne ! On s'est gouré ! Je fais un nouveau tour rapide. Dans un coin, des matelas, par terre, ont l'air d'avoir servi récemment. Des couvertures en vrac, des fringues traînent un peu partout. Non, cette maison n'est pas catholique (ni cachère d'ailleurs).

— Allez, les gars, on refouille tout !

J'ai lancé ça comme ça. Il est bien plus de 9 heures, nous n'avons pas de témoins, nous ne sommes pas saisis de l'enquête sur cet enlèvement et nous ne savons même pas chez qui l'on est. Si le tuyau est naze, ou si l'on s'est trompé de baraque, ça va souffler. Il va y avoir des têtes qui vont tomber.

Mémé le sait. Il sait qu'il portera le chapeau. Il n'a rien

dit, l'air un peu las. Puis, d'un seul coup, son vieil instinct de poulet, un peu engourdi par la routine administrative et les tracas de la hiérarchie, reprend le dessus.

Il se dirige vers la cuisine. Je le suis. Rien de spécial. De la vaisselle qui traîne avec les restes d'un repas. Tout à coup, un petit bruit, comme un glissement, nous fait prêter l'oreille. On s'approche du fond de la pièce. Rien ! Mémé sonde le mur et me fait signe. Ça sonne creux. On se rend compte que la cloison masque une ouverture. Rapidement, on la fait sauter. Il y a là un petit réduit, tout sombre, de 2 mètres sur 3. A terre, un matelas et, dessus, un homme attaché par des chaînes, avec une grande cagoule noire sur la tête. Je m'approche et la lui enlève sans douceur excessive. Le type est terrorisé.

— Vous êtes Hazan ?

Il n'arrive pas à répondre.

— Vous êtes Hazan ? Nous sommes de la Police.

Et je lui balance ma carte sous le nez, sans même réaliser qu'il fait bien trop sombre pour distinguer quoi que ce soit.

— Oui, dit-il faiblement.

Nous le délivrons et le rassurons tant bien que mal. Pendant que Bremond va faire son compte rendu téléphonique, nous fouillons partout. Nos lascars ont dû se tirer par-derrière, à travers un champ labouré.

Le colonel de gendarmerie arrive peu après, très en colère, et commence à engueuler Mémé. Si on l'avait prévenu de l'importance de l'affaire, il aurait fait cerner tout le secteur et « personne n'en serait sorti vivant ». L'affaire serait terminée. J'en suis sûr. Le sous-chef réagit un peu vivement. Puis le ton baisse un peu et le colonel accepte de faire ratisser tout le secteur.

Bremond s'est repris et ses instructions fusent dans tous les sens. Le téléphone n'arrête pas de sonner. D'un seul coup, tout le monde se réveille. Les gus de l'Etat-major de la P.P. doivent avoir les glandes que ce soit le S.R.P.J. de Versailles qui ait délivré « leur » otage. Les instructions arrivent : le ramener immédiatement à Paris. Maurice s'en charge. Nous ne reverrons jamais plus Hazan. Ni Mémé, ni moi, ni aucun gars du G.R.B. ne seront invités au pot qu'il offrira pour remercier la police de l'avoir délivré.

Bof !...

Le sous-chef me tire de ma rêverie en entrant dans son bureau. Je me lève et, à son regard étonné, je devine que je lui ai serré la main un peu trop chaleureusement.

— Qu'est-ce qu'il y a ? me demande-t-il.

Je lui explique longuement le meurtre d'Auxerre, en entrant dans les moindres détails car il aime les choses précises. J'en rajoute un peu et, pour bien le sentir en phase, lui parle des bévues des gendarmes. Ils ont bon dos quand même. Puis, je lui sors un billet de cent dollars. En spécialiste, il l'examine longuement et dit :

— Je pense qu'il est bon.

Je lui lâche alors qu'on en a trouvé plein une mallette dans la perquise faite à Paris et, un peu hypocritement, je lui demande s'il ne faut pas tout refiler à la P.P. D'ordinaire, il bouffe successivement du gendarme et de la P.P. Ce matin, je lui ai offert les deux.

— Bon, ça suffit comme ça, dit-il, ces billets sont probablement le mobile du crime. C'est sûrement un règlement de comptes.

— Ah ! Vous pensez que c'est une affaire de banditisme ?

— Ça coule de source, d'ailleurs, puisque le G.R.B. a

commencé l'enquête, il n'a qu'à la continuer. Vous me tenez au courant.

Je l'aurais embrassé sur les deux joues. En remontant vers mon bureau, je m'arrête aux trans. Dans la pile de messages destinés au G.R.B., il y a la réponse des Italiens.

« *Individu abattu, probablement bien Rumi Giovanni, 26 ans, nationalité italienne, résidant habituellement à Lausanne (Suisse), recherché en Italie pour vols à main armée stop susceptible être en contact avec milieu international stop prière nous tenir informé.* »

Milieu international... Ils ont de ces pudeurs, les ritals. Ainsi notre gars est un mafioso. Je me sens des ailes en grimpant les escaliers, quand Pierrot me harponne :

— Patron ! Vous savez la noyée de Poissy ?

Je bouge la tête dans les deux sens. Oui, je sais, la noyée. Non, je ne sais pas la suite.

— Eh bien, on a fait passer un entrefilet dans les *Nouvelles de Versailles* et il y a un type qui s'est présenté. Il dit que sa femme a disparu, il y a six mois. Et vous savez quoi ?

A ma mine, il doit comprendre que je n'ai pas vraiment envie de jouer aux devinettes.

— C'est l'un des responsables des pompes funèbres du département.

Je m'assure qu'il ne me mène pas en bateau. Non, il semble sérieux. Je le suis jusqu'à son bureau. Un homme d'environ 35 ans, cheveux bruns, moustaches de la même couleur, bien fringué, l'air pas trop tranquille, est assis sur le bord d'un fauteuil.

Pierrot me présente comme son patron. En principe, l'enquête ne me regarde plus, puisque la crime est saisie. Je lui pose quelques questions qu'on avait déjà dû lui poser et jette un coup d'œil au dossier qui commence à s'étoffer sérieusement. La fille n'a, cependant, toujours pas été identifiée.

— C'est quand même bizarre, dis-je à Pierrot en ressortant. La femme de ce gus a disparu depuis six mois, on en trouve une à Poissy et il fonce ici pour voir si ce n'est pas la sienne. Rien que dans les Yvelines, des femmes assassinées, il doit y en avoir au moins quatre ou cinq par mois.

L'œil amusé, Pierrot suit mon raisonnement. Bien entendu, il a fait le même. Il est fréquent que l'assassin dont on découvre le crime, réagisse d'une manière ou d'une autre. Le besoin de savoir « ce que l'on sait ». Et puis, pour un flic, le premier suspect est souvent le bon. La déformation professionnelle. A force de fouiller dans les poubelles de la société, on ne voit plus que les ordures et l'on passe à côté des petites fleurs qui poussent aux alentours.

— Ton croque-mort, il est plutôt suspect, non ?

— Oui, c'est pas clair, son histoire. Je vais le mettre en garde à vue, pour les besoins de l'enquête... évidemment.

Hubert m'attendait dans mon bureau.

— J'ai fini la procédure, me dit-il, en me tendant une chemise relativement mince.

Je jette un coup d'œil sur les P.V. Il a tout fait à mon nom. La tradition des vieux flics veut que les actes judiciaires soient rédigés par le plus gradé. Je rouspète un peu pour la forme, flatté malgré tout, et signe le bas de chaque page.

— Tu as rendu compte au Proc ?

— Non ! C'est le rôle du chef !

Je décroche le téléphone et appelle le parquet de Sens. Je tombe sur un jeune substitut sympathique, qui m'écoute attentivement sans m'interrompre. Pas facile de se faire une idée sur un seul coup de fil.

— Très bien, Monsieur le Commissaire. Vous m'apportez la procédure et je fais ouvrir une information.

« Et hop là, me dis-je, nous voilà partis pour 250 bornes. » Hubert, qui avait pris l'écouteur, me propose spontanément d'y aller à ma place.

— Ça, je veux bien. Regarde ce bordel.

Sur mon bureau, les papiers continuent de s'empiler.

— Par contre, je n'ai pas de voiture.

— Tiens, tu prends la mienne, je n'en ai pas besoin.

Je lui tends les clés.

— Ah ! Au fait, dans le coffre, il y a deux petits sacs bleus. Tu les donnes à l'I.J. avant de partir.

Et je me plonge avec résignation dans la correction d'une dizaine de rapports d'ensemble, en imaginant sa tête quand il va prendre les sacs et s'apercevoir de leurs contenus.

Chaque affaire, en effet, donne lieu à la rédaction d'une synthèse complète de l'enquête. Parfois, trois ou quatre pages suffisent, mais pour les plus complexes, c'est un véritable roman. Ces rapports sont faits au brouillon par l'enquêteur, à son nom, quand il est O.P.J., au mien, quand il ne l'est pas. Il est indispensable de les lire attentivement avant de les faire frapper, pour corriger éventuellement les fautes d'orthographe ou de style, mais surtout interpréter les conclusions que vont en tirer les magistrats. En effet, ceux-ci n'auront dans la plupart des cas, pas le temps de lire l'intégralité de la procédure. Ils se contenteront de ce résumé, pour prendre leur décision de classement ou de poursuite. Il s'agit donc d'orienter la réflexion des magistrats dans le bon sens. Celui que l'on souhaite. Ainsi, le moindre petit doute dans une enquête préliminaire ou dans une enquête de flagrant délit, va amener la délivrance d'une commission rogatoire. Pour nous, l'obligation de recommencer l'enquête.

Sans entrer dans les détails, il est peut-être bon de rappeler qu'il existe trois sortes d'enquêtes de police. L'enquête dite « préliminaire » qui est laissée à l'initiative du policier, qu'il soit agent de police judiciaire ou officier de police judiciaire. L'officier de police judiciaire, pour posséder cette qualité, doit nécessairement avoir réussi aux épreuves d'un examen spécial. Avant d'être habilité par la cour d'appel, il doit obligatoirement avoir cinq ans de pratique professionnelle. Seuls les commissaires en sont dispensés et peuvent être nommés directement après leur sortie de l'Ecole supérieure de police de Saint-Cyr au Mont d'Or, près de Lyon. Cette enquête est non-coercitive, car elle ne permet pas les arrestations, ni même les perquisitions, sauf accord du maître des lieux. L'enquête dite de « flagrant délit » suit la commission d'un crime ou d'un délit et peut se prolonger durant le temps de « la rumeur publique », c'est du moins ce que dit à peu près le Code de procédure pénale, dans la pratique quelques jours, voire deux ou trois semaines. Elle est réservée aux seuls officiers de police judiciaire, qui disposent alors de tous les moyens légaux. Elle est placée sous le contrôle du procureur de la République. Enfin, l'enquête effectuée en exécution d'une pièce de justice, en l'occurrence une commission rogatoire délivrée par un juge d'instruction, qui est une délégation de pouvoir donnée par ce magistrat à l'officier de police judiciaire.

Entre parenthèses, il faut faire tomber une fois pour toutes le mythe du « mandat de perquisition ». Le mandat de perquisition n'existe pas. Si un flic se présente chez vous pour perquisitionner, il agit obligatoirement dans le cadre d'une de ces trois hypothèses. Donc, en « préli », il vous demandera votre accord écrit. En « flag », il s'en passera et usera, si besoin est, de la force pour accomplir sa mission. Sur « C.R. », il fera mention de l'existence de cette pièce de justice. La pratique veut qu'il « exhibe » la commission rogatoire, d'où sans doute la confusion avec un hypothétique mandat de perquisition.

Il faut quand même connaître ses droits. Mais la perquisition est un acte important laissé à l'initiative du policier, et il agit toujours dans l'une de ces trois hypothèses. Dans le cas contraire, il commettrait une faute lourde et engagerait sa propre responsabilité tant administrative que judiciaire.

La pratique consiste donc à présenter un dossier « bien carré » au magistrat, que ce soit le Proc ou le Juge, en « fermant toutes les portes », c'est-à-dire en répondant à l'avance à toutes les questions qui peuvent se poser. Une autre tactique consiste à « ne pas ouvrir de portes », autrement dit, à ne pas laisser les questions apparaître.

En apparence, les résultats sont identiques. Question de conscience professionnelle.

J'y passais deux bonnes heures, puis je portais mon paquet de copies au pool dactylo où trois filles tentent, à longueur de journée, de déchiffrer les gribouillis que nous leur présentons et essaient d'en faire quelque chose de propre. Je les salue. Gentiment, elles m'offrent un café. Il y a toujours du café dans les bureaux où travaillent des femmes. Je blague un peu avec elles, quand le téléphone sonne. « C'est pour vous », me dit Sylvie, en me tendant le combiné. Je m'en saisis, non sans jeter un regard intéressé dans son décolleté un peu trop profond.

— Ne quittez pas, c'est pour vous, me dit la standardiste.

— Allô !

Je ne reconnais pas la voix.

— C'est Peggy.

Le ton est faible et hésitant, comme entrecoupé de sanglots retenus.

— Que t'arrive-t-il ?

— Il faut que tu viennes. C'est grave. Ils sont venus et ils ont tout cassé. J'ai peur.

— Tu es chez toi ?

— Oui...

— J'arrive ! Ne bouge pas.

Je descends les escaliers en catastrophe, pour m'apercevoir une fois dans la cour que je n'ai pas de voiture.

— Merde !

Je me tape les 5 étages dans l'autre sens. Tous les bureaux sont vides. Je vais voir le chef de la Crime, mon copain Alain. Il me dit tout de go qu'il lui est impossible de me dépanner. Après avoir tourné un moment, je redescends dans la cour, bien décidé à emprunter la première bagnole qui me tombera sous la main !

Ce fut une vieille 4L de planque. Les clés sont sur le tableau de bord. En mettant le contact, je vois que l'aiguille de la jauge d'essence reste désespérément immobile.

— Merde ! Et merde !

Il me faut dix bonnes minutes pour trouver le préposé qui tape une partie de boules dans la cour désaffectée des anciennes écuries royales. C'est l'avantage d'être logé en l'Hôtel de Noailles, un lieu historique où, hélas, même la crasse est d'époque. Il arrive en rouspétant et me demande si j'ai des bons.

— Pas de bons, pas d'essence. Ce sont les instructions.

Je commence à avoir les glandes. Je lui dis que je vais en faire descendre et qu'il commence à faire le plein. Tout en faisant semblant de téléphoner, je lui fauche deux bons derrière son comptoir.

— Je suis bête ! J'en avais, lui dis-je en souriant et en les lui tendant.

Je passe la première et démarre dans un bruit d'enfer.

— Merde ! Le pot doit être mort. Tant pis.

Au premier virage, un autre bruit, venant de l'intérieur du véhicule me prévient qu'il doit y avoir de la casse.

— Qu'est-ce qui peut bien y avoir là-dedans ?

Une 4L de planque est une petite fourgonnette dont l'arrière est aménagé pour recevoir un gars, lequel va y rester parfois pendant des heures. Il y a la radio avec un casque pour une écoute discrète, un petit siège posé à même le sol, un petit chauffage à gaz et même un urinoir (pour homme seulement), dont jamais personne ne se sert. Ça fait des années que les services administratifs s'obstinent à mettre dans ces véhicules une sorte d'entonnoir rabattable, dans lequel on est sensé pisser. Vous voyez le tableau : le flic en planque discrète et super chaude, un œil derrière le rideau, son micro à la main et l'autre au niveau de la braguette. Ça ne rentrerait pas dans un film, ça ?

Je profite d'un arrêt pour jeter un coup d'œil à l'arrière. Il y a un appareil photo avec télé-objectif et deux talkies-walkies qui se baladent par terre. J'ai gagné ma journée.

Je stoppe sur un passage clouté et me gare sans douceur entre deux grosses voitures. Je m'extirpe de mon siège affaissé qui semble s'accrocher à la partie du même nom de mon individu (!). Je retiens la porte électrique que vient d'ouvrir un quidam et me précipite dans les escaliers.

Deuxième gauche, Peggy m'ouvre la porte. Elle est en peignoir de bain, le teint pâle et les cheveux dans tous les sens. Moins·gironde que d'habitude.

Sans un mot, elle se retourne et fait glisser son vêtement. Son dos est zébré de longues traces violettes. Elle me tombe dans les bras et se serre contre moi en sanglotant. Elle est grande et ses épaules sont presque à hauteur des miennes. Malgré moi, je la repousse. Je ne peux m'empêcher de penser que ce n'est pas vraiment une femme. C'est physique.

Je la fais asseoir sur le divan et lui demande doucement de tout me raconter. En reniflant très fort et avec des sanglots dans la voix, elle me dit :

— J'étais dans mon bain, quand Robert est arrivé avec des copains. Ils savaient pas que j'étais là. Ils se sont mis à discuter très fort. Ils ne semblaient pas d'accord. Je ne savais pas quoi faire. Dire que j'étais là ? J'avais déjà trop attendu. Alors, je n'ai pas bougé. Puis, à un moment, j'ai dû faire un peu de bruit. Robert est rentré dans la salle de bains. Quand il m'a vue, il s'est mis dans une colère terrible. Il m'a sortie de l'eau et, devant les autres, il m'a frappée avec sa ceinture. J'ai peur. Ils sont fous, ces types-là !

— Qui c'était ?

— Ben... y' avait Robert.

— Ça, je sais, mais les autres ?

— Je ne sais pas... Je te jure, je les connais pas.

Je me levais, faisant mine de partir.

— Non ! Attends ! Je connais pas leur nom. Je crois... Je crois qu'ils font partie de l'équipe des « buveurs d'eau ».

— Les buveurs d'eau...

J'avais déjà eu quelques tuyaux sur cette équipe. On pensait qu'elle était constituée de braqueurs de la banlieue sud, assez bien organisés au demeurant qui, de temps en temps, agissaient pour le compte de gros truands marseillais et niçois.

Ceux de la région parisienne, en tout cas, tous les services de Police s'étaient cassés les dents dessus. Des solides. Une fois, je me souviens, on était en planque à Vitry sur une voiture volée. On savait par des « écoutes » qu'elle devait être récupérée pour servir à un braco. Voilà un mec qui se pointe. Tranquille. Il ouvre la portière et hop ! On se précipite. On l'encercle. Le type nous fait un saut périlleux sous le nez (et sous le nez de nos flingues). Il atterrit sur le toit de la bagnole, puis il saute par-dessus un mur et... au revoir, les amis ! On était resté tout cons.

Peggy commençait à se calmer.

— Dis-moi un peu de quoi ils parlaient ?

— Je sais pas trop, j'ai pas compris !

— Fais un effort, nom de Dieu !

— Je crois... Ils veulent descendre un mec.

— Qui ?

— Ben... Je sais pas... Ils ont dit que maintenant, c'était à nouveau la guerre, à cause de ce type. Qu'il fallait le liquider. Ils ont dit qu'il était dingue. Non, je crois qu'ils l'ont appelé « Le Dingue ».

« Le Dingue » dit aussi « La Puce » !... J'émis un long sifflement. C'était le surnom d'un juif pied-noir de l'équipe à Zemour. L'exécuteur des basses-œuvres.

Je décroche le téléphone pour appeler l'O.C.R.B. et le raccroche aussitôt. C'est vrai que j'avais fait brancher son téléphone. Ces flics, tous des salauds.

J'avais laissé Peggy avec son troisième verre de scotch. Je voulais passer à l'O.C.R.B. pour tenter d'avoir des renseignements sur tout ce beau monde. L'homme qu'il me fallait, c'était Jacques, celui qui connaît « son » milieu, comme moi ma salle de bains. Il suffit de lui donner un prénom ou un signalement et c'est tout juste s'il ne vous sort pas l'arbre généalogique du truand que vous recherchez. Les flics allemands ont leurs super-ordinateurs, et nous, nous avons Jacques. De toute manière, on n'a pas les sous pour se payer les ordinateurs.

L'ennui, c'est qu'il est deux heures de l'après-midi, et à cette heure-ci, je ne peux le trouver que dans un bistrot. Et les troquets, c'est pas ça qui manque autour du

Faubourg Saint-Honoré. Au premier, je me tape un sandwich et un café. Au second, un café et une tarte, et au troisième un café. Dans le quatrième, je ne prends rien, mais je le trouve. Il est au comptoir, devant un petit verre d'alcool.

Deux verres plus loin, il me raconte tout ce que je veux savoir sur Jean-Claude Attali, dit « La Puce ». Il fait un aller et retour à son bureau pour me ramener une photo et l'adresse de sa favorite. Je lui demande le plus grand secret et lui offre un « petit dernier » avant de le laisser.

En montant dans ma voiture, je passe un coup de radio à la Brigade. Rien de spécial. Il est quatre heures et j'ai pas envie de retrouver ma paperasse. Il faut que je fasse le point. Cette affaire ne me plaît pas du tout. Au départ, Peggy devait me donner son mec, mais, maintenant, s'il doit y avoir un cadavre au milieu, ça change la donne. Comment faire pour éviter ça ? Arrêter ces types sans la mêler au gâchis ? Difficile. Je décide de rentrer chez moi. Demain, il fera jour.

Ma fille est seule à la maison. Pas souvent qu'on passe quelques instants en tête à tête. Elle me raconte ses histoires d'école. Et son copain machin, et son prof de français ceci, et son prof de gym... J'arrête le flot de paroles et la mets au boulot. Je l'aide à résoudre quelques problèmes de maths et sèche lamentablement sur le dernier.

— C'est pas grave, dit-elle, je demanderai à mon ami.

Père stupide, pas même capable de résoudre un problème de 6e. Je me fais couler un bain brûlant et me glisse doucement dedans.

Il faut que je réfléchisse. C'est ma femme qui me réveille.

— Tu es fou. Tu vas te noyer.

Réveil en douceur. J'enfile une robe de chambre et

mange un morceau devant la télé. J'appréhende un peu de me retrouver en famille, aussi je fais semblant de me passionner pour un western que j'ai déjà vu au moins deux fois. Sans doute à la télé, d'ailleurs.

Le lendemain matin, le radio-réveil branché sur R.T.L. me réveille à 7 heures, avec les informations. Tout à coup, je bondis. On a parlé d'une fusillade dans le XVIIe. Je passe sur France-Inter, puis sur Europe. Après un fourgon de pub, le journaliste embraye : « Cette nuit, à Paris, vers 3 heures du matin, un individu dont l'identité n'a pas été révélée, a été abattu de plusieurs balles de revolver. »

Et si c'était mon affaire ?

Je m'habille en vitesse puis, une fois dans la voiture, me demande où je vais comme ça. C'est ou trop tard, ou trop tôt. Si je me mets à poser des questions sur cette enquête, dont la crime doit être saisie, c'est eux qui vont m'en poser, des questions.

Je démarre et roule doucement en direction de Versailles. Un petit crachin poisseux tombe sur Paris. Un temps dégueulasse.

C'est seulement vers midi que le message de la P.P. tombe sur le télescripteur. Il annonce en quelques lignes la mort de Jean-Claude Attali, fiché au grand banditisme, abattu de plusieurs balles de 11,43, alors qu'il se rendait au domicile de sa maîtresse, vers 3 heures du matin. Aucun détail, aucun renseignement précis. Les collègues du 36 ont visiblement l'intention de faire le blocus, étant donné la personnalité de la victime.

J'avais tenté vainement de joindre Peggy à son domicile. Finalement, c'est elle qui m'appelle vers 13 heures.

— Tu connais la nouvelle ? J'ai très peur. Dès que j'ai

su, j'ai fait ma valise. Je ne veux plus rester chez moi. Je vais aller chez ma mère, à Laval. Personne ne connaît son adresse et je préfère ne pas te la donner non plus. C'est moi qui t'appellerai.

Sa voix est tout à fait calme, presque métallique. « Elle est à deux doigts de la crise de nerfs », pensais-je.

— O.K. ! Comme tu veux ! Repose-toi, oublie tout ça et, si tu as le moindre problème, tu m'appelles.

Après avoir mangé une omelette au petit bistrot d'en face, je regagne rapidement mon bureau. Je rédige un rapport dans un style très administratif, dans lequel je fais état de renseignements confidentiels concernant la possibilité de l'ouverture d'une nouvelle guerre des gangs, entre le clan Zemour et l'équipe des « buveurs d'eau ». La fin brutale de Jean-Claude Attali, venant d'ailleurs confirmer ces indications.

« Voilà, me dis-je, je crois que c'est tout ce que je peux faire officiellement. Il y a des risques que l'on ne peut faire prendre aux autres et je ne veux pas que Peggy ait des histoires. »

Je passais l'après-midi à établir les frais de mission du mois écoulé et à faire des statistiques sur la consommation d'essence.

La quadrature du cercle.

Alors que je me débattais encore dans les chiffres, Alain Tourre, le chef du Groupe criminel, entre dans mon bureau. Arrivé pratiquement en même temps que moi au S.R.P.J., mon cadet de quelques années, Tourre a tout du jeune cadre dynamique. Les mauvaises langues disent qu'il a les dents qui traînent par terre, au point d'arracher la moquette. Je ne suis pas d'accord, et de toute manière, il n'y a pas de moquette dans mon bureau. C'est d'ailleurs préférable, étant donné les fuites d'eau de la toiture. Non, il veut faire carrière et il a raison, car il a toutes les qualités pour ça. C'est un bon flic, un bon chef, mordu par son boulot et qui doit bosser souvent plus de 60 heures par semaine. Puis, c'est mon copain, même si parfois on se tire la bourre, comme dans l'affaire d'Auxerre.

— Tu sais, lui dis-je, je me demande parfois pourquoi on se casse la tête comme ça et pourquoi on court après le boulot, alors qu'on est déjà débordé.

— T'as raison, on est des toxicos du boulot. Ceci dit, tu n'aurais pas deux gars à me prêter, pour faire des perquises demain matin ?

Je lui donnais mon accord, après m'être fait un peu tirer l'oreille pour la forme.

— Tu sais, au fait, ajouta-t-il, pour la noyée de Poissy, le type des pompes funèbres, on l'a laissé repartir.

— Ah bon ! C'était pas lui ?

— Non, c'était pas elle ! C'était pas sa femme, on a comparé les radios de sa dentition avec celle du macchabée. C'était pas les mêmes.

— C'est quand même bizarre, tu trouves pas ?

— Si. Drôle de type, il a peut-être tué sa femme, mais c'était pas celle-là.

— A deux doigts de l'erreur judiciaire, hein ? J'aurais juré que c'était le coupable.

— Oui, de toute manière, on laisse tomber. On a encore pris trois cadavres cette semaine.

— Quelle connerie ! Heureusement que les gens ne savent pas ça. Il doit y avoir quelques milliers de gus qui ont envie de trucider leur femme, ou leur belle-mère... Ça pourrait leur donner des idées !

Hubert pénétra dans le bureau.

— Salut, les Patrons !

Tout en continuant la conversation, je le vois qui me fait des signes qui se veulent discrets, derrière le dos d'Alain. Je comprends qu'il veut me parler. Vicieusement, je prolonge un peu en parlant de choses et d'autres. Finalement, Alain nous dit au revoir et quitte les lieux.

— Patron, je voulais pas parler devant lui, mais il y a du nouveau.

— Allez, accouche !

— Pour les billets de cent dollars, je sais d'où ils viennent. Vous n'avez pas une idée ?

— Tu te fous de moi, tu veux les forceps ?

— Vous vous souvenez de cette gamine qui a été enlevée en Suisse, il y a quelques semaines ?

Oui, je me rappelais vaguement cette affaire dont les journaux avaient parlé. La fille d'un riche industriel, le roi de l'étain, je crois, avait été enlevée près de Genève, puis, finalement, avait été libérée, après la remise d'une rançon importante.

— Je n'ai pas les détails en tête, mais cette histoire a fait assez de bruit pour que je m'en souvienne.

— Eh bien, c'est ça ! Je suis passé au B.C.N.-Interpol, ils ont la liste des billets de la rançon, mais ils ont oublié de la diffuser. J'ai fait un sondage sur une centaine de nos billets. Ils sont tous dans la liste.

— Merde !

— J'en ai parlé à personne, mais c'est le gros truc, qu'est-ce qu'on fait ?

— Pas question de lâcher. Faut y aller ! Ecoute, tu vas voir le juge et tu lui expliques. Tu lui demandes une commission rogatoire internationale. Dès que tu as son accord, je fais préparer les ordres de mission.

— On prévient les Suisses ?

— T'es pas fou, non ? On verra ça sur place.

Je le regarde et, à ses yeux plissés, je comprends qu'il m'a manipulé pour que je prenne exactement cette position-là.

— Bien sûr, je vais en parler au Patron...

— Non, Chef, si vous en parlez, on va avoir tout le monde sur le dos. En plus, on risque d'avoir une fuite dans la presse et...

— Ça va ! Ça va ! On verra plus tard.

J'avais pris ma revanche.

CHAPITRE VI

L'avion qui nous transportait à Genève était presque vide. Hubert, à côté de moi, avait les yeux fermés, mais ses dents mâchonnaient le bout de plastique de son cigare éteint. Je crois bien qu'il n'était pas trop à l'aise en avion, mon compagnon d'aventures.

J'étais inquiet aussi, non pas à cause de ce vol, qui ne me faisait ni chaud ni froid, mais pour Peggy.

Finalement, avant de partir, j'avais refilé le tuyau à Bernard, vieil inspecteur divisionnaire du 36, en qui j'avais toute confiance. Je lui avais fourni suffisamment d'indications pour identifier les tueurs du « dingue », sans lui donner l'origine de ma source d'information. Je lui avais expliqué combien c'était chaud et combien il devait être prudent. Il avait bien compris, Bernard, et il m'avait dit :

— T'inquiète pas ! Ce crobard, je m'en sers comme s'il venait de l'un de mes indics.

Et il savait de quoi il parlait, mais j'étais quand même soucieux. Il ne pouvait pas agir tout seul et, d'une manière ou d'une autre, il devrait bien éclairer sa hiérarchie.

Un policier de l'aéroport de Genève nous attendait à l'arrivée. Il nous évita les formalités et nous mena à son bureau. Hubert lui montra notre commission rogatoire internationale qui, dans un style laconique, résumait notre affaire et demandait aux autorités helvétiques d'opérer toutes investigations nécessaires pour éclaircir la mort de Rumi Giovanni, susceptible d'avoir séjourné à Lausanne.

Le collègue commença à nous expliquer que Lausanne étant un canton différent, il n'avait aucune compétence pour y opérer. Il nous faudrait y aller par le train ou par le car et, arrivés sur place, prendre contact avec la Sûreté.

Hubert me regardait, je hochai la tête doucement pour acquiescer à la question muette que ses yeux me posaient. Eh oui, maintenant, il fallait éclairer la situation. Jouer franc-jeu... enfin, presque.

Hubert remercia le collègue suisse et, tout en ayant l'air de rien, commença à lui parler de l'affaire Rumi. Visiblement, l'autre écoutait par pure politesse. Ce n'était plus son problème. Il regarda sa montre pour la deuxième fois. J'avais envie de lui demander si c'était une montre suisse. Hubert parla finalement de la petite fortune en billets de cent dollars, trouvée lors de la perquisition.

Son interlocuteur mit bien trois secondes avant de réagir. Il se leva d'un bond en disant, avec un accent impeccable :

— Vous avez la liste des numéros de ces billets ?

— Euh ! Je sais pas ! Il faut que je regarde.

Hubert posa sa vieille sacoche noire sur ses genoux et se mit à déballer un tas de papiers de toutes sortes, qu'il empila sur le bureau.

L'autre bouillait. Il avait sorti un imposant cahier, avec un titre écrit en plusieurs langues : « Numéros des billets de la rançon versée lors de l'enlèvement de la jeune Ortiz ».

Finalement, Hubert sortit des feuillets d'écolier portant, inscrite à la main, la liste des numéros des billets trouvés chez Rumi. Il les tendit au Suisse.

Celui-ci les lui arracha presque des mains et commença

à comparer les deux listes. A chaque ligne, il poussait un grognement de plus en plus fort.

— Ben, les gars ! Vous savez d'où proviennent vos billets ?

— Non !

Nous avions répondu en chœur, avec un accent de sincérité remarquable.

— Ce sont les billets de la rançon.

— Quelle rançon ?

— Vous savez bien ! L'enlèvement de la fille du plus gros industriel de la région. L'affaire Ortiz !

Il en avait plein la bouche. Il décrocha le téléphone et, bafouillant d'énervement, résuma la situation à son interlocuteur.

Quelques instants plus tard, nous nous retrouvions dans le bureau du chef de la Sûreté. Ils étaient au moins dix à nous attendre. Ils nous regardaient comme si nous étions tombés du ciel, ce qui était un peu le cas, en l'occurrence.

Je laissais Hubert raconter une nouvelle fois notre enquête. Ce qu'il fit lentement, ménageant un suspens auquel ses vis-à-vis se laissèrent prendre. Puis, il se tut. Le silence s'installa. D'un seul coup, tout le monde parla en même temps.

Les questions pleuvaient de toutes parts. Les coups de téléphone se succédèrent. Des gens entraient, sortaient, nous montraient des dossiers, des photos, comme si nous avions été témoins dans leur affaire. Faut dire qu'ils avaient les glandes, car ils s'étaient fait faire marron en beauté.

Lors de la remise de rançon, ils avaient eu pour instructions d'intervenir et de sauter tous les suspects. Ils s'étaient mis en filoche derrière le père de la petite victime, porteur de l'argent. Le message qu'il avait reçu des ravisseurs lui ordonnait de prendre l'autoroute et de s'arrêter à chaque aire de stationnement, d'attendre 5 minutes, puis de repartir. Ceci jusqu'à temps qu'on lui fasse signe. Les collègues avaient mis tout le monde sur le terrain, devant, derrière, partout. Chaque station-service, chaque parking avait ses deux ou trois poulets, planqués dans un coin.

Puis, c'était parti.

Le père Ortiz s'était donc arrêté au premier parking. Là, un gars caché dans les buissons, de l'autre côté du grillage qui isole l'autoroute, l'avait interpellé en lui demandant poliment de balancer son sac par-dessus le grillage.

C'est ce qui s'était passé.

Les flics n'avaient rien vu. Le truand avait ramassé l'argent et regagné tranquillement sa voiture garée cinquante mètres plus loin, sur le petit chemin longeant l'autoroute.

Quand les collègues avaient réalisé, ça faisait dix minutes que tout était fini.

— Pas de chance, dis-je, d'un air compatissant.

On nous avait trouvé un petit hôtel « pas cher », qui en une seule nuit, avait englouti l'équivalent de trois jours de nos frais de déplacements. Il n'était pas six heures, le lendemain matin, quand les Suisses vinrent nous réveiller, pour nous emmener à Lausanne. Plus question de prendre le train, trois voitures et une demi-douzaine de gars nous attendaient.

Ça les emmerdait, ces types, que notre seule piste sérieuse parte de Lausanne. Ils n'y étaient pas plus compétents que nous, puisque ce n'était pas leur canton. C'est comme ça en Suisse, chacun chez soi.

Nouveau conseil de guerre à la Sûreté locale. Je commençai à chauffer sérieusement surtout quand Hubert fut obligé de recommencer son histoire. Pas possible ! Il y prenait plaisir. Je proposai de foncer à l'adresse supposée de Rumi où, d'après les derniers tuyaux, devait séjourner une Française, barmaid dans une boîte de nuit de la ville.

Vers midi, toujours rien, le chef de la Sûreté nous invita à déjeuner dans un petit restaurant sympa. Puis l'après-midi se passa à nouveau en discussions et considérations de toutes sortes. Je passai quelques coups de fil, dont un au sous-chef, pour lui faire le point de la situation. J'insistai bien sur le fait que les Suisses demandaient le secret le plus absolu.

En fin d'après-midi, l'agitation augmenta au sein des différents bureaux puis, finalement, retomba doucement. J'eus très nettement l'impression que des choses se passaient, mais que l'on nous en tenait à l'écart. Un certain malaise commença à s'installer, quand Hubert, qui voulait simplement aller se soulager, se fit rembarrer sèchement. Je vis le moment où l'on allait nous demander de déguerpir.

Vers 19 heures, je fis signe à mon coéquipier, et nous sortîmes en douceur. Après un petit tour dans les rues en pente de Lausanne, j'invitai Hubert à manger un morceau dans une brasserie située face à la gare.

C'était noir de monde et j'avais besoin de sentir des gens autour de moi. Deux places se libérèrent. Je m'assis lourdement. J'étais crevé. Hubert semblait aussi vidé que moi. Nous nous attendions à une journée d'action et puis... rien. Crevant ! Démoralisant !

Après un moment passé à rêvasser en regardant la foule, il me sembla sentir un regard sur moi. Je détournai légèrement la tête, deux yeux brillants me regardaient fixement.

Le contact fut instantané. Les deux yeux me fixaient et je fixais les deux yeux. Le temps s'arrêta. Puis mon regard descendit lentement. Bon Dieu qu'elle était belle ! Je ne l'avais jamais vue et il me semblait pourtant la reconnaître.

La conversation s'engagea, comme entre deux vieux amis qui se retrouvent. Elle s'appelait Rose-Marie.

Pour ne pas être en reste, Hubert s'était branché sur la copine, petite femme insignifiante, que je n'avais même pas remarqué.

Elle avait 25 ans et travaillait dans une agence de pub à Lausanne, elle était belle. Elle attendait son train de 20 h 30 pour rentrer chez elle, à quelque quarante kilomètres de là. Elle était belle. Elle connaissait Paris et espérait bien s'y installer un jour, car elle s'ennuyait ici. Elle était belle.

Elle me demanda pourquoi je la regardais ainsi.

— Tu es belle, lui dis-je.

Après avoir planté là Hubert et sa compagne, elle me prit par la main et me fit visiter Lausanne by night.

Elle était grande, Rose-Marie. Des cheveux mi-longs et auburn encadraient un visage fin, aux traits réguliers et au menton volontaire. Elle était vêtue d'un jean et d'une curieuse veste de vison teint en vert.

Après deux heures de promenade dans une ville déserte, froide et triste, nous étions revenus à notre point de départ.

— Je n'ai plus de train, me dit-elle.

— Ça ne fait rien, viens !

Je l'emmenai à mon hôtel, sans plus de commentaires, presque naturellement. Elle ne dit rien. Je sentis pourtant sa main se crisper dans la mienne, en franchissant la porte.

Il était presque dix heures quand j'arrivai au siège de la Sûreté. L'ambiance était lourde.

Hubert me prit à part, et me dit :

— Patron, les collègues sont pas contents. Il paraît que la radio a annoncé que des policiers français, en déplacement en Suisse, avaient trouvé une piste dans l'affaire Ortiz et que des arrestations seraient imminentes.

— Merde !

Je pénétrai dans le bureau du commissaire.

— C'est inadmissible, attaqua-t-il, sans même répondre à mon salut. On vous avait demandé le secret, et tout le monde en parle. Visiblement, dans cette affaire, vous avez essayé de nous doubler. Ici, vous êtes en Suisse, vous n'avez aucun pouvoir et...

Je l'interrompis sèchement.

— Ça suffit, mon vieux ! Nous ne sommes pas responsables de la lenteur de fonctionnement de votre service. Fallait agir hier. Alors, faites ce que vous voulez, nous, on s'en va.

Je sortis en claquant la porte.

— Faut pas se fâcher, me dit Hubert, les collègues sont aussi emmerdés que nous, et puis, ici, on a du boulot.

Il avait raison, bien sûr, et, honnêtement, les Suisses aussi.

— Ecoute, tu peux rester si tu veux, moi j'en ai marre, je me casse.

Le lendemain, j'étais frais et pimpant au bureau. J'avais récupéré des excès de la nuit précédente, par une nuit de sommeil dans un lit conjugal, au pouvoir soporifique certain.

Je croisai le patron. Il me semblait fatigué. Il me demanda les résultats de mes pérégrinations en Suisse. Je lui résumai succinctement l'affaire qu'il connaissait assez mal et lui dis :

— Les collègues suisses ne sont pas contents. Ils avaient demandé le secret absolu, et pof ! Le lendemain de notre arrivée, il y avait une dépêche de l'A.F.P. avec pas mal de détails. Ils sont sûrs que la fuite vient de chez nous. En tout cas, on s'est un peu engueulés et je suis parti en claquant la porte. A deux doigts de l'incident diplomatique.

— Ah bon ! Vous faites bien de m'en parler, il faut que j'avise Bouvier.

Bouvier, c'est le directeur central de la police judiciaire et, en même temps, le chef du B.C.N. Paris, autrement dit Interpol pour la France.

— Dites-lui bien quand même que des fuites comme ça, c'est inadmissible. Si on ne peut plus faire notre boulot sans en lire le résumé dans la presse… Bientôt, on va faire le contraire, on attendra le compte rendu des journalistes pour faire ce qu'ils ont écrit.

— Vous savez bien que cela a toujours été comme ça. D'ailleurs, il y a des journalistes accrédités auprès du Ministre. Et je suis sûr qu'ils lisent les messages avant lui.

Les journalistes accrédités. Tu parles. Il y a longtemps que j'avais compris le système. Quand vous voulez passer un truc à la presse, vous faites en même temps un message arrosant trois ou quatre services différents. Si quelqu'un rouspète, impossible de savoir d'où vient la fuite. C'est ce qu'on appelle dans l'Administration la dispersion des responsabilités. Remarquez, il y a plus vicieux. Si vous avez un ennemi intime, à qui vous voulez faire porter le chapeau, vous faites la même chose mais en adressant le message uniquement au service qu'il dirige. C'est facile après de dire :

— Regardez, Monsieur le Directeur ! C'est toujours pareil, quand on n'informe pas, vous nous engueulez, quand on informe, crac, il y a des fuites.

C'est un coup de vice au premier degré, mais on a vu mieux. Tant que les journalistes auront besoin des flics pour faire leur boulot, et tant que les flics auront besoin des journalistes pour se faire connaître ou pour faire mettre à l'écart un collègue un peu trop gênant, les relations entre ces deux corps de métier seront toujours ambiguës.

J'organisai une réunion des chefs de groupes du G.R.B., afin de faire le point sur les affaires en cours.

Le groupe de Jean était sur une équipe de perceurs de coffres. Trois mois déjà qu'ils travaillaient dessus. Ils avaient fait du bon boulot, toute la bande était identifiée et logée, mais pas moyen de les prendre en flag. Trois mois, c'était beaucoup. Fallait-il continuer les planques ou coincer tout le monde, avec le risque de ne pas trouver de preuves et d'être obligé de les relâcher ? Je leur dis de continuer.

Roger, lui, travaillait sur une équipe de braqueurs. Vingt braquages à leur actif et pas la moindre petite piste. Le seul point sérieux, c'était les voitures, toujours tirées dans un parking du XVIe arrondissement. Alors, avec son groupe, il planquait dans le parking. Mais sur qui ? sur quoi ? Il n'en savait rien. Je trouvais ça un peu con et les gars de son groupe rouspétaient ferme. Mais Roger était tenace. Vingt-cinq ans qu'il faisait ce métier et il le connaissait bien mieux que moi. C'est grâce à lui que Mesrine avait été d'abord localisé dans les Yvelines. Puis arrêté à Boulogne en 1973, mais ce n'était pas encore une vedette à l'époque. Je lui dis de faire comme bon lui semblait.

Les autres bossaient sur des affaires moins importantes ou sur des commissions rogatoires, dont les juges nous inondaient de plus en plus.

Hubert n'était pas rentré. Je fis une rapide synthèse de l'affaire Rumi (1) avant de me replonger dans la paperasse qui m'attendait. La dernière trouvaille de la Direction : comptabiliser, toutes les semaines, le nombre de P.V., de notices individuelles, d'arrestations, de gardes à vue et d'affaires résolues. Une demi-journée de travail au moins.

Peggy m'appela vers 18 heures. Elle était affolée.

— Ils m'ont retrouvée, me dit-elle, je ne sais plus quoi faire.

— Où es-tu ? A Paris ?

Elle hésita.

— On peut se voir maintenant ?

Je jetai un coup d'œil à mon bureau, il s'était déjà bien vidé.

— Dans une heure, si tu veux ?

— D'accord ! Ecoute, en face du pont Mirabeau, près du métro Javel, il y a un tabac qui fait le coin, tu vois ?

— Oui ! A tout de suite !

— Tu n'en parles à personne, hein ?

— C'est promis.

J'étais soucieux. Peggy n'avait pas l'habitude de dramatiser. Visiblement, elle avait la pétoche.

En principe, je ne prenais mon arme que pour les opérations. Pourtant, je décidai de me calibrer. En maugréant sur le pétard dont l'Administration m'avait doté. Un énorme 357 Magnum, pratiquement intranspor-

(1) L'affaire se termina le 1er juin 1982, à la cour d'assises de Genève, par la condamnation à 10 ans de réclusion de Dormond Henri, pour l'assassinat de Rumi Giovanni et sa participation à l'enlèvement de Graziella Ortiz.

table. Je pris mon petit 2 pouces personnel. Je glissai cinq balles de 38 Spécial dans le barillet et passai l'étui à ma ceinture.

Porter une arme, ce n'est pas évident. C'est lourd, c'est encombrant, ça déforme la veste et ça interdit de la tomber. C'est vrai qu'aujourd'hui, avec le temps qu'il faisait... En tout cas, ça présente au moins l'avantage énorme de se sentir d'un seul coup beaucoup plus fort. En poussant le raisonnement plus loin, on peut dire que ceux qui en portent une continuellement sont probablement des faibles, et que ceux qui en portent une sans raison ont des problèmes psychologiques importants. C'est un peu rudimentaire comme analyse, mais c'est assez vrai. Le flic qui a un peu de bouteille et qui s'est aguerri au fil des affaires qu'il a réalisées, a plus souvent son calibre dans le tiroir du bureau qu'à la ceinture. Il faut dire aussi que s'il le paume, il risque un blâme et s'il s'en sert, il risque la prison. C'est comme ça qu'on démotive les gens et qu'on arrive à avoir des policiers qui ne sont flics que durant leur service. A notre époque, on ne voit plus jamais un gardien de la paix autrement qu'en service. Il arrive au commissariat en civil. Il en repart en civil. Faut dire aussi que l'uniforme n'est vraiment pas des plus smarts, mais surtout que rien n'est fait pour l'inciter à montrer sa qualité. Demandez donc à un policier sa profession. Il vous répondra, l'air gêné : « Fonctionnaire ». De nos jours, on porte sa plaque de police comme un bouton sur le nez, simplement parce qu'on ne peut pas la cacher.

Elle était là quand j'arrivai. Je l'embrassai amicalement. Elle était défraîchie et son maquillage, trop ostensible, lui donnait une allure suspecte. Pour la première fois, je lui trouvai l'air d'un travelot.

— Allez, raconte !

— J'étais au vert chez ma mère, près de Laval et hier,

y' a trois types qui sont venus. Je les connaissais pas mais je les ai vus arriver dans leur B.M.W. J'ai compris que c'était pour moi. Je me suis cachée et c'est ma mère qui les a reçus. Ils n'ont pas été méchants. Mais pendant que deux d'entre eux demandaient de mes nouvelles, le troisième a fait le tour de la maison. Heureusement, il ne m'a pas trouvée. Je les connais pas ces types, mais je suis sûre que c'étaient des tueurs. Alors, j'ai fait ma valise et je suis partie.

Elle débloquait un peu et j'avais nettement l'impression qu'elle faisait du cinéma.

— Que vas-tu faire maintenant ?

— Faut que je parte. J'ai un peu d'argent et un bon point de chute à Londres. Je vais partir, mais... je... je n'ai pas de papiers.

— Comment ça, pas de papiers ?

— Ben, oui... mes papiers étaient rédigés à mon état-civil masculin et il y a longtemps que je les ai jetés. Depuis, je n'ai plus de papiers.

— Et alors, tu veux quoi ?

— Faut que tu m'en procures.

— Non, mais t'es pas louf ? Je suis flic, moi, tu veux pas que je te fournisse des faux fafs ?

— Ecoute ! Je me suis mouillée pour toi. Je t'ai fait confiance. Maintenant, je suis dans la merde et il faut absolument que tu m'aides à m'en sortir.

Elle avait un peu raison, même si elle en rajoutait. Surtout qu'elle ne savait pas tout. A la suite du tuyau que j'avais donné à mon pote Bernard, la Crime avait monté une opération. Ils avaient interpellé, entre autres, l'ex-julot de Peggy. Lui, il avait compris immédiatement d'où venait le vent. Au bout de 24 heures, tout ce monde avait été remis dehors, faute de preuves, mais le mal était fait. Sûr que les lascars qui s'étaient pointés chez sa mère, ne venaient pas pour lui apporter des fleurs. Pas de doute, je ne pouvais pas la laisser tomber.

— Je vais réfléchir. Si tu veux, on se retrouve demain et je te dirai ce que je peux faire. D'acord ?

— Oui ! Mais je t'en prie, ne me laisse pas tomber.

— T'inquiète pas. Disons demain matin, vers neuf heures, ici.

Je l'embrassai d'un air rassurant. En fait, j'étais super embêté. Qu'est-ce que je pouvais faire ? Elle m'avait tout de même donné Delbourg et, surtout, la primeur sur un flinguage, et ça avant qu'il n'ait lieu. Pas sa faute si je n'avais pas été à la hauteur. Et maintenant ? Le fameux dilemme du policier : jusqu'où faut-il aller ?

Ou tu fais ton train-train, et alors, pas de problèmes, tu feras une belle carrière, ou tu veux vraiment faire ton boulot et alors, c'est l'incertitude et la solitude, car, dans ce cas, il faut te mouiller. Il faut avoir des tuyaux. Pour avoir des tuyaux, il faut fréquenter des voyous, leur faire quelques gentillesses, et alors, tu te compromets. Et si tu te compromets avec des voyous, pour soi-disant avoir des tuyaux, n'est-ce pas plutôt parce que tu en croques ? Donc, tu en croques. Alors, tu es un flic malhonnête. Un flic qui est passé de l'autre côté. Bon ! Il peut y avoir un petit doute, mais de toute façon, tu es au moins un mauvais flic. Et un mauvais flic ne peut pas faire carrière. C'est bien normal.

J'allais me taper une pizza chez Mama à Montparnasse. J'avais besoin d'être seul et de me retrouver en tête à tête avec moi-même.

Après une Napolitaine un peu épicée, une soupe anglaise et un double café italien, ma décision était prise.

Il n'était pas loin de onze heures quand j'arrivai devant la porte, classée monument historique (il faut le dire), de l'ancien Hôtel de Noailles. Drôle d'idée quand même d'avoir mis la poulaga là-dedans. Un flicard, sans doute pas trop content d'être réveillé, vint m'ouvrir en maugréant. Il me salua vaguement en me reconnaissant. Le bâtiment était désert et lugubre. Un ivrogne dans une cellule de garde-à-vue chantait une chanson porno, dont les paroles mettaient en doute les qualités viriles de la maréchaussée. Je grimpai les marches deux à deux.

Sur mon bureau, un papier me signalait qu'une certaine Rose-Marie m'avait appelé. Suivait un numéro de téléphone. Rose-Marie, ma petite Suisse ! Comment diable m'avait-elle retrouvé ? Je ne lui avais pas laissé mes coordonnées. J'étais même pas sûr de lui avoir donné mon nom. Le souvenir de notre nuit m'effleura et je sentis aussitôt le désir naître en moi. Quelle fille ! Je composai le numéro et reconnus immédiatement sa voix chantante et son accent un peu traînant. Nous n'avions rien à nous dire, nous nous connaissions si peu, quelques banalités et de longs silences, beaucoup plus éloquents.

— Tu me manques, me dit-elle.

— Que veux-tu, Rose-Marie ?

— Je veux te revoir. Je peux venir ?

— Maintenant ?

— Oui, tout de suite !

C'était impossible, bien sûr. Elle était dans sa campagne suisse et moi, dans mon bureau versaillais. Pourtant, je la devinais sincère dans son désir de me revoir, et j'en avais envie aussi.

— Ecoute ! Si tu veux, je viens à Paris ce week-end...

— D'accord, nous visiterons Paris ensemble. Non, faisons plutôt chacun la moitié du chemin. On se retrouve à Dijon ? Disons samedi, à midi, à la Gare de Dijon. Tu es d'accord ?

— Oui... je t'aime.

Et elle raccrocha rapidement.

Je restai longtemps songeur en pensant à elle. Etais-je amoureux ? En tout cas, j'étais troublé. « Merde ! me dis-je, je crois bien que je t'aime aussi. »

Après cinq minutes de rêve, je pris un vieux classeur dans mon armoire. Dedans se trouvaient des papiers de toutes sortes se rapportant à d'anciennes affaires que j'avais traitées. Des photos, des documents et dans une enveloppe, des faux papiers vierges. Une douzaine de cartes d'identité et de permis de conduire, le tout parfaitement imité provenant d'une imprimerie clandestine que nous avions « faite » quelques mois auparavant. Chaque policier possède ainsi dans ses tiroirs les vestiges d'enquêtes passées. Des prises de guerre ou plutôt des souvenirs. Après avoir pris un exemplaire de chaque, je replaçai la chemise dans mon armoire que je fermai précautionneusement à clé. Je plaçai ensuite la clé dans sa cache habituelle, que tout le monde d'ailleurs devait sûrement connaître. La magie des gestes routiniers qui donne l'impression de pouvoir agir sans avoir à réfléchir. Comme si c'était possible.

En sortant de mon bureau, j'entendis des bruits de voix provenant du fond du couloir. Tiens ! Y avait-il une équipe qui travaillait ce soir ? Je ne m'en souvenais pas. En général, quand il y a du monde la nuit dans les locaux du G.R.B., c'est qu'il y a des interrogatoires difficiles. Attention ! Je ne veux pas dire qu'on en profite pour taper sur les gens. Non, il y a longtemps que ça ne se fait plus, dix ans au moins. Du point de vue de l'efficacité, sûr qu'on peut le regretter. Des anciens m'avaient parlé de cette époque. On attrapait un type avec un vague renseignement. On le faisait passer à la balançoire, selon des méthodes mises au point par les militaires, que ce soit pendant la dernière guerre ou pendant la guerre d'Algérie et, neuf fois sur dix, il se mettait à table avant même que la séance ne commence. Résultats garantis. Certain que l'efficacité de la police y gagnait, mais la fin ne justifie pas toujours les moyens.

En tout cas, maintenant, je pense qu'il n'y a pas un flic qui se déshonorerait à appliquer ces pratiques. Heureusement. Non, il arrive encore lors d'une audition difficile, quand le truand prend vraiment trop les poulets pour des cons, que l'un d'entre eux se fâche. Une paire de gifles part. Bon ! C'est pas bien ! Mais c'est quand même bien humain. Les seules violences que l'on se permette encore, sont les violences verbales. Et l'on veut nous les interdire. Il n'y a pas longtemps, une note de service indiquait : « il est interdit de tutoyer les Arabes ». Je dis « Arabe », mais ça ne devait pas être le mot utilisé. On n'utilise jamais le mot « Arabe » pour désigner des Arabes. Comme si c'était péjoratif. Pour les antisémites refoulés, les juifs sont des « israélites ». Ça doit être pareil. Vous imaginez la scène ? Le flic est derrière sa machine à écrire. Il a tombé la veste et le nœud de sa cravate descend au niveau de sa poitrine. A sa ceinture, son holster vide pend comme un sexe masculin après l'amour. A ses côtés, sur des dossiers épars, le reste d'un sandwich et une bouteille de bière entamée. En face de lui, un maghrébin (sic) attaché sur sa chaise par une paire de menottes. Il a tué, violé, volé ou braqué. Mais oui, il n'y a pas que les Français bon teint qui font ça. Il y a aussi des immigrés. Le flic attaque :

— Monsieur, voulez-vous me donner votre nom, votre prénom et votre date de naissance ?

— Qu'est-cè que tu dis ? Tu l' sais bien, puisque t'as mes papiers devant toi.

— Bon, vous vous appelez donc... et plusieurs témoins vous ont vu hier soir vous battre avec la victime. Pouvez-vous me dire ce qui s'est passé ?

— C'est des menteurs ! Tu dois m' croire. J'ai rien fait

du tout. J'ai déjà tout dit à tes copains. J'étais même pas là. Tu dois pas m'accuser.

Le flic tape quelques lignes sur sa bécane.

— Très bien, Monsieur, veuillez signer ici.

— J' te signe rien du tout. D'abord, j' sais pas écrire.

— Entendu, Monsieur. Vous serez présenté demain au procureur de la République.

Le flic se lève. Il rajuste sa cravate, enfile sa veste, range « le » procès-verbal dans un dossier qui n'en contient pas d'autres, et il s'en va.

En se dépêchant un peu, il arrivera chez lui à temps pour voir la fin du feuilleton à la télé. C'est justement une série policière. Il pourra se défouler.

J'exagère ? Un peu ! Pas tellement ! Si on continue à emmerder les flics pour des bêtises pareilles, c'est ce qui arrivera un jour. Mais attention ! Quand tout le monde en aura marre du laxisme de la police, qui viendra s'ajouter à celui de la justice, alors attention à la réaction inverse. Je ne voudrais pas être là pour voir ça.

Comme disait Léo Ferré, dans ses tirades inoubliables : « Quand la merde déborde, c'est toujours de la merde. »

Je tendis l'oreille derrière la porte du bureau. Non, ce soir il n'y avait pas de violences au G.R.B. de Versailles. J'ouvre la porte. Le groupe de Guy tout entier est lancé dans un poker animé. Sur une petite table, les restes d'un repas froid et plusieurs bouteilles vides de gros rouge.

— Qu'est-ce que vous branlez là ?

— Plus dix, répondit Bernard, b'soir, Patron ! Ben, vous savez, il paraît que notre équipe va « casser » cette nuit. Alors, on attend minuit pour se mettre en planque. Vous voulez jouer avec nous ?

La dernière fois, ces vaches-là m'avaient piqué cinq cents balles. Je les soupçonnais d'ailleurs de s'être donnés le mot et de s'être plus ou moins associés contre moi.

— Non, pas ce soir, merci.

Je les regardais jouer quelques minutes. C'était Guy qui perdait le plus.

— Dépêche-toi de te refaire, lui dis-je en partant, il est déjà onze heures et demie.

Le même gardien m'ouvrit la porte. Ce coup-ci, pas de doute, je l'avais réveillé. L'ivrogne infatigable continuait sa sérénade. Il était devenu plus nostalgique et pensait à présent aux filles de Camaret.

En reprenant ma voiture, je me souvins justement d'une affaire qui s'était déroulée à cet endroit, et à l'issue de laquelle la police fut accusée de racisme et de ségrégationnisme.

C'était en novembre 1972. J'étais jeune commissaire stagiaire à la Sûreté urbaine de Versailles. Une semi-bourgeoise s'était fait voler son chien, qu'elle avait laissé dans sa voiture, sur le parking de Parly 2. Elle avait passé une petite annonce, offrant une récompense à qui le lui rendrait, et elle avait reçu un coup de fil qui l'avait inquiété. Une voix d'homme lui avait donné rendez-vous à dix heures du soir, dans une rue pour le moins déserte, lui promettant de lui restituer son chien contre la somme de mille francs. Elle avait préféré avertir la police. En ce temps-là, j'y croyais fort, et l'on avait décidé avec un collègue, stagiaire comme moi, d'aller faire un tour sur place. Nous nous étions donnés rendez-vous au commissariat à neuf heures. En arrivant dans la cour, mon attention fut attirée par un bruit d'altercation dans les locaux du poste de police. Je m'approche. A travers les vitres sales, je vois un homme aux prises avec deux gardiens de la paix. Il se saisit d'une chaise et frappe à tour de bras. Un autre gardien sort en courant, probablement pour aller chercher du renfort. Je me dirige vers la porte. En y arrivant, je vois un forcené de plus d'un mètre quatre-vingts, brandir une chaise devant un petit brigadier apeuré. Ce dernier recule. Il tient à la main un pistolet-mitrailleur. L'autre, de plus en plus menaçant, s'approche à nouveau. Une rafale part. Je vois de petits cercles rouges se former sur son pull-over. L'homme hésite. Ses yeux se brouillent et il glisse doucement à terre, en tournoyant sur lui-même.

Mohamed Diab est mort. Tué dans un local de police où il avait été amené quelques instants plus tôt pour s'être exhibé et livré à des violences sur des infirmières, à l'hôpital de Versailles.

On apprendra plus tard que Diab est un malade mental, qui a déjà reçu plusieurs fois des soins dans les services psychiatriques de cet hôpital. On peut quand même se demander s'il est normal pour des toubibs d'appeler police-secours pour les débarrasser d'un aliéné. Le flic lui, ne peut pas utiliser de seringues. Son seul remède est la matraque et, dans ce cas, une piqûre de Tranxène aurait certainement été bien préférable.

La presse se déchaîne, tentant d'entraîner l'opinion publique dans un procès général contre la police. Le Comité de défense des droits et de la vie des travailleurs immigrés organise des réunions publiques et une marche contre le Ministère de la Justice.

On parle de meurtre, d'assassinat, de ratonnade. Mohamed Diab avait été victime d'une police raciste. Mais de quoi parlait-on, au fait, ou plus exactement, de quoi aurions-nous dû parler ? De la mort d'un homme, c'est tout. Qu'il soit arabe, français, russe ou chinois n'aurait rien dû changer à l'affaire.

On aurait dû parler d'un homme qui était fou et qui n'aurait jamais dû être conduit dans un local de police. On aurait dû parler d'un homme qui était fort, menaçant et dangereux, avec en face de lui un autre homme, faible, petit, presque gringalet et à quelques mois de la retraite.

Peu importe s'il était flic ou non. C'était d'abord un homme. Un homme qui a eu peur.

Sa peur n'excuse pas son geste de défense, qui était visiblement disproportionné par rapport à l'attaque, comme on dit dans le Code pénal en parlant de la légitime défense, mais elle permet de le comprendre.

Le fait d'être flic n'est, en tout cas, pas une circonstance aggravante. Pas plus que le fait d'être arabe n'est une circonstance atténuante. Si l'on accuse souvent les policiers d'être racistes, c'est probablement du fait que la délinquance est souvent le fait d'étrangers, quelle que soit leur origine et que nos prisons en sont pleines.

Sous le tunnel de Saint-Cloud, le flash du radár me tira de mes pensées. Merde ! J'avais oublié de ralentir. Il faudra encore que je m'explique avec le responsable de la gestion au Service général de l'Administration de la police et probablement que je fasse un rapport. Une fois, ils avaient même voulu que je paie une contredanse. J'avais fait un tel foin qu'ils avaient renoncé, mais ça m'avait valu un avertissement.

Allez, il n'est plus temps de penser à l'Administration, allons plutôt faire dodo, il est l'heure.

Une bonne semaine s'était écoulée. J'avais remis à Peggy ses beaux papiers tout neufs et, depuis, pas de nouvelles. Elle devait être à Londres où elle espérait se refaire une virginité. Je lui souhaitais de tout cœur mais j'en doutais. Je savais par expérience maintenant, combien un transsexuel est un être fragile qui a besoin de l'aide et de la compréhension de la société, et non pas des moqueries et des agressions dont il est le plus souvent l'objet.

Pauvre Peggy, je ne saurai jamais si tu t'en es tirée comme tu l'espérais.

En tout cas, je n'ai plus jamais entendu parler d'elle.

Mon week-end à Dijon m'avait laissé l'envie de le recommencer le plus souvent possible. Rose-Marie et moi, nous nous étions retrouvés comme de vieux amants après une longue séparation. Nous n'avions pas vu grand-chose de Dijon et, en partant, le personnel de l'hôtel nous avait regardé bizarrement. Faut dire que nous n'avions pratiquement pas quitté la chambre. Heureusement, il pleuvait, nous avions au moins une excuse. Le dimanche soir, en nous séparant, nous avions projeté de faire un voyage ensemble, et je ne sais lequel des deux avait proposé : le Pérou.

J'avais décroché un peu du boulot pour m'occuper de notre voyage. J'avais trouvé un charter du *Point* pour Lima, mais une fois sur place, nous devrions nous débrouiller seuls. La recherche de l'aventure ! Toujours ! J'avais acheté des pataugas, un sac à dos, le guide du parfait routard, pas de boussole mais presque, et je me préparais comme pour une expédition en Amazonie.

Huit jours avant notre départ, je reçus un coup de fil de Mireille, la secrétaire du Directeur central :

— Mon petit, me dit-elle d'un air grave et mystérieux, le Patron voudrait vous voir demain à 15 heures.

Je tentai d'en savoir plus, mais elle resta discrète, comme toujours, m'assurant qu'elle ne pouvait rien me dire. L'attitude de Mireille m'inquiétait un peu. D'habitude, tout en étant très réservée, elle mettait un peu d'huile dans les engrenages, et rendait plus faciles les relations avec notre Directeur.

C'était le seul contact amical que j'avais avec la rue des Saussaies, comme beaucoup de collègues, d'ailleurs. Si les grands patrons comprenaient combien ils sont loin de leurs subordonnés, s'ils connaissaient la distance qui les sépare d'eux, ils réaliseraient peut-être qu'en marchant aussi loin devant, sans se retourner, ils ne voient rien, mais que nous, nous voyons... leur dos.

— Asseyez-vous, me dit-il.

J'avais dû voir Maurice Bouvier deux ou trois fois et je ne savais même pas s'il connaissait mon nom. Il passait pour pas commode. Faut dire qu'il n'avait pas intérêt à rire car, alors, il montrait des dents noircies par la pipe qui ne le quittait jamais, et ça ne l'arrangeait vraiment pas. Surtout qu'il n'avait pas besoin de ça.

J'hésitai entre les deux fauteuils. Je savais qu'il avait un œil bon et l'autre mauvais, mais je ne me souvenais jamais lequel était le bon. Au hasard, je choisis celui de droite.

— Voilà, me dit-il, il y a un moment que vous êtes chef du G.R.B. de Versailles et j'ai suivi votre carrière avec attention. Guyot est content de vous, bien qu'il m'ait dit que vous n'en faisiez souvent qu'à votre tête. Aussi, j'ai une proposition à vous faire et j'aimerais que vous l'acceptiez. Je saurai d'ailleurs me montrer reconnaissant. Vous avez vu que je vous ai déjà inscrit sur le tableau d'avancement, pour passer commissaire principal.

Je remerciai hypocritement, ne sachant toujours pas où il voulait en venir.

— Vous savez, reprit-il, que la Côte d'Azur connaît une recrudescence importante d'actes de grand banditisme de toutes sortes. Hold-up, vols, règlements de comptes, pas un jour sans qu'il ne se passe un événement grave. Récemment encore, le vol à la Société Générale de Nice, ensuite l'affaire du Ruhl, tout ça fait beaucoup, beaucoup trop. Et ça ne peut durer. Le Président lui-même s'est inquiété de cet état de fait, et il m'a demandé de faire quelque chose. Je lui ai donc proposé de créer une Brigade anti-gang à Nice. Il en a accepté le principe, et c'est vous que je charge de la création de ce nouveau service.

Il me regardait de son œil interrogateur. C'est le gauche, pensai-je. Se méprenant sur mon silence, il reprit :

— Je comprends que cela peut vous poser des problèmes familiaux. Aussi, je vous donne 24 heures pour réfléchir. Mais vous savez combien ça peut être important pour vous...

La dernière phrase était un peu méchante. Il ne pouvait pas savoir qu'au fond, un départ m'arrangeait. D'abord, il y avait maintenant trop longtemps que j'étais au S.R.P.J., et j'avais besoin de changer d'activités. Ensuite, c'était pour moi l'occasion d'envisager une décision que je n'avais pas encore eu le courage de prendre : quitter le domicile conjugal. Et puis, pourquoi le cacher, j'avais envie de me lancer dans cette nouvelle aventure.

— J'accepte, Monsieur le Directeur.

— Très bien ! J'étais sûr de vous. Il faut mettre tout ça en place pour le mois de juillet. Je vais faire passer un message dans tous les services, pour chercher des volontaires, et vous choisirez. Je vous donne trente hommes. Il vous faudra organiser des stages de formation : tir, conduite rapide, tout ce que vous voulez. Il me faut des gens opérationnels. Il me faut des résultats. Pas de questions ?

— Euh...

— Bon, encore une chose, la B.R.I. de Nice sera une antenne de l'Office central pour la répression du banditisme, avec la compétence nationale. Administrativement, vous dépendrez du S.R.P.J. de Marseille, et plus spécialement de l'antenne de Police judiciaire de Nice. Pour les affaires, vous dépendrez uniquement de moi, enfin, de la Direction centrale. Ça ne sera pas facile. Je pense qu'on ne va pas vous voir arriver d'un très bon œil, là-bas. Il faudra vous battre et vous débrouiller par vos propres moyens. J'ai été clair ?

— Oui, Monsieur !

En quittant son bureau, je me dis qu'il m'avait dit tout et son contraire. Sûr qu'on allait s'amuser. J'étais heureux, mais en même temps, un peu triste. Ainsi, j'allais quitter cette bonne vieille brigade de Versailles. J'y avais appris mon métier. J'y laisserai des affaires en cours, des réussites et quelques échecs. J'y laisserai surtout mes compagnons du G.R.B., des hommes avec leurs qualités et leurs faiblesses, mais des policiers comme je devais en rencontrer bien peu par la suite. Cette bonne vieille brigade à qui j'avais tout donné de moi et qui me l'avait bien rendu... en me prenant tout. Je n'en demandais d'ailleurs pas plus.

Deuxième partie

L'ANTI-GANG DE NICE

CHAPITRE VII

Ce voyage au Pérou avait été un dépaysement total. Dans des régions magnifiques, à la beauté pleine d'histoires et de mystères, où les gens vous sourient dès qu'ils comprennent que vous n'êtes pas un gringo, Rose-Marie et moi avions passé des journées inoubliables, accumulant souvenirs et sensations comme les touristes prennent des photos.

C'était une fille étrange, sensible, avec un côté mythomane qui m'obligeait parfois à faire une pause, pour retrouver le sens des réalités. Elle m'entraînait dans un monde irréel, dans lequel je devais chercher, comme dans un tableau de Dali, les détails concrets. Elle était passionnée et abstraite. Je retrouvais avec elle des rêves d'enfant, enfouis bien loin derrière le ronron de la vie quotidienne.

Au retour, dans le charter surchargé et inconfortable qui nous ramenait vers nos réalités, nous nous étions peu parlés, d'abord atterrés par notre séparation prochaine, puis peu à peu ramenés à nos propres préoccupations, à notre vie solitaire, à nos soucis subalternes. Nous n'avions fait aucun projet d'avenir, et maintenant que le futur allait devenir présent, il nous séparait.

C'est les yeux secs et presque indifférents, que nous nous étions quittés à Zurich, comme des malades dont une drogue miracle masque la souffrance et qui les rend inconscients de la gravité de leur mal.

— J'ai 40 ans, je suis commissaire principal et je pense que tous ensemble, puisque vous êtes tous volontaires, nous allons faire du bon boulot. Une équipe de choc, voilà ce que je veux. J'attends de vous de l'esprit d'initiative, du courage, de la disponibilité et encore de la disponibilité. Nous sommes tous flics, appartenant à un grand corps de l'Etat, mais sans l'oublier, je vous demande maintenant d'être avant tout de « la B.R.I. de Nice ». N'oubliez pas que cette brigade sera ce que nous en ferons.

Nous étions tous assis à même le sol, en cercle autour d'un vieux seau qui nous servait de cendrier. Pour nous, les migrateurs, ce mois d'août sur la Côte d'Azur nous semblait caniculaire.

Il y avait là une trentaine de gars, ou plus exactement 29 gars et une fille, Brigitte, une grande et belle brune, dont la voix légèrement cassée semblait vouloir masquer la féminité.

Ils venaient de tous les horizons, de Paris, de Lille, de Metz, de Rennes, d'Orléans, de Versailles et j'en oublie sans doute, et de tous les services de Police. Ils avaient été sélectionnés parmi des centaines de volontaires, en raison de leur état de service, de leurs capacités, de leur caractère, et quelques-uns à cause d'un bon coup de piston. L'Administration sera toujours l'Administration, quelles que soient les circonstances. A l'usage d'ailleurs, les pistonnés devaient se révéler aussi bons ou aussi mauvais que les autres.

Certains m'ont déçu, d'autres m'ont surpris. Juger des hommes est difficile, mais le faire sans les connaître, en se fiant à un vague dossier qui bien souvent reflète plus le caractère de son rédacteur qu'autre chose, est une hérésie.

— Nous ne nous connaissons pas, repris-je, aussi je vais vous demander de vous présenter rapidement, à tour de rôle.

Alors que chacun prenait la parole, avec plus ou moins d'humour, je tentai de me faire une opinion sur mes nouveaux compagnons d'aventure. Il allait me falloir constituer des équipes homogènes, composées d'hommes complémentaires. Il me faudrait désigner les chefs, en tenant compte de l'expérience et des qualités propres de chacun, mais aussi hélas, de l'âge, de l'ancienneté et du grade.

Elle ne payait pas vraiment de mine, la nouvelle brigade anti-gang. En jeans, en shorts, en savates, certains torses nus, exposant leur peau trop blanche ou légèrement rougie par de récents coups de soleil, ses membres avaient entre 25 et 35 ans et ressemblaient plus à des touristes qu'à des poulets. Le vétéran, Marcel, venait de la Brigade anti-gang de Paris ; il avait 47 ans et les autres l'avaient déjà baptisé « Pépé ». Plusieurs étaient célibataires, mais la plupart étaient mariés et pères de famille. Pratiquement tous avaient cependant laissé, du moins provisoirement, femme et enfants dans la ville de leur dernière affectation. Tout avait été si vite. Pour quelques mois, c'était donc la Brigade des célibataires et cela m'arrangeait. Par la suite, elle deviendra plutôt la Brigade des divorcés, à cause du travail, sans doute, mais aussi, dans bien des cas, parce que beaucoup n'auront su résister à cette région merveilleuse, à l'ambiance superficielle et au climat aphrodisiaque.

Le Ministère de l'Intérieur avait loué à notre intention une vieille caserne désaffectée, du Quartier Saint-Roch, que l'armée n'utilisait plus depuis bien longtemps. Dans cette immense enceinte, tombant plus ou moins en ruine, envahie par des rats, gros comme des chats, un bâtiment qui avait servi à loger des officiers, devait nous être aménagé. Bien sûr, rien n'était prêt, les peintres commençaient juste à faire les plâtres. Pas un meuble, pas une chaise, pas de téléphone, ni même un crayon. Il manquait tout. Dans la police comme dans l'armée, il est plus facile de trouver des hommes que du matériel.

Quelques voitures, cependant, nous avaient été livrées. Seulement, arrivées avant nous, elles avaient déjà été réparties entre d'autres services. Il fallait les récupérer. Pas facile, les véhicules manquaient partout dans la police. Une Renault 30, l'une des premières voitures rapides affectées en P.J., était ainsi passée entre les mains du commissaire divisionnaire, Albert Mourey, chef de la P.J. de Nice.

Je fis sa connaissance rapidement. Homme d'un abord courtois et affable, il ne me cacha pas son opposition à la création de ce nouveau service. Très mal vu du Directeur central, il était cependant intouchable, car très près du Préfet. On disait — mais on dit tant de choses — qu'il était franc-maçon, comme plusieurs hauts fonctionnaires, magistrats et personnalités de Nice. C'était peut-être vrai ou peut-être pas. L'expérience, en tout cas, m'apprit que quelques dizaines de personnes tiraient effectivement les ficelles dans cette ville, formant un véritable rempart au pouvoir central, ou plus exactement au pouvoir parisien. Les « étrangers » qui y débarquaient étaient à priori exclus. La plupart renonçaient au bout de quelques mois, les autres s'intégraient, se mettaient au pli et y faisaient carrière. Drôle de ville !

Lui devait être là depuis une dizaine d'années. Je n'avais rien à attendre.

L'antenne de Police Judiciaire de Nice dépend directement du S.R.P.J. dont le gros de la troupe et le siège se trouvent à Marseille. Service important, le premier ou le deuxième de France, suivant que l'on est marseillais ou versaillais, il a compétence sur les départements des Bouches-du-Rhône, du Var, des Alpes-Maritimes et des Alpes de Haute-Provence. Récemment encore, son ressort s'étendait également à l'Ile de Beauté où des renforts étaient systématiquement envoyés, en raison de l'activité grandissante du F.L.N.C. La France comprenait ainsi dix-sept S.R.P.J., et l'on venait de créer le dix-huitième : le S.R.P.J. d'Ajaccio. Les policiers de ces services, habilités par la cour d'appel, possèdent une compétence territoriale relativement étendue, mais limitée néanmoins à leur seule région. Enlever la Corse au S.R.P.J. de Marseille paraissait une chose raisonnable, mais on s'aperçut bien vite qu'il n'était alors plus possible de lui envoyer de renforts, les marseillais n'y ayant plus de prérogatives. Quand les attentats se multiplièrent, les autorités se trouvèrent coincées et furent obligées de faire appel à l'O.C.R.B. et aux B.R.I. de Lyon et de Nice, services à vocation nationale. C'est ainsi qu'en 1980, des policiers chargés de la lutte contre le grand banditisme, et par conséquent nullement préparés à des missions de maintien de l'ordre, se retrouvèrent à Ajaccio, les armes à la main, dans un climat quasi insurrectionnel. Le résultat fut cette énorme bavure qui coûta la vie à une jeune femme, tuée dans sa voiture d'une rafale d'Uzi, par un jeune policier de l'O.C.R.B. qui, finalement, n'aurait jamais dû être là.

Les policiers de la B.R.I. de Paris avaient pour une fois tiré avantage de leurs attributions réduites à Paris et sa périphérie, et avaient refusé cette mission qui ne les enchantait pas. Le moins qu'on puisse dire c'est qu'ils avaient bien fait.

Tout en étant une émanation de l'O.C.R.B., tout en

étant sous la tutelle de la cour d'appel de Paris et tout en possédant une compétence nationale, la B.R.I. de Nice se trouvait donc rattachée hiérarchiquement au S.R.P.J. de Marseille. Il ne me restait plus qu'à faire connaissance avec son directeur.

Le contrôleur général Mathieu me reçut sans plaisir excessif, et pour être sûr que je le comprenais bien, il me le dit nettement.

C'était un homme près de la retraite. Gestionnaire averti, son souci principal était de faire tourner une boutique de 400 personnes, dispersées entre Marseille et Nice, en évitant les embûches administratives et politiques. La quadrature du cercle, surtout dans le sud de la France. Je dois dire qu'il y réussissait assez bien. Il avait juste, à mon avis, perdu de vue en chemin la finalité de notre travail : réprimer les crimes et les délits.

Car, qu'on le veuille ou non, la P.J. est avant tout un service répressif. Le flic qui a choisi ce métier n'est pas là pour faire des ronds de jambe. Il n'est pas là pour être aimé, ni compris, ni pour faire du malthusianisme. Il n'est pas là pour faire de la prévention. Non ! Il est là pour frapper. Pour mettre hors d'état de nuire des malfaiteurs réputés dangereux pour la société et, de temps en temps, il y a de la casse. C'est obligé. L'éboueur a beau mettre des gants, il met quand même les mains dans la merde.

Pour Mathieu, notre arrivée était source d'ennuis. On lui imposait ce nouveau service. Il n'était pas d'accord. Il n'était pas content et, visiblement, il ne ferait rien pour nous faciliter la tâche.

O.K. ! On se débrouillerait tout seul.

Je n'avais pas choisi mon adjoint, car d'après le texte même de création de la B.R.I., il devait obligatoirement être du cru. Aussi, c'est avec une certaine méfiance que je fis la connaissance de Pierre Guiziou.

Agé d'une trentaine d'années et policier de peu d'expérience, on ne m'en avait pas dit que du bien. Au premier contact, je le trouvai surtout un peu trop nerveux, et je découvris plus tard son amour des armes, ce qui accentua encore ma prudence.

Il devait montrer cependant des qualités certaines, surtout une, qui était prépondérante dans l'immédiat : un esprit de débrouillardise hors du commun.

En effet, après quelques essais infructueux auprès des services administratifs, nous avions parfaitement réalisé que notre première victoire serait notre installation. Nous n'avions rien pour commencer à travailler et surtout aucun budget ne semblait être prévu. Personne n'avait reçu d'instructions nous concernant. En fait, nous n'existions pas et, surtout, nous dérangions. Nous avions deux possibilités : soit passer sous le joug des hommes qui pouvaient nous aider et perdre ainsi notre indépendance avant même d'y avoir goûté, soit nous démerder. C'est ce que nous fîmes.

Pierre s'occupa des services locaux et moi, je me mis à tirer les sonnettes des bureaux parisiens. Au bout de deux ou trois semaines, nous avions des contacts à peu près partout. Exploitant alors les affinités entre les uns et les rivalités entre les autres, profitant également de la compréhension réelle d'un homme ou deux, les résultats dépassèrent même nos espérances. Les rares réticences furent balayées par la participation, toute involontaire, de hauts fonctionnaires ou hommes politiques de la majorité. Par le simple usage de leur nom, certaines personnalités aidèrent ainsi sans le savoir à la création d'un service de police.

Il faut dire qu'à Nice, c'était du gâteau. Toute décision importante prenait vite une coloration politique. La famille Médecin tenait la ville comme son royaume.

L'opposition faisait feu de tout bois et toutes les occasions étaient bonnes pour jeter de l'huile sur le feu. Et s'il n'y a pas de feu sans fumée, il n'y a pas de chefs sans soldats, et ceux qui se regroupaient autour du maire étaient loin d'être tous de petits saints.

En tout cas, cette ambiance politique gluante et malsaine, doublée d'un certain laxisme de la police et de la justice, avait eu vraisemblablement plus d'influence pour la création de notre brigade, que la criminalité réelle de la région.

Mais il est certain que les truands étaient à l'aise sur la Côte d'Azur. Certains s'étaient rapprochés d'hommes politiques, sachant que la crainte d'un scandale, même injustifiée, les obligerait à les aider en cas de nécessité. Spaggiari, petit margoulin sans envergure, manipulé par de puissants caïds marseillais, avait su, dans sa mégalomanie, utiliser cette méthode et créer la confusion et l'amalgame.

Dans un premier temps, nous avions commencé à effectuer les stages qui étaient programmés. Stages de conduite sportive sur monoplaces au Mans, stage complet de tir, entraînements intensifs aux filatures, aux planques et aux méthodes d'interpellation.

Deux mois plus tard, connaissant mieux les hommes, je décidai de partager la Brigade en trois groupes de terrain et un groupe de documentation.

Ce dernier était à mes yeux le plus important car il était chargé de centraliser tous les renseignements qui nous parvenaient des services de police et de gendarmerie, du moins dès que la Côte d'Azur pouvait être concernée. Il était, de plus, chargé de s'occuper des écoutes téléphoniques.

Il faut bien comprendre que, depuis quelques années, on a supprimé en France toutes les sources de renseignements des policiers. Assurer la protection d'un patron de bar ou d'un petit julot est devenu impossible. Fermer les yeux sur un délit de quatre sous en échange d'un tuyau est quasiment suicidaire. Alors, comment faire pour ne pas être coupé complètement du Milieu ? Les écoutes, il ne reste que ça.

Il y a en France des milliers d'écoutes téléphoniques de toutes sortes et je pense que pas une affaire sérieuse, qu'elle concerne le banditisme, le terrorisme ou les stupéfiants, n'est actuellement réalisée sans le concours des « zozors ». C'est normal. C'est même indispensable. Pas un service de police, de gendarmerie, des douanes ni même des enquêtes fiscales qui n'utilise cette source de renseignements. Les écoutes font partie de l'arsenal actuel de l'enquêteur. C'est un processus irréversible et nécessaire, même si la morale en souffre, même si les ministres déclarent les uns après les autres que ça va changer. Pas possible, tant que les policiers ne posséderont pas une autre arme. Demain, ça sera peut-être l'ordinateur, à moins que la mentalité des Français ne se modifie et qu'ils décident de collaborer avec leur police, pour assurer leur protection.

Mais, à choisir entre les écoutes et la délation, je préfère les écoutes.

Alors, pour les écoutes téléphoniques ? Non, bien sûr, pas plus que l'on ne peut être pour les antibiotiques mais... quand on est malade...

Il faut cependant se méfier. Il existe actuellement une surenchère des orions, comme on les appelle, qui devient quand même inquiétante. Longtemps réservés aux seuls services spécialisés, ils faisaient l'objet d'un contrôle très strict. Visées au niveau de trois cabinets ministériels, les demandes d'écoutes étaient entièrement contrôlées par le Groupement interministériel de Contrôle, organisme situé aux Invalides, placé sous la tutelle du Premier ministre. Il existait des abus, bien sûr, mais pas plus que dans l'octroi des permis de construire ou dans les autorisations d'exporter des capitaux. Depuis quelques temps, il faut bien le dire, c'est devenu l'anarchie.

D'ailleurs, le nombre des « écoutes » a très sensiblement augmenté, augmentation freinée néanmoins par le coût de ces opérations techniques et par le nombre limité de lignes dont disposent les P.T.T. Mais, maintenant, ce sont les juges d'instruction qui se sont mis de la partie. Là, il faut crier casse-cou, car un homme tout seul, qui n'a de comptes à rendre à personne, peut s'il le désire, placer qui bon lui semble sur table d'écoutes. Quel que soit l'objet de son enquête, criminel, financier ou politique. Certains magistrats ont ainsi à leur disposition des dizaines d'écoutes « judiciaires », exploitées par les O.P.J. qu'ils désignent, et personne ne peut les contrôler. Personne ne peut dire combien il en existe, ni le ministre de l'Intérieur, ni le ministre de la Justice. C'est le flou le plus complet.

Il doit y avoir en tout, en France, 4 à 5000 personnes écoutées en permanence. Des truands, bien sûr, mais aussi des journalistes trop bien renseignés, des P.-d.g. au train de vie un peu trop ostentatoire, des syndicalistes un peu trop actifs et même des flics, quand ils ne marchent pas dans les clous.

Danger ! Danger ! Surtout pour vous, Messieurs les Juges, vous allez au casse-pipe. Vous êtes là pour rendre la justice et garder les mains propres, laissez donc la police remuer la boue et porter le chapeau. Ne renversez pas les rôles.

Et je ne parle pas de tous ces gadgets que l'on trouve au drugstore du coin, qui permettent à chacun d'écouter vivre son voisin. La France est devenu un pays d'écouteurs et d'écoutés, et ce sont parfois les mêmes.

Alors, mon groupe Doc s'est mis à écouter aussi. Non pas n'importe qui, mais des voyous connus, que jamais personne n'avait réussi à faire tomber. Et les groupes opérationnels se sont mis à planquer sur ces mêmes voyous, le jour, la nuit et aussi les week-ends.

Tous se sont jetés dans ce travail fastidieux, sans tenir compte du temps passé. On était bien loin de la semaine de 39 heures.

Les résultats ne se sont pas fait attendre. Sans crier gare, sans que personne ne soit au courant, nous avons commencé à faire tomber quelques équipes. Tout était bon, braqueurs, voleurs, receleurs, maquereaux ou trafiquants de drogues. Tous pris en flagrant délit, la main dans le sac. Des affaires bien carrées et rondement menées, dont n'avaient l'habitude ni les magistrats, ni les truands, ni les journalistes.

Ce sont ces derniers qui réagirent le plus vite. Ils comprirent rapidement la copie qu'ils pouvaient en tirer, et montèrent en épingle des arrestations qui n'en valaient pas toutes la peine, mais qui plaisaient à leurs lecteurs.

Les relations presse-police, voilà un sujet à thèse. Bon nombre d'intellectuels se sont pris la tête entre les mains et ont longuement réfléchi au problème. Certains, les plus imaginatifs sans doute, en ont fait des pages. Mais, attendez voir ! Où est le problème ? Les neuf dixième du boulot du policier ne sont que routine et banalités et ça, tout le monde s'en fiche. Bon ! Il reste un dixième. Mais on a déjà bien réduit les données. Cette petite partie de l'activité policière, par son caractère exceptionnel, spectaculaire ou dramatique intéresse l'opinion publique. Eh bien ! Pourquoi vouloir la cacher ? Pourquoi ne pas jouer le coup franchement et informer la presse ? Mesdames, Messieurs, voici les éléments de l'enquête, mais attention, ça, vous ne pouvez pas le dire... secret de l'instruction, ça non plus... atteinte à la vie privée. Après tout, à chacun ses patins et à chacun ses risques. Bien souvent d'ailleurs dans la pratique, journalistes et flics se connaissent, s'estiment, s'apprécient et surtout se font confiance. Mais on ne peut pas plus enlever au journaliste le désir de faire un scoop qu'au policier celui de réussir son affaire.

Soyons franc, quelques policiers, essentiellement des commissaires de police, ont fait leur carrière grâce à la presse et à leur habileté à utiliser les médias, c'est une toute petite minorité. Ce ne sont pas obligatoirement les plus mauvais, mais les meilleurs flics, quel que soit leur grade, ne font jamais parler, du moins volontairement. Ils possèdent cette pudeur et cette modestie, naturelles chez les hommes de valeur. Ceci dit, ne soyons pas hypocrites, un petit article dans le journal, ou quelques mots à la radio, ça ne fait de mal à personne et ça remplace avantageusement la lettre de félicitations qui ne vient jamais.

Attention, je ne dis pas que les poulets doivent faire tous les matins leur rapport au journaliste du coin, il y a des moments où la discrétion la plus complète est de mise. Quand une enquête est en cours, quand une affaire est chaude, il faut savoir se taire, c'est une question d'efficacité et parfois même de sécurité. Mais si une affaire apparemment énigmatique est résolue, si les policiers réussissent une belle arrestation, pourquoi ne pas le faire savoir ? Pourquoi ne pas dire que tel service a réussi telle affaire ? Ça donne au moins l'impression aux flics qu'on reconnaît leurs mérites et surtout ça rassure les gens en leur montrant qu' « on » s'en occupe et que leur police n'est pas si mauvaise que ça. D'ailleurs la preuve qu'elle est bonne, c'est qu'elle est systématiquement attaquée, donc qu'elle dérange. Et l'on ne dérange jamais quand on ne fait rien.

En tout cas à Nice les relations avec la presse devinrent rapidement particulières, si j'ose dire, car quelques journalistes locaux, baroudeurs dans l'âme, s'accrochèrent à nos basques avec une ténacité équivalente à leur conscience professionnelle. Et comme ils savaient vendre leurs papiers, dès qu'on sortait une affaire, on voyait débarquer en plus trois ou quatre journalistes parisiens. D'accord, le soleil de la Côte y était peut-être aussi pour quelque chose...

Mais bien sûr, en nous mettant en valeur, cette publicité ne pouvait que déplaire autour de nous. Chaque affaire renforçait l'inimitié de quelques-uns de nos collègues qui admettaient difficilement d'apprendre, le matin en buvant leur café, qu'un événement important s'était déroulé dans « leur » ville.

Ce fut le début d'une guerre. Non pas la guerre contre les malfrats sur laquelle nous aurions dû tous réunir nos efforts, mais une sorte de guerre des polices. D'abord psychologique et sournoise, puis plus ouverte et parfois carrément méchante. Mais à toute chose malheur est bon, car si chaque réussite nous isolait un peu plus, elle nous rendait plus discrets et, du même coup, plus efficaces.

Au lendemain d'une prise de quelques kilos d'héroïne, je reçus une convocation du commissaire Mourey, me demandant de passer le voir immédiatement.

J'enfourchai l'une des deux Honda 500 que nous venions de toucher pour me rendre avenue Foch, à l'hôtel de police.

Je frappai à la porte de son bureau et entrai sans avoir entendu la réponse. Il y avait là, assis autour de lui, le père Mathieu, le directeur de cabinet du Préfet, petit technocrate pète-sec et le procureur de la République. Tous soigneusement mis et cravatés.

Ils marquèrent un mouvement de surprise en voyant

entrer ce grand type bronzé, aux cheveux longs et ébouriffés, vêtu d'un tee-shirt et d'un jean, tenant négligemment à la main un casque de motard.

Faut dire que je ne devais pas représenter le nec plus ultra du corps des commissaires de police. Mourey attaqua d'un ton mielleux :

— Je ne vous présente pas ces Messieurs. Justement, nous parlions de vous et de « votre » B.R.I. Il y a quelques problèmes, et nous souhaiterions bien que ça change.

— Des problèmes ? Quels problèmes ? questionnai-je hypocritement.

J'attendai qu'ils se déculottent. En effet, jusqu'à présent, nous avions des réussites, sans aucune bavure, et il était difficile de nous critiquer. De plus, lors d'une réception à laquelle je m'étais fait inviter par une relation quinze jours auparavant, le ministre de l'Intérieur, Christian Bonnet, m'avait félicité pour l'action de la Brigade, en m'appelant par mon nom. Personne n'était censé savoir que c'était son garde du corps, un ami de longue date, qui le lui avait glissé dans le creux de l'oreille, quelques minutes auparavant.

— Vous venez de faire une affaire de stupéfiants, dont je vous félicite, reprit Mathieu, mais personne n'était au courant. Figurez-vous que le Préfet l'a appris dans son bain, en écoutant R.M.C. Vous savez combien ce genre de trafic est actuellement à la pointe de l'actualité ? Cinq minutes plus tard, il avait un coup de fil du cabinet du ministre, lui demandant de fournir des explications complémentaires. Bien entendu, il en était incapable, et pour cause, il ne savait rien. Et un préfet qui n'est pas informé est un préfet en colère.

— Et qui passe pour un con, murmurai-je, en prenant quand même soin que personne ne comprenne.

— Aussi, nous sommes ici pour que ça change.

D'abord, j'ai reçu récemment des instructions de notre Direction centrale afin de créer une brigade des stups à Nice. Dorénavant, il vous est interdit de vous occuper de ce type d'affaires. Si vous avez des informations, vous les transmettrez. Pour les autres affaires, vous tiendrez Monsieur Mourey régulièrement informé. De plus, et je dirais surtout, je vous interdis tout contact avec la presse. C'est clair ?

Un ange passa.

— C'est clair, dis-je, mais dois-je comprendre que vous désirez freiner l'activité d'un service de police ?

— Ne faites pas de mauvais esprit, dit le Procureur.

— Savez-vous, Monsieur le Procureur, qu'en six mois d'activité réelle, nous avons fait tomber une bonne douzaine d'équipes, soit une trentaine de types qui, tous, vont se retrouver en cour d'assises ? Savez-vous, Monsieur le Directeur, que quand on planque sur des truands, on est bien souvent incapable de dire à l'avance s'il s'agit de braqueurs, de casseurs, de trafiquants de stups ou de vulgaires contrebandiers entre la France et l'Italie ? Savez-vous, Monsieur Mathieu que depuis la création de la B.R.I., il n'y a pas eu de nouveaux règlements de comptes à Nice ? Savez-vous, Monsieur Mourey, que si je vous rends compte des affaires en cours, il y a de telles fuites dans votre service, que les truands seront informés bien avant le Préfet ? Allons, je vous en prie, laissez-nous travailler à notre façon. Elle n'est pas très orthodoxe, mais elle est efficace. Il est vrai que les journalistes sont trop bien renseignés. C'est un peu de ma faute, mais êtes-vous au courant qu'à *Nice-Matin,* un récepteur radio est calé en permanence sur notre fréquence ? Parfois, nous les retrouvons même sur les planques et nous sommes obligés de transiger avec eux. Tenez, je suis sûr que demain, Daniel Curzi, de *Nice-Matin,* sera informé de cette réunion. Il est introduit partout, mais qui peut lui reprocher de bien faire son boulot ?

Surpris par ma tirade, personne ne bougeait. Je repris :

— Il faut quand même être clair. Faire de l'anti-gang, c'est avant tout travailler d'une manière marginale. Si la B.R.I. rentre dans le giron de l'Administration, elle n'a plus aucune raison d'être. Elle devient un service de plus, un service inutile. Nous sommes là pour déranger. Notre action doit rester occulte et inattendue, c'est la seule méthode qui nous permette d'être efficaces. De plus, nous inquiétons les voyous et combattons aussi un peu l'engourdissement qui pourrait gagner certains policiers trop bien installés sur la Côte d'Azur.

En regagnant la brigade, sur ma belle machine toute neuve, je souriais tout seul. Je n'avais convaincu personne, mais j'étais content de moi. J'avais même réussi à ne pas me mettre en colère.

J'admirai cette ville, un peu exotique pour mes yeux de parisien, la beauté des femmes légèrement vêtues, au regard noir et direct, et ce ciel tout bleu. Je me dis que la vie était belle en cette journée de mai. Je bifurquai de ma route et pris la direction de la mer. Sur les plages privées, encore non installées, quelques personnes profitaient de la chaleur de ce printemps.

Je posai mon engin et allai m'étendre au bord de l'eau. La tête sur mon jean et mon tee-shirt roulés en boule, je m'endormis sous l'œil bienveillant d'un soleil complice.

CHAPITRE VIII

Bien sûr, je n'avais rien changé à mes habitudes. Peut-être m'efforçai-je à un peu plus de diplomatie. Mais je m'étais gardé de parler d'une affaire qui était en train de prendre forme. Elle aurait par trop chatouillé les collègues niçois, échaudés par le casse de la Société Générale.

Nous avions « branché » un petit bar du vieux quartier et deux ou trois mecs qui le fréquentaient. Ça ne donnait pas grand-chose, beaucoup de bla-bla et, à l'arrivée, de petites magouilles qui ne méritaient même pas qu'on s'y intéresse. J'étais à deux doigts de laisser tomber, quand Jean-Marie, qui faisait fonction « d'orionneur », attira mon attention.

— Ecoutez, Patron, c'est bizarre, ces mecs, je ne sais pas ce qu'ils manigancent. Ils sont en train de s'équiper, comme pour partir au Sahara : vêtements, talkies-walkies, lampes, conserves, rations K. Peut-être préparent-ils une expédition spéléologique ? A moins qu'ils n'envisagent de soutenir un siège. Vous voulez pas venir écouter ?

J'écoutai une partie de l'enregistrement. Il avait raison, Jean-Marie, ces mecs préparaient quelque chose, mais quoi ?

Je convoquai le groupe de Raymond, dit « Le Baron », qui suivait cette équipe. Les avis étaient partagés. Plusieurs pensaient qu'il s'agissait de petits rigolos, d'autres que ça pouvait être sérieux. Que faire ? Investir plus avant et risquer de se planter, ou plus raisonnablement laisser tomber et passer à un autre objectif ?

L'éternel problème ! Un peu comme le boursicoteur qui hésite entre vendre ses actions avant qu'elles ne baissent ou les conserver en attendant qu'elles grimpent. La sagesse est de répartir les risques, pour être au moins sûr de ne pas perdre.

Mais ne pas perdre, ce n'est pas gagner, et moi, je voulais gagner.

— O.K., dis-je, vous allez mettre le paquet là-dessus, nuit et jour, si nécessaire. Je veux tout connaître, leurs copains, leurs relations, leurs nanas. Il faut savoir qui ils sont, savoir s'ils sont julots ou pédés, s'ils paient des impôts, s'ils flambent, leurs habitudes, les bagnoles qu'ils utilisent, les rades où ils tombent, etc. Vous avez une semaine.

Ça n'avait pas traîné. Trois jours plus tard, j'avais tout sur mon bureau. Pas de doute, nous avions levé une belle équipe. Tous ces types étaient titulaires d'épais dossiers et, surprise, quelques-uns travaillaient plus ou moins épisodiquement, à la mairie de Nice.

L'affaire en devenait encore plus intéressante, car pour un policier ou un magistrat, une affaire dans laquelle risque d'apparaître, même en filigrane, des personnalités politiques, devient du même coup très importante. C'est une affaire dont on risque de parler. Les hommes sont comme ça. Faites-vous une raison, si votre nom n'est pas dans le Who's who : votre dossier, qu'il concerne un vol dans votre villa ou des violences contre votre enfant, restera toujours un dossier anonyme. Un dossier qui s'ajoutera à la pile déjà constituée, mais sur lequel viendront prendre place d'autres dossiers au nom plus ronflant que le vôtre.

Dans cette équipe, il y avait, entre autres, un type surnommé « l'ingénieur ». Ce lascar, bricoleur de génie, s'était signalé quelques années auparavant, d'une manière assez originale. Il avait mis au point un procédé capable de neutraliser tous les systèmes d'alarme des banques, et il avait tenté de le placer auprès de celles-ci, en démontrant ainsi l'inefficacité de leur protection et sa compétence. Inutile de dire qu'il s'était fait rembarrer et qu'aucun banquier n'avait accepté l'idée même d'une démonstration. Alors, il avait utilisé les grands moyens. Il s'était introduit dans une grande agence parisienne de la Société Générale et y avait passé la nuit. Le lendemain matin, ce sont les employés qui l'avaient réveillé. Branle-bas de combat, arrestation, perquisition, garde-à-vue. Rien n'avait été volé et notre ami avait déclaré :

— J'ai voulu démontrer l'inefficacité des protections de cette banque, afin de leur vendre un système de mon invention qui, lui, est inviolable.

La Société Générale, sans humour ni fair-play, avait déposé plainte pour tentative de vol et notre ingénieur s'était retrouvé au trou pour 5 ou 6 mois.

Toute la B.R.I. se mit au travail sur cette équipe. Des jours, des semaines de planques et de filoches, mais rien ne se passait. Nous avions fini par les connaître par cœur et devinions leur moindre réaction. Mais ça durait, ça durait et ça n'avançait pas.

Puis un jour, enfin, l'embellie.

Une filoche impeccable, sur près de mille kilomètres, nous avait amenés à Paris.

En ce mois de juillet, la capitale s'était vidée pour laisser place nette aux touristes. Le temps était lourd, un peu orageux, et les vapeurs d'essence et autres effluves de toutes sortes se faisaient plus insistantes que d'habitude. Le convoi stoppa place de l'Etoile. La Mercedes des truands se rangea le long du trottoir, près de l'avenue Foch, mais les portières restèrent fermées. Pas de doute, ils avaient un rancard. Le dispositif de surveillance se plaça rapidement tout autour de la place, livrée pour un été au flot de ses milliers de touristes.

L'attente ne fut pas longue, dix minutes plus tard, une demi-douzaine de lascars vint les rejoindre. Bruns et bronzés, leur accoutrement et leur allure faisait plus penser à des « boulots » qu'à une escouade du Club Méditerranée.

Un homme sortit de la voiture et vint au-devant d'eux. Ils échangèrent quelques mots. Le dialogue semblait difficile et s'accompagnait de gestes qui visiblement voulaient indiquer un itinéraire. Trois minutes plus tard, ils se séparèrent.

Je me retrouvai au cul des inconnus. Ils rejoignirent une grosse B.M.W. immatriculée en Italie et démarrèrent. A six là-dedans, ils étaient plutôt serrés, et ils ne risquaient guère de nous détroncher. La filoche était facile.

Après une petite promenade qui semblait bien confirmer que le chauffeur ne connaissait pas la ville, tout ce beau monde se retrouva près de l'hôtel Lutécia. Niçois et Italiens descendirent tranquillement à pied la rue de Sèvres et s'engouffrèrent dans un immeuble situé au début de la rue des Saints-Pères.

Il ne restait plus qu'à attendre. A croire qu'un flic passe sa vie à attendre.

Bruno m'appela par radio.

— Dites Patron, la « queban » située à côté de là, c'est pas celle où l'ingénieur s'était laissé enfermer ?

Nom de Dieu, il avait raison Bruno, c'était bien la même.

L'affaire prenait brusquement de la consistance. L'immeuble où ils venaient de pénétrer se trouvait en fait juste derrière la Société Générale. Notre imagination commença à tourner à 5000 tours.

Une heure plus tard, les types ressortaient l'un après l'autre. Je décidai de laisser mes collaborateurs continuer seuls la filature, et de faire la pause. Depuis 24 heures, nous n'avions mangé que des sandwichs et, d'un seul coup, je ressentais à la fois la faim et le besoin de m'isoler.

— Je coupe l'écoute, dis-je par radio, je vais faire le point.

Le privilège du chef ! Je m'arrêtai devant le Pub Saint-Germain. Après une bavette trop saignante et un essai infructueux auprès de deux Américaines en short — mon anglais est vraiment trop mauvais —, je me sentais les idées beaucoup plus claires.

Je me posai sur un passage clouté, près du 127, Faubourg Saint-Honoré, le siège de l'O.C.R.B., me faisant engueuler au passage par une contractuelle, mignonne, bien qu'un peu trop maquillée. Heureusement qu'elle porte l'uniforme, pensai-je, sinon on pourrait la prendre pour une pute, sur son trottoir. Je lui dis qu'elle avait de beaux yeux, ce qui était vrai. Elle piqua son fard et devint franchement grossière.

— Hop-là, ma belle ! lui dis-je en lui balançant ma carte sous le nez, votre visage honore notre profession, mais votre langage est indigne de la tenue que vous portez. Je vous confie ma voiture, gardez-la bien.

Et je la plantai là, légèrement déconcertée.

L'ascenseur était en panne et je me tapai les six étages à pied. Aimé Blanc, le chef de l'O.C.R.B. était absent de son bureau. Après avoir eu confirmation par Françoise, sa secrétaire, qu'il allait revenir rapidement, je me laissai tomber dans son fauteuil, en jetant un coup d'œil aux papiers qui encombraient les lieux.

— Salut, mon grand ! me salua-t-il, quelques instants plus tard en retirant sa veste.

Je me levai pour lui laisser sa place.

— Ne bouge pas, je t'en prie.

Et il s'installa dans l'un des fauteuils réservés aux visiteurs. Petit homme mince et nerveux, Lucien était une figure de la P.J. Flic jusqu'aux bouts des doigts, il avait toujours des histoires invraisemblables à raconter, et on l'écoutait, car même les moins crédibles étaient narrées avec une telle verve et avec tant de détails croustillants qu'on se laissait prendre au jeu.

Haï par les uns, adoré par les autres, c'était de toute manière un homme qui ne laissait pas indifférent.

— Tu sais, je n'ai pas beaucoup de temps, nous sommes sur l'affaire Mesrine et la Direction n'arrête pas de nous emmerder. On a une réunion dans vingt minutes. Une de plus.

Je lui expliquai succinctement la raison de ma visite, sans entrer dans les détails et sachant d'avance qu'il ne s'y intéresserait pas. Comme beaucoup de bavards, il ne savait pas écouter. L'esprit entièrement pris par son affaire, il m'expliqua qu'il avait un contact avec un journaliste et qu'il espérait bien localiser Mesrine et baiser la P.P. au passage.

— Je ne peux rien faire pour toi. Si tu veux, je te mets un gars.

— Non, laisse tomber. On va continuer comme ça et, pour la forme, je vais prévenir le père Broussard.

— O.K. ! Salut, mec ! Tiens moi au courant quand même.

En reprenant ma voiture, je vis que la mignonne avait sournoisement glissé un P.V. sous les essuie-glaces. Je le déchirai soigneusement, sous l'œil réprobateur d'un flicard. Il s'approcha de moi doucement, l'air soupçonneux, mais n'osa m'interpeller quand il s'aperçut que je discutai par radio.

— Tout va bien, disait Bruno, on a logé tout le monde. Les ritals sont dans un hôtel de Montparnasse et les niçois dans un appartement de Suresnes. Qu'est-ce qu'on fait maintenant ?

Tout le monde était crevé. En principe, ces gars-là, il ne fallait pas les lâcher, mais demain, la journée risquait d'être longue.

— Bon, écoutez tous ! On décroche pour aujourd'hui. Mais demain, je veux une équipe sur chaque dome et une autre sur la banque.

— A quelle heure ?

Merde, il faudrait encore se lever tôt.

— A six heures ! Bonne soirée à tous.

Le lendemain matin, après une rapide reconnaissance des points de chute de nos clients, je me rendais sur l'objectif supposé. Pas de doute, l'immeuble qui nous intéressait devait être mitoyen à la Société Générale de la rue de Sèvres. Pas facile de se rendre compte.

Je me posai à proximité et décidai d'attendre à la terrasse d'un petit café. J'étais sûr que ça allait atterrir ici. Vers huit heures, je remarquai en premier la grosse B.M.W. des Italiens. Elle tourna deux ou trois fois avant de disparaître. Puis, peu après, ses occupants entrèrent dans l'immeuble, à la queue leu leu. Ils étaient vêtus de bleus de travail et portaient des sacs et des outils. Deux bagnoles de la brigade passèrent devant moi, puis la petite 4L de planque vint se placer à trois mètres de l'entrée. Le chauffeur en sortit et ferma la porte à clé. Je savais qu'à l'intérieur, dissimulé par un rideau, se trouvait l'un de mes gars, avec jumelles et appareil photo. Le dispositif était en place. Il ne restait plus qu'à attendre.

Jean vint me rejoindre et me fit le point de la situation.

— Les ritals ont quitté l'hôtel vers six heures trente. Ils ont rejoint les autres à Suresnes. Ils sont ressortis une heure plus tard, habillés comme des boulots. Ils sont venus directement ici. Par contre, les niçois sont probablement encore là-bas. En tout cas, on les a pas vus. Deux bagnoles sont restées sur place.

— O.K. ! Maintenant, il faut s'organiser pour tenir la planque. Ça risque d'être long. Il faut faire deux équipes avec des relèves, moi, je vais passer au 36.

Et je levai le camp en direction du Quai des Orfèvres.

En grimpant l'escalier impossible, je me demandai quelle comparaison on pouvait faire entre les poulets parisiens et les poulets de province. Deux mondes différents, deux métiers différents. Entre cette boutique organisée et hiérarchisée où une affaire pousse l'autre, et le S.R.P.J. de Clermont-Ferrand où les inspecteurs se battent les dossiers, quel rapport peut-il bien exister ? Je connais des collègues en province qui rouspètent si on les réveille la nuit, sauf s'il s'agit d'un huissier, pour un constat d'adultère, vacations obligent. J'en connais à Paris qui, en se réveillant le matin, vérifient si leur téléphone n'est pas en dérangement, tellement ils sont surpris de ne pas avoir été appelés.

En arrivant péniblement au cinquième, je croisai deux inspecteurs de la B.R.I. qui me saluèrent à leur manière :

— Salut, Patron ! Vous êtes pas dingue de venir faire le con ici, au lieu de vous les dorer au soleil ?

Là, je retrouvai une ambiance connue.

— Faut bien qu'on vienne gratter à Paris, puisque vous ne fichez rien.

— Ah ! Ah ! Vous allez voir quand on va débarquer chez vous... vous voulez voir « Poil autour » ?

— Ouais ! Il est là ?

— Dans son burlingue, au fond, salut Patron !

Je me marrai tout seul en me demandant si Broussard savait que ses gars l'appelaient « Poil autour ».

J'entrai dans son bureau et il me salua d'un bonjour retentissant. Le surnom lui allait bien, avec cette barbe poivre et sel qui entourait son visage de marin breton.

Agé d'une quarantaine d'années, pas très grand mais trapu, Broussard s'était fait un nom dans la P.J. Certains jaloux disaient que c'était grâce à son machiavélisme avec les journalistes. Peut-être, mais c'était quand même un grand patron, capable d'organiser un service et de prendre ses patins sur une affaire délicate ou dangereuse. Flic 24 heures sur 24, on disait aussi qu'il dormait avec un talkie-walkie sous l'oreiller pour suivre ses mecs en planque. Je crois bien que c'était vrai !

— Salut, Robert, ça va ?

— Qu'est-ce qui t'amène, le Niçois ?

Je commençai à lui raconter mon histoire, sans trop rentrer dans les détails. Il m'interrompit au bout de cinq minutes.

— Dis-moi, tu n'as pas un certain Raoul dans ton équipe ?

— Si, mais...

— Ah ! J'en étais sûr. Figure-toi que j'ai un indic qui m'a donné des tuyaux sur lesquels on travaille depuis une quinzaine de jours.

Et il me donna des précisions qui collaient exactement avec notre affaire.

Je le regardai parler. Il me vendait une salade, j'en étais sûr. Il guettait mes réactions du coin de l'œil, avec son air naïf de fils de paysan. Il m'avait déjà fait le coup deux ou trois fois. Je savais qu'il baratinait et, qu'en fait, il ne pouvait tenir ses informations que de l'un de mes gars, probablement un ancien de son service.

Je fis semblant de le croire et il fit probablement semblant de croire que je le croyais.

— Alors, on marche ensemble ?

— Banco, me dit-il, j'appelle mes chefs de groupe.

J'avais douze hommes sur le coup et Broussard en mit autant. Les planques s'organisèrent, systématiques et fastidieuses. Il ne se passait rien. On voyait nos clients entrer le matin dans l'immeuble, en ressortir à midi et recommencer l'après-midi, comme de vrais boulots.

Ils n'étaient jamais tous ensemble, 4, 5, 6 au maximum. Evidemment, le doute n'était plus possible : ils étaient en train de creuser un passage, mais pour aller où ? A la Société Générale, la plus proche, ou par exemple à la Banque de France, à cent mètres de là ? On était sur des charbons ardents. Le vendredi soir, rien ne s'était passé. On vit nos Italiens prendre l'avion en direction de Milan, tandis que les niçois regagnaient la côte dans leur Mercedes.

Il fallait en avoir le cœur net. Le samedi matin, cinq égoutiers consciencieux descendaient au turbin, par une plaque de la rue de Sèvres. C'était la première fois de ma vie que je visitais les égouts. Pas vraiment sales, mais une odeur moite montait de quelque dix centimètres du cloaque dans lequel nous pataugions. Au bout d'un quart d'heure, nous avions repéré un passage d'environ 50 centimètres, qui communiquait probablement avec la cave de l'immeuble qui nous intéressait.

Impossible d'en savoir plus. L'ouverture était soigneusement rebouchée, par l'autre côté.

Querry, l'adjoint de Broussard, qui était avec moi, me demanda :

— Qu'en penses-tu, vieux ?

— Impossible d'ouvrir ça. On ne pourrait pas le reboucher, et si nos clients s'en apercevaient, on foutrait tout en l'air.

— T'as raison, merde et merde ! On ne saura jamais ce qu'ils magouillent, ces mecs.

Eh oui, la seule chose dont on était sûrs, c'est que nos voyous avaient percé un passage, communiquant avec les égouts. Mais pour aller où ? A partir de là, ils pouvaient naviguer n'importe où, dans cette ville souterraine que forment les sous-sols parisiens.

Nous étions déçus.

En remontant à l'air libre, je reluquai les jambes bronzées de trois belles filles qui passaient. Je les interpellai gentiment. Je n'oublierai jamais le regard qu'elles me lancèrent, chargé de mépris et de pitié.

Des égoutiers, pouah !

Egoutiers, mes frères, ce jour-là, j'ai compris l'abnégation qui entoure votre métier et la puérilité des demoiselles.

Je pris le premier avion pour Nice, après une bonne douche tout de même.

Et le lundi suivant, rebelote, il me tardait d'entendre dix de der. Le même cinéma, avec les mêmes allées et venues, les mêmes surveillances qui étaient devenues routinières. Le vendredi, enfin il se passe quelque chose. Toute l'équipe se présente au boulot en même temps. C'est la seconde fois seulement qu'on les voit tous ensemble, et ça pourrait être la bonne.

Je presse Broussard d'intervenir. L'occasion est inespérée. Nous pouvons coincer toute la bande, en plein travail, et la tentative de vol tiendra sûrement.

— Non, il faut attendre, dit-il. Ces mecs, je les veux la

main dans le sac. On interviendra quand ils seront rentrés dans la banque.

Rien à faire pour le faire changer d'avis. Aussi, loin de notre base, il n'est pas question pour nous de passer outre à sa volonté et, d'ailleurs, nous nous étions engagés à jouer le coup ensemble. Je le soupçonnai quand même de vouloir faire traîner les choses, pour nous inciter à décrocher.

Il faut dire que cette affaire commençait à me peser, et pour plusieurs raisons. D'abord, mon service était complètement désorganisé et nous avions été contraints de laisser tomber tout le reste. Ensuite, j'avais dû en parler à Mourey qui était complètement opposé à cette épopée lointaine. Enfin et surtout, ça nous coûtait cher et la petite caisse noire, que j'avais réussi à constituer fondait comme beurre au soleil.

Mais il n'était pas question d'abandonner.

La troisième semaine, la même routine, mais les échos que nous avions aux zozors, laissaient entendre que notre équipe rencontrait des difficultés inattendues.

Et s'ils renonçaient ?

Je mis dans le coup le substitut Davenas, du Parquet de Paris. Nous nous étions connus à Versailles, où nous étions arrivés presque ensemble. Roux de cheveux et de barbe, il passait à l'époque pour un gaucho qui voulait bouffer du flic. Trois mois plus tard, il avait compris. Personne ne peut être contre la protection des jeunes délinquants. Personne ne peut nier que la prison est la pire des choses, l'école du vice et du crime. Il est évident que la justice française favorise les plus fortunés, entourés d'avocats et de garanties de toutes sortes. Oui, Monsieur Badinter, vous avez bien raison, un pays qui se respecte est un pays qui pense à ces choses-là, et il faut les changer. Mais passez donc trois mois dans le cabinet d'un parquetier. Devant lui défilent chaque jour des dizaines de petits voyous insolents et bornés. Ils sourient avec mépris quand on les remet dehors et reviennent, et reviennent encore. Il voit passer devant lui de jeunes toxicomanes, qu'il tente de faire soigner. Puis il les voit revenir et revenir, jusqu'au jour où ils auront commis l'irréparable pour assouvir leur besoin de drogue. Davenas, conscient de l'inutilité de ses efforts et poussé par la masse des dossiers, avait compris que la théorie est une chose et la pratique une autre. Il avait compris que les idées même les plus belles et les plus nobles, ne sont que des idées et que tous les jours, il y a la réalité et des problèmes immédiats à résoudre.

Et c'était devenu un sacré magistrat, Davenas, et un ami, je pense.

Après un rapide conseil de guerre, il fut décidé que nous interviendrions immédiatement.

Le lendemain matin, nos clients sont 4 ou 5 au travail quand Broussard donne le top.

Une meute de flicards énervés se précipite dans l'immeuble et dégringole à la cave, devant la concierge affolée, qui doit encore en parler à ses enfants.

Nos gars sont à la cave, où ils turbinent tranquillement comme de bons ouvriers qu'ils veulent paraître. Stoïques et calmes, à l'exception de quelques jurons en italien ou en niçois, ils lèvent les bras au ciel devant les calibres qui s'agitent sous leur nez.

Ce jour-là, les flics énervés ne se défouleront pas, aucun problème, aucune violence et pas de bavures. Pourquoi ne pas dire quand tout se passe correctement ? Pourquoi ne parler que des pépins ?

Il est facile pour un journaliste de pisser de la copie sur une bavure policière. Il est facile pour un juge de dire, le cul dans son fauteuil : « il fallait faire ceci » ou « il ne fallait pas faire cela », et ensuite de trancher. Il est facile de prendre des sanctions ou d'infliger des condamnations au flic qui s'est trompé ou qui n'a pu freiner son ardeur ou tout simplement maîtriser sa peur. Mais je voudrais bien vous y voir. Je voudrais bien vous voir passer des heures dans des voitures de planque, glacées l'hiver et surchauffées l'été. Savez-vous que l'été, un type en planque dans une fourgonnette fermée doit boire au moins un litre d'eau à l'heure, sous peine de se déshydrater ? J'en ai vus tomber en syncope au bout de trois heures, à cause d'une relève qui n'avait pu être effectuée. Et les journées qui passent et qui n'apportent rien. Et les nuits, et les samedis et les dimanches... alors, petit à petit, quand une affaire dure et dure, la tension s'accumule, une certaine violence refoulée s'installe, là, à fleur de peau. Alors, le jour « J », au moment où enfin il se passe quelque chose, ça explose. Les hommes, comme des bêtes attachées dont la laisse casse, peuvent avoir du mal à se maîtriser. Il y a parfois des excès, des erreurs, des fautes ou des maladresses, et alors ? Qu'est-ce qui maintient le moral de ces hommes et les motive ? Croyez-vous que ça soit leur salaire misérable ? Que diraient les syndicats d'une entreprise où le patron ferait bosser ses employés 12 heures sur 24, et le samedi, et le dimanche, sans même leur donner un sou de plus ? Alors, l'espoir d'avancement, peut-être ? Je ne connais pas un collègue qui ait fait carrière comme ça. Alors ? Rien ! Rien de concret ! Simplement, cette petite décharge d'adrénaline dans le sang au moment de l'action. C'est la drogue de ces hommes et leur récompense inconsciente, et parfois, ça déborde un peu.

Le commissaire divisionnaire Marcel Leclerc dit un jour, à la suite d'un incident grave : « Nous sommes en état de guerre permanent. »

C'est vrai, et il n'existe pas de guerre propre. Il faut admettre une fois pour toutes que dans ce putain de métier, de temps en temps, il y a un pépin, que ce soit un accident, une imprudence ou tout simplement un flic dont les nerfs craquent. C'est le prix que doit payer la société pour assurer sa protection. C'est moche, mais c'est comme ça. Y a-t-il un toubib qui puisse dire que jamais un malade n'est décédé par sa faute ?

Ma mère est morte en 1978. Depuis des années, elle se faisait soigner pour un cancer des intestins. Cliniques, hôpitaux, soins, opérations, elle tenait vaille que vaille. Un soir du mois d'août, elle m'appelle au téléphone.

— Viens vite, mon grand, je vais très mal.

Je la trouve allongée par terre, près du téléphone. Vite, un docteur ! Un docteur au mois d'août ? Tu plaisantes ?

J'appelle alors S.O.S. Médecin, un jeune toubib arrive. Il l'examine. Je lui explique.

— Hospitalisation d'urgence, conclut-il.

Vite ! Vite !

Clinique, re-examen par l'interne de garde.

— Opération d'urgence, dit-il.

Vite ! Vite !

Ma mère est opérée.

— Ça s'est bien passé, me dit le chirurgien, j'ai dû enlever les parties atteintes. Quelques semaines plus tard, ma mère s'éteignait dans d'affreuses souffrances, l'estomac rongé par un excès de bile.

Dans ma douleur, je demande à voir le chirurgien. Il est parti en vacances. Je rouspète. Je fais un scandale. Un autre chirurgien est là. Il m'écoute. Il examine le dossier, il fait des prélèvements, des analyses, puis me dit :

— Je suis désolé, Monsieur, votre mère est morte d'une obstruction intestinale. Je n'ai pas trouvé de traces de cancer.

Une obstruction intestinale ? On peut mourir à notre époque d'une obstruction intestinale ?

Alors, toubibs ! Vous êtes des fous, d'inconscients mercantiles, des assassins. Vous avez tué l'être que j'aimais le plus au monde, la femme qui m'avait donné la vie. Vous avez tué ma mère.

Quelle connerie !

Bien sûr, un grand professeur n'aurait sans doute pas fait cette erreur. Mais qui peut s'offrir leurs services ? Pour avoir le droit à la meilleure médecine, comme pour avoir droit à une meilleure justice ou au respect de la police, il faut être fort, riche, quelqu'un d'important ou bien alors, soyez médecin, magistrat ou flic. Mais on ne peut être tout à la fois.

Nous sommes tous égaux devant la mort. C'est la justice divine, oui, mais elle n'arrive pas pour tout le monde en même temps.

Nos truands avaient d'autres problèmes, ils s'étaient fait pincer la main dans le sac, ou presque. Ils avaient réussi à creuser un tunnel qui les menait aux égouts et à faire une ouverture pour accéder à la salle forte de la Société Générale. Mais ils n'avaient pu utiliser leur lance thermique par manque de place, son maniement, vu la chaleur qu'elle dégage, demandant un recul d'au moins 3 ou 4 mètres dont ils ne disposaient pas. Ce n'était donc pas gagné pour eux, et ils allaient renoncer... c'est du moins ce qu'ils déclarèrent tous.

C'était peut-être vrai. C'était peut-être un délit impossible, comme dit le Code Pénal, en tout cas, ce n'était pas une erreur judiciaire.

Une heure après le début des opérations, la presse était là. D'abord deux ou trois journalistes, les fouineurs habituels, prévenus sans doute par quelque policier de leurs amis, informateurs sans même s'en rendre compte. Puis, le gros de la troupe. Bientôt une cinquantaine de personnes se retrouvèrent devant les portes de la banque.

Flics, reporters, photographes, caméramen de la télévision et badauds qui s'interpellaient amicalement. Il ne manquait plus que le marchand de glaces. Il faut dire qu'en cette belle journée d'août, l'information était rare. Pas d'augmentations surprises des prix. Pas de dévaluations, pas de catastrophes, pas de serpents de mer. Alors un fait divers comme ça, c'était la bonne aubaine.

Le commissaire divisionnaire Devos, le chef de la B.R.B. arriva à peu près en même temps. C'est maintenant son service qui devait prendre la relève et assurer la procédure, travail ingrat, mais combien important.

La cinquantaine, bel homme aux cheveux argentés, il avait pour la circonstance revêtu un bleu de travail, s'était chaussé de bottes d'égoutier et coiffé d'un très beau casque bleu ciel. Il était magnifique et les photographes se régalèrent.

L'un de ses hommes me glissa à l'oreille :

— Il avait mis un casque blanc, alors je lui ai dit que le bleu passait mieux à la télé, et il en a trouvé un. Quel homme !

Le Procureur de la République, le Directeur de la P.J. et 5 ou 6 fonctionnaires de hauts rangs vinrent profiter de cette matinée ensoleillée et parader un peu devant les caméras.

Tout allait bien, tout était normal.

Je remarquai alors une belle et jeune femme blonde qui prenait des notes en accrochant des phrases ici ou là.

— Vous êtes journaliste ? lui demandai-je !

— Le *Quotidien de Paris,* et vous ?

— Je suis flic.

Elle avait de beaux yeux bleus.

— Venez, je vais vous raconter une histoire.

Et je tins parole.

Elle eut le plus beau papier de toute la presse.

En pleine nuit, je me réveillai. Je m'habillai et repris ma voiture que j'avais laissé en double file.

Moi, le parisien, je trouvais tout à coup Paris insupportable. Je me sentais vide, déçu et triste, et je ne savais même pas pourquoi. La bribe d'un poème me revint en mémoire : « Il n'est pire peine de ne savoir pourquoi, sans amour et sans haine, ce cœur a tant de peine. »

J'attrapai l'autoroute et pris la direction de Nice.

CHAPITRE IX

La vie à Nice reprit normalement : une chaleur torride, des touristes partout, une circulation impossible et des femmes jolies et peu vêtues, comme s'il en pleuvait.

La brigade s'était pratiquement arrêtée de tourner depuis trois mois et il fallait relancer la machine. Mais le cœur n'y était pas vraiment, je me sentais un peu mou. Il me fallait une coupure. Finalement, je laissais Pierre se débrouiller avec les affaires anciennes et chercher de nouveaux objectifs. Je passais au bureau le matin, signais deux ou trois papiers, faisais le point avec lui et partais m'allonger sur la plage.

Il me fallait des vacances mais, avant tout, sur place. Je n'éprouvais pas le besoin de partir, je profitais du soleil, de la mer, de l'ambiance estivale, des filles aux seins nus que le climat et l'oisiveté rendaient peu farouches et qui après un simple « pan bagnat » acceptaient sans complexe de finir la bronzette sur ma terrasse.

Il faut dire que j'avais eu la chance de trouver un petit appartement à Villefranche avec une vue sur la plus belle rade d'Europe.

Quel bonheur de déguster un whisky, en admirant cette vue magnifique. Le soir, les étoiles brillaient de mille feux, éclipsant de leur lumière les lampions colorés de la jetée.

Parfois, la lune s'accrochant aux nuages, le ciel ne vivait que par quelques avions lointains et par le faisceau baladeur du phare du Cap Ferrat. Quel pays de rêves, où tout semblait facile et irréel. Paris, Paris ma vieille ville que j'aimais tant, vraiment, là, tu ne tiens pas la distance.

Un soir, attiré par quelques gars de la brigade qui fêtaient je ne sais plus trop quoi, je fis la connaissance d'Annie-France. C'était une fille un peu bizarre, qui prenait son pied dans la fréquentation des policiers et des voyous et qui savait tout ce qui se tramait dans la ville. Une amitié un peu ambiguë s'installa entre nous.

C'est elle qui attira notre attention sur une équipe de lascars qui, d'après elle, méritaient bien qu'on s'y intéresse.

Elle avait eu le nez fin, car après quelques vérifs et plusieurs jours de planque, nous avions réussi à identifier, grâce à ses indications, trois anciens militaires, connus pour leur activité d'extrême-droite, que nous espérions bien amener au braquage.

Personnellement, je pensais même que leur chef, Richard Ughetto, était un tueur, prêt à exécuter tout contrat, à condition qu'il soit dans la lignée de ses opinions politiques ou, plus prosaïquement, bien rétribué.

Mais ces types étaient super-méfiants et, déjà, plusieurs fois, ils nous avaient retapissé sur des planques ou des filatures.

Un jour enfin, les choses semblèrent se préciser.

— Venez écouter ! me dit Marc, qui exploitait habituellement les écoutes sur ces malfrats.

Il me plaça la bobine sur le lecteur.

— Allo ! Richard ?

— Hum !

— C'est moi !

— Oui !

— Pour demain soir, ça va ?

— Oui ! C'était prévu, non ?

— Oui, mais pour le matériel ?

— Te casse pas. Je m'occupe de tout.

— Oui, mais...

— Ça va, je te dis, je m'en occupe. Ne parle pas de ça au téléphone.

— Bon, d'accord ! A demain !

— Salut !

C'était une écoute comme je les aime. C'était bref, mais les sous-entendus, les précautions et la tension que l'on sentait, tout nous prouvait que c'était parti.

Je convoquai toute la brigade pour le soir même.

— Voilà, les gars, je crois qu'on va se faire Richard et sa bande. Ils préparent un truc pour demain soir. On ne sait pas quoi. On ne sait pas où, mais en tout cas, on va mettre le paquet et... on verra bien. On se mettra en place demain à dix-huit heures. Rendez-vous à la brigade une heure avant, pour le briefing et la répartition du service. Jusque-là, tout le monde se repose, sauf la permanence. La nuit prochaine risque d'être longue.

Le lendemain, à l'heure dite, tout le monde était sur le terrain. Je suivais la mise en place de la salle radio, mais la mécanique était maintenant bien rodée et chacun prenait position d'instinct.

Quels progrès, depuis la création de ce service. Ces hommes étaient à présent devenus des vrais professionnels, aguerris et détendus dans l'action. J'étais fier d'être leur chef.

Nous avions trois domiciles connus, et chaque groupe s'était mis en place sur l'un d'eux. Les instructions étaient simples : aucune filature tant que nous n'avions pas Richard dans le colimateur. C'était lui le chef, et c'était lui qui avait le matériel. Il ne se passa rien avant onze heures.

J'avais rejoint les gars sur place, quand on vit arriver l'un de nos lascars, que personne n'avait d'ailleurs signalé.

Rien n'est jamais parfait.

Peu après, le dispositif en planque au domicile de Richard, signalait son départ de chez lui. Il avait sa Honda 1000, il n'était donc pas question de le filocher. Cinq minutes plus tard, il nous passait juste devant le nez, avant de s'arrêter devant la porte de l'immeuble, à deux mètres de la voiture de planque.

On entendit à la radio la voix de Charly, très basse et légèrement tendue.

— Il monte la moto sur sa béquille. Il enlève son casque. Pas de doute, c'est bien Richard. Il est à un mètre de moi.

Charly laissait son poste en émission permanente, bloquant ainsi sa réception et évitant du même coup que son haut-parleur ne se mette à gueuler, à la suite d'un appel intempestif. Du même coup, il nous faisait profiter de ses réflexions personnelles.

Agé d'une trentaine d'années, Charles Marteau était un flic expérimenté. Il connaissait bien Ughetto pour l'avoir déjà interpellé, quelques années auparavant, dans une affaire de vol. Libéré peu de temps après, grâce à la clémence ou la naïveté d'un juge d'instruction bonasse, il n'avait rien trouvé de mieux que de guetter Charly à la sortie du commissariat et de lui faire un bras d'honneur.

Et ce soir, Charly en voulait.

Je me dis qu'il faudrait faire attention, lors de la sauterie finale, qu'il n'y ait pas de débordements excessifs.

La voix reprit à la radio.

— Il fouille dans sa sacoche. Il sort un truc... Houa ! J' crois bien que c'est un fusil à pompe... Qu'est-ce qu'il fait, il le monte ? Il a un calibre aussi. Merde ! J'espère qu'il ne m'a pas vu.

Je devinai chacun de mes hommes tendu, à l'écoute de son récepteur.

Pendant une dizaine de secondes, seule la respiration un peu accélérée de Charly nous parvint, puis il reprit :

— Il s'éloigne... Il a tout son attirail dans un sac. Voilà, il rentre dans l'immeuble.

— O.K. ! enchaînai-je, c'est bon. Chacun s'annonce à la radio et précise sa position.

— Autorité de T 20, nous sommes dans le parking de la résidence, à 30 mètres de Charly.

— Reçu.

— Autorité, ici T 23, à la sortie du parking, direction la mer.

— Reçu.

...

Chacun donna ainsi sa position. Nous étions une vingtaine avec neuf véhicules. Pratiquement tout l'effectif opérationnel de la B.R.I.

C'était trop maintenant pour couvrir un seul point, mais au départ, nous en avions trois à surveiller et je ne pouvais pas faire décrocher les gars, à présent que c'était chaud.

Et l'attente recommença.

Chacun se demandait quels pouvaient être les projets de nos lascars. A cette heure-ci, un braquage semblait exclu. Un casse ? Ce n'était pas le genre de ces seigneurs. Trop de travail. Alors ? Sans doute un saucissonnage, ainsi appelé car dans ce type de vol, les agresseurs ligotent leurs victimes pour être tranquilles ou pour les torturer et leur faire dire où se trouve leur magot.

Mais où ? Chez qui ? A quelle heure ?

Nous ne savions rien. Il nous faudrait tenir la filoche jusqu'au bout, sans les perdre et sans se faire détroncher. Pas facile !

La voix de Charly ramena tout le monde à la réalité.

— Attention, ça sort... Ils sont trois. Jean's, tennis, chacun porte un sac. Ils se séparent.

Trente secondes de silence. Puis :

— Ils prennent deux caisses. Richard monte dans une grosse, une B.M.W. ou une Audi, les deux autres dans une Simca 1100. Ça démarre... La 1100 d'abord, l'autre derrière. C'est une Audi, voilà, ça sort du parking... par la droite, direction Nice.

— Ici T 5, ils me passent devant, tout doucement... tout droit, direction Nice.

— T 27, vous les prenez ?

— Pas de problèmes, répondit la voix tranquille de Michel, c'est parti. On est derrière. Vitesse 70.

Et le cortège se forma, chacun prenant le relais de l'autre à chaque changement de direction.

Tout à coup, la voix de Jean claqua :

— Attention, ils se séparent ! La grosse tourne à gauche, direction La Madonnette.

— Les trois premières voitures restent derrière la Simca, les autres prennent Richard.

J'avais lancé cet ordre en accrochant rageusement la deuxième de ma R30. Il fallait pas le paumer, celui-là. Il y eut un moment de flottement, chacun parlait en même temps. Finalement, pas de doute, on avait perdu l'Audi. On se mit à patrouiller dans le secteur. « Merde, on s'est peut-être fait renifler », pensai-je.

Pendant ce temps, la filoche derrière la 1100 continuait et l'on pouvait en suivre le déroulement à travers les commentaires à la radio.

Puis, d'un seul coup :

— Attention les gars, l'Audi est derrière nous.

Ça, c'était le coup le plus vache qui pouvait arriver dans une filature : se faire prendre en contre-filoche.

Ils étaient méfiants, nos clients.

— Ça roule en direction de la RN 202.

— Allez les gars, foncez devant et donnez vos positions au fur et à mesure.

Je faillis emboutir la 305 de Marcel, qui me fit un demi-tour sous le nez. Je le vis dans la lumière de mes phares, crispé sur son volant et probablement poussant sur l'accélérateur, pour tenter d'arracher quelques chevaux supplémentaires à son moteur un peu faiblard.

Puis, chacun commença à annoncer sa position. Les voix à la radio se firent plus fortes quand le dispositif se resserra. Je reconnus celle de Jean :

— Patron ! On a toujours la 1100 devant nous et l'Audi dans les reins. Je crois qu'il faut que l'on décroche.

— Allez-y, dis-je, les uns après les autres, tranquillement.

Je prenais un risque, car tout le reste du dispositif était maintenant sur la nationale, et si les deux bagnoles bifurquaient avant de l'atteindre, on les perdait et moi, en plus, je perdais la gueule.

Tant pis ! on verrait bien !

Je m'étais posté sur une station-service fermée à cette heure de la nuit. D'un seul coup, je vis les deux voitures passer à assez grande vitesse.

— Les voilà ! gueulai-je, l'Audi est devant. Ça roule assez fort, direction Digne.

Et c'était parti.

La filature sur la route nationale ne posa aucun problème. Ensuite, les deux véhicules s'engagèrent sur une petite route qui longeait la Vésubie.

Ça se corse !

Nous étions maintenant à une trentaine de kilomètres de notre point de départ. Sur cette petite route de montagne, malgré la nuit noire, nous avions tous éteint nos lumières et notre cortège s'effilochait sur plusieurs centaines de mètres, à distance respectueuse des deux paires de phares, que nous ne quittions pas des yeux.

Tantôt sur notre droite, tantôt sur notre gauche, nous devinions ce profond trou noir, au fond duquel se tordait le torrent.

Tout à coup, je vis les faisceaux, situés au moins à 800 mètres en avant, balayer le ciel sur la droite et venir pratiquement face à nous.

— Ils s'arrêtent, cracha la radio.

Tout le monde stoppa. 5 ou 6 minutes s'écoulèrent. Puis, deux des quatre phares se rallumèrent et balayèrent à nouveau le ciel, se promenant en fonction des lacets de la route.

— Ils ont laissé une tire, nous allons voir.

Je crois que c'est Gérard qui avait parlé. Il n'était pas question pour nous de poursuivre la filoche, sans être certains qu'ils n'avaient pas laissé une chandelle derrière eux.

Un long moment s'écoula, avant que la voix ne reprit.

— Ils ont laissé la Simca. Elle est vide, garée sur le parking d'un hôtel, à l'entrée d'un petit bled.

L'Audi avait depuis longtemps disparue. Toutes les voitures se regroupèrent à proximité du parking. Que faire ?

Je demandai à Jean de continuer un peu pour tenter de retrouver la trace de l'autre voiture. Impossible d'en envoyer plus, la route était déserte et les phares de plusieurs véhicules se seraient remarqués à des kilomètres de distance. Ensuite, je plaçai un dispositif d'intervention à proximité de la Simca.

Il était logique de penser que cette voiture était placée en relais et que l'autre, probablement volée, devait servir à faire le coup.

Mais quel coup, dans ces montagnes désertes ?

Chico vint me rejoindre et me dit :

— Patron ! J'ai jeté un coup d'œil dans la caisse, il n'y a rien. Ils ont pris tout le matériel.

— Bon !

— Qu'est-ce qu'on va faire ?

— Y a plus qu'à attendre. Ils vont sans doute taper. On les serrera quand ils viendront récupérer leur bagnole.

— Ça va être coton. Si on la mettait en panne ?

Je réfléchis un instant. Pourquoi pas ? De toute manière, il n'était pas question de les laisser repartir.

— O.K. ! Vas-y !

— A toutes les voitures, ici Autorité, Chico va mettre la 1100 en panne. Quand nos clients vont venir pour la reprendre, on attend qu'ils montent dedans, et on les serre à l'intérieur. Je donnerai le top. Bien reçu ?

Chacun accusa réception, sans commentaires. Jean n'avait rien trouvé. Il signala qu'il revenait et qu'il se placerait quelques centaines de mètres devant nous.

Et l'attente commença, troublée par quelques plaisanteries qui n'arrivaient pas à faire tomber la tension.

A quoi pouvaient-ils penser, tous ces gars qui poireautaient là ?

Etaient-ils comme moi, à se demander ce qu'ils foutaient à deux heures du matin, le cul dans une voiture, dans ce bled complètement désert ? Pour qui ? Pour quoi ? Parce que c'était leur boulot et qu'ils y croyaient ? Par goût du risque ou de l'aventure ? Pour se prouver qu'ils étaient des hommes ?

Le temps passa, une heure, deux peut-être.

Je m'étais calé tant bien que mal à l'intérieur de ma R30 en maugréant contre ces sièges qui refusaient de se laisser manœuvrer. Ah ! Oui ! C'était l'extincteur ! J'avais insisté pour qu'on renonce à m'installer cet engin. Impossible, m'avait-on répondu. C'est obligatoire. Tous les véhicules de la police sont équipés d'extincteurs. En est-il de même dans les autres administrations ? Si c'est le cas, imaginez un peu le nombre que cela peut représenter. Et combien de fonctionnaires s'en sont-ils déjà servi ? Une dizaine ? La plupart, tout comme moi d'ailleurs, seraient bien incapables de les utiliser. Pensez à l'économie que l'on pourrait faire, si du jour au lendemain, un petit fonctionnaire dans son bureau parisien, décidait que finalement, les voitures ne fonctionnant plus aux gazogènes, les extincteurs n'étaient plus indispensables. En attendant, placé derrière mon siège, le mien m'empêchait de le reculer, et je n'arrivais pas à trouver une position confortable pour étendre les jambes.

J'en étais là de mes pérégrinations, quand la voix de Jean se fit entendre à la radio.

— Attention ! Je vois des phares qui arrivent au loin... Ça vient par ici. Je crois que c'est ça... Ne bougez pas !... Oui ! C'est eux ! C'est l'Audi !

Nous apercevions maintenant le faisceau qui accrochait le ciel, en suivant les méandres de la petite route. Les deux phares arrivaient face à nous.

Instinctivement, je me recroquevillai sur mon siège. Ils s'arrêtèrent à trente mètres devant nous. Deux silhouettes traversèrent les faisceaux. Merde ! Ils étaient descendus ? Qu'est-ce que ça voulait dire ? Dans le même temps, l'Audi fit demi-tour et nous montra ses feux arrière, comme s'ils nous avaient montré leur cul, pensai-je.

— Attention, Jean, la bagnole a fait demi-tour ! Ça revient sur vous. Ne bougez pas !

— Trop tard, elle nous est tombée dessus pendant que je manœuvrais. On s'est fait mordre.

— Patron ! Qu'est-ce qu'on fait s'ils ne sont que deux ?

Le poste me cracha la même question, posée par trois ou quatre voix différentes.

— Du calme, les gars ! dis-je en carburant sec. De toute façon, leur voiture est H.S. Dès qu'ils montent dedans, on les saute.

L'atmosphère s'épaissit.

Quelques secondes, puis la lumière intérieure de la Simca s'alluma.

— Allez ! On y va, gueulai-je en mettant le contact.

D'un coup de première, j'arrachai la R30 et la plaçai face à notre objectif, en pleins phares, pour bien éclairer la scène. Le temps que je descende et, déjà, chacun des types avait une véritable grappe humaine sur le paletot.

Effet de surprise total. En deux temps trois mouvements, nos deux truands étaient face contre terre, menottes dans le dos. Je calmai l'ardeur des derniers arrivés qui, dans leur besoin de défoulement, balançaient des coups de pied rageurs dans les côtes des deux hommes.

Il manquait Richard Ughetto.

— Pas d'armes, Patron, juste ça !

C'était un très beau poignard de para. J'en attrapai un au collet et le remis sur pieds.

— Où est ton copain ? D'où venez-vous ? Allez, raconte, dis-je en le secouant.

Pas un mot, mutisme complet. Marcel essaya avec l'autre sans plus de résultat.

— Merde ! Je n'y comprends rien !... Bon ! Allez les gars, dispositif d'intervention pour quatre voitures. On va aller chercher le troisième. Les autres vont ramener ces deux-là à Nice.

En démarrant, je remarquai qu'on était à six dans ma voiture. Je rouspétai un peu pour la forme. Au fond, je les comprenais. Nous étions tous pareils, et ça m'aurait emmerdé de décrocher maintenant.

Après une vingtaine de minutes, il fallut bien se rendre à l'évidence, le dernier avait disparu. Je m'arrêtai à un croisement. Il était possible de continuer tout droit, ou par la droite, de prendre un petit pont et de traverser la Vésubie.

Par où aller ? Bruno me signala alors un éclair dans le ciel, sur notre droite.

— Je crois que ce sont les phares d'une voiture, dit-il en montrant la route, de l'autre côté du torrent.

— Oui ! Pas de doute ! C'est peut-être lui. Jean, tu fonces sur cette route et tu planques, pour nous signaler si c'est bien notre client.

— O.K. !

— Si tout va bien, on va le serrer sur le pont, mais surtout, toi tu ne bouges pas.

— C'est parti !

— Baron, tu te places de l'autre côté du pont, tous feux éteints. Marcel, avec les autres, vous descendez, et vous vous planquez comme vous pouvez. Voilà comment nous allons faire.

Je marquai une pause.

— Quand l'Audi va s'engager sur le pont, je m'avancerai tranquillement face à elle. Comme le passage est trop étroit pour deux voitures, il faudra bien que l'autre s'arrête. Le Baron placera sa tire juste derrière l'Audi, pour l'empêcher de faire marche arrière. L'équipe d'intervention agira à ce moment-là. Tout le monde est d'accord ?

En trente secondes, tout était en place. La nuit était d'un noir d'encre. Le faisceau lumineux se rapprochait rapidement.

— C'est bien lui, murmura Jean, comme pour éviter qu' « il » entende.

— Personne ne bouge, rappelai-je, attendez qu'il soit bloqué sur le pont.

Je me sentais parfaitement calme. Depuis déjà pas mal

de temps, j'avais perdu cette excitation qui précède le moment de l'action. Pas indifférent, mais presque, comme s'il ne pouvait rien arriver.

J'enclenchai doucement la première.

L'Audi arrivait à petite allure. Elle s'engagea sur le pont. Sans précipitation, la R30 démarra et s'y engagea à son tour. J'allumai mes phares. Les deux voitures étaient face à face, à un mètre de distance. Je vis nettement le réflexe du chauffeur cherchant la marche arrière.

— Mais qu'est-ce que tu fous, Baron ! murmurai-je.

L'Audi s'arracha à reculons et fit six ou sept mètres avant de s'encastrer sur le parapet du pont.

J'étais déjà descendu de voiture, donc impossible de le coller. Je bondis dans sa direction. Plusieurs collègues m'avaient déjà devancé et se trouvaient à proximité de la voiture, maintenant immobilisée.

J'étais à quatre ou cinq mètres. Je vis Ughetto se pencher sur le côté et remonter la main avec une arme de gros calibre.

Marcel était à hauteur de la portière droite, prêt à l'ouvrir. Il cria :

— Police ! Ne bouge pas !

L'arme d'Ughetto cracha par trois fois. Marcel riposta en s'éloignant, plié en deux. Ughetto se tourna vers moi, et vida son chargeur à travers son pare-brise.

La scène était irréelle. Je voyais de petites flammes sortir du canon et j'entendais des détonations de toutes parts. J'hésitai à tirer, de crainte d'avoir l'un de mes hommes dans ma ligne de mire. Puis, en me rapprochant, je fis feu par trois fois.

Son arme vide, Ughetto tenta vainement d'ouvrir sa portière probablement coincée. Renonçant, il se glissa par la vitre et tomba, en un roulé-boulé impeccable, sur un petit terre-plein, de l'autre côté du parapet.

Je m'approchai précautionneusement. Le noir. On ne voyait rien. Il avait disparu. Le silence était presque gênant après cette fusillade.

Je regardai autour de moi. A priori, pas de bobo. Si, Marcel se tenait le bras. Je regardai sa main, elle était pleine de sang. Plus tard, on s'apercevra qu'un projectile de calibre 11,43 avait traversé l'avant-bras et s'était écrasé contre son holster en cuir. Il avait eu chaud, Marcel.

Pendant qu'une équipe le menait à l'hosto, je me demandais bien quoi faire. Il n'y avait plus qu'à prévenir les pandores pour organiser un ratissage de la région, dès le lever du jour.

C'était loupé.

— Où est Charly ?

C'était Jean-Paul, son copain de toujours, qui avait posé cette question.

— Quoi, Charly ?

— Ben oui ! Il était avec nous ! Là...

Je passai un coup de radio à la voiture qui ramenait Marcel. Non, Charly n'était pas à bord.

— Il était où ?

— Ben... Il était dans votre voiture, derrière, j'étais à côté de lui, puis nous nous sommes planqués, accroupis derrière le parapet, en attendant que vous coinciez l'Audi. Après, je ne sais plus. Quand ça a canardé, j'étais à côté de vous, et je crois qu'il était à ma droite.

Il avait des sanglots dans la voix.

— Charly ! Charly !

C'était presque ridicule de voir ce grand type de 1 m 90 qui ne pesait sans doute pas loin de 100 kilos, appeler son copain en trottinant le long du pont.

Une boule me monta dans la gorge. Avec une lampe de poche, l'un des gars essayait de scruter la profondeur du ravin. La Vésubie grondait, en bas, mais nous ne pouvions la voir, et ce bruit n'en était que plus inquiétant.

Nom de Dieu, il n'est quand même pas tombé là-dedans ?

Les recherches commencèrent à l'aube. Les gendarmes avaient mis le paquet et exploraient chaque buisson, à la recherche de notre truand en cavale.

Nous, maintenant, on s'en foutait de ce type. Lui et ses complices nous paraissaient vraiment sans importance, le cadet de nos soucis. La seule chose que nous avions à l'esprit était de retrouver notre copain.

Selon toutes vraisemblances, il était tombé dans le ravin. Les pompiers descendirent en rappel et, revêtus de combinaisons de plongée, tentèrent de draguer le torrent.

Après des heures d'effort, le capitaine vint vers moi :

— Rien à faire, Monsieur le Commissaire, si votre inspecteur est tombé là-dedans, avec le courant qu'il y a, il faut attendre que la Vésubie vous le rende.

Nous tournions en rond. Nous savions à présent que notre ami était mort, mais nous avions besoin de le voir, d'être certain, de savoir ce qui s'était passé.

Avait-il reçu une balle ? Avait-il sauté le parapet du pont sans se douter de la profondeur du gouffre ? Avait-il tenté de poursuivre Ughetto, qu'il voulait à tout prix arrêter ? Ou tout simplement avait-il trébuché ?

Nous voulions savoir.

Et s'il avait reçu une balle perdue tirée par l'un d'entre nous ?

Sans oser en parler, chacun se posait la question. J'avais fait feu par trois fois. Et si c'était l'une de mes balles qui l'avait atteint ? Quelle angoisse !

C'est sans intérêt réel, que nous apprîmes l'après-midi, que les gendarmes avaient récupéré Ughetto. Il faisait du stop sur la route, avec quatre balles dans le corps.

Les collègues qui l'interrogèrent nous dirent le lendemain que cette expédition avait eu pour seul but de voler des explosifs, dans une carrière de la région.

Sans instructions précises, instinctivement, chaque matin, les trois quarts de l'effectif de la B.R.I. se retrouvaient près du torrent.

Nous attendions.

Nous attendions que le torrent daigne nous restituer le corps de notre ami.

Enfin, le quatrième jour, un pêcheur nous avertit.

— Je crois que je l'ai repéré, à trois kilomètres d'ici.

Tout le monde se précipita. A cet endroit, la Vésubie s'étalait sur deux ou trois cents mètres. Agitée et tourbillonnante en son centre, ses bords étaient beaucoup plus calmes.

Il était là, Charly, à une cinquantaine de mètres, coincé par un tronc d'arbre, la tête et les épaules émergeant.

Les pompiers arrivèrent et commencèrent à déballer leur matériel. A priori, ils n'étaient pas très chauds pour aller le chercher. Le courant, par endroits, était très fort, et l'opération n'était pas sans risques.

Jean-Paul n'y tenait plus.

Il s'attacha une corde autour de la ceinture et, sans même enlever ses chaussures, commença à marcher en direction de son copain.

Les pompiers avaient attrapé le bout de la corde. En hommes de terrain, respectant les sentiments qui nous habitaient, ils laissaient faire.

Dix minutes au moins lui furent nécessaires pour rejoindre Charly. Il attacha le filin au tronc d'arbre, et fit signe de tirer. Le corps suivit, docile, sur une dizaine de mètres puis, animé par les mouvements de l'eau, se décrocha doucement. Jean-Paul l'attrapa par un bras. Il avait de l'eau jusqu'à la poitrine. Il prit son ami dans les bras et marcha dans notre direction.

La tête de Charly pendait en arrière, les cheveux au ras des flots, balancée par la démarche difficile de Jean-Paul qui luttait contre le courant. Son holster de cuir fauve, vide de toute arme, se balançait au même rythme.

Sur la rive, personne ne bougeait. Nous étions tous immobiles, comme statufiés par l'épaisseur des sentiments qui avaient envahi cet endroit, comme un brouillard épais.

Jean-Paul s'approchait. L'eau, maintenant plus calme et moins profonde, lui montait aux genoux.

Il parlait à son copain en pleurant comme un gosse.

Les pompiers mirent le corps sur une civière, entourés par une vingtaine d'hommes tristes et accusateurs. Charly avait une énorme plaie sur le haut du crâne.

Nous nous taisions, immobiles, comme si le clairon avait annoncé la minute de silence. Personne ne posa la moindre question. Pourtant, elles m'explosaient dans la tête, ces questions, et elles commençaient toutes par ce simple mot : « Pourquoi ? »

Pourquoi Charly était-il mort ? Pourquoi cette affaire ? Pourquoi cette opération improvisée ? Pour arrêter trois petits malfrats ? Qui cela intéressait-il, trois truands de plus ou de moins en liberté ?

Cela valait-il la vie de notre copain ?

Les pompiers le hissèrent dans l'ambulance. Par une sorte de pudeur primaire, je m'opposai à ce qu'on le déshabille en public. Je montai dans l'ambulance, autant pour accompagner Charly que pour fuir les regards mouillés et accusateurs de mes hommes.

L'ambulance démarra, suivie par 6 ou 7 voitures.

Arrivé à Nice, le chauffeur mit son deux-tons et

actionna le gyrophare, pour se frayer un passage parmi le flot des véhicules qui encombraient le bord de mer. Derrière, les voitures de la brigade firent de même : étrange hommage à un policier mort en service.

L'autopsie montra que Charly était mort d'une fracture du crâne et des vertèbres cervicales. Il n'avait donc pas reçu de balles d'Ughetto, ni de l'un d'entre nous. Non, il était tombé, ou plus vraisemblablement, il avait sauté le parapet du pont pour se lancer à la poursuite du fuyard, sans se rendre compte de la profondeur du ravin.

Les journaux firent leurs gros titres sur cette affaire. Certains en mettant l'accent sur l'abnégation de ces hommes, qui chaque jour, risquent leur vie « pour défendre la société ». D'autres en nous traitant de « cow-boys » irresponsables, sans toutefois trop insister. Après tout, ce n'était qu'un flic qui était mort...

Le ministre de l'Intérieur se déplaça spécialement pour présenter ses condoléances à sa famille et à ses amis. Dans un très beau discours, il encouragea tous les policiers à poursuivre leurs efforts pour lutter contre la criminalité et sauvegarder les libertés de chacun. Il rendit ensuite hommage à un homme qui avait su donner sa vie pour une cause à laquelle il croyait et que le président de la République avait cité à l'Ordre de la Nation.

Des centaines de personnes étaient présentes à la cérémonie, mais moi, je n'avais d'yeux que pour ce petit garçon d'une dizaine d'années. Il était debout, pâle, le regard voilé, fier d'être le fils d'un homme qui était devenu un héros, trop jeune pour se rendre compte qu'il était devenu orphelin.

Adieu, Charles Marteau. L'Etat veillera sur ton fils et le vengera...

Un mois plus tard, il fallut se battre avec l'Administration pour que madame Marteau, séparée de corps avec son mari quelque temps avant cette tragédie, puisse toucher la pension qui lui permettrait d'élever son enfant.

Un mois, c'est également le temps durant lequel Ughetto resta hospitalisé.

CHAPITRE X

Le coup avait été rude pour la B.R.I.

C'était notre premier pépin, et il était de taille. Jusqu'à présent, nous nous étions efforcés de ne pas penser aux risques encourus. Maintenant, face à la réalité, c'était différent. Chaque opération était préparée avec minutie et tous les impondérables soigneusement étudiés. Il m'arrivait même de refuser certaines missions, les trouvant trop improvisées et, par conséquent, trop dangereuses. Mais, au fond de moi-même, la question que je me posais était de savoir s'il existe ou non des risques utiles. Ma crainte n'était pas physique, car j'avais passé le cap de la peur pour tomber dans une certaine indifférence. Non, elle était morale. Avais-je le droit de faire prendre tant de risques à mes hommes ? Comme un combattant au front, je connaissais la non-peur. Mais cet état pathologiquement suicidaire m'enlevait le piment même de notre métier et mettait peut-être en danger les gens qui m'entouraient.

Peu à peu, l'activité avait repris et, sans oublier, nous avions rangé notre douleur dans un coin de notre mémoire. Il n'y avait guère de mois où nous ne participions à deux ou trois affaires, plus ou moins spectaculaires.

Chaque homme, parfaitement au point, avait trouvé son équilibre, entre un travail un peu trop envahissant et sa vie privée, sage ou décousue. Et pour beaucoup, elle n'était pas sage.

Pour moi, en tout cas, elle ne l'était pas du tout. J'avais franchi le pas et annoncé à ma femme mon intention de divorcer. Elle n'avait rien dit, sans doute par fierté, et aussi soulagée de me voir prendre une décision qu'elle-même n'avait osé prendre. Ma fille n'avait rien dit non plus, trop secrète et réservée vis-à-vis d'un père qu'elle connaissait bien peu et trop préoccupée par sa transformation de gamine en femme.

Partagé entre plusieurs amours que je voulais plus sincères et passionnés les uns que les autres, ma vie désordonnée et instable de célibataire s'égrenait, sans but et sans avenir. Un soir de janvier, alors que je tenais compagnie à une jeune magistrate stagiaire qui avait tout à apprendre, le téléphone sonna.

— Oui ?

— Allô ! C'est Mourey.

Il avait l'air embarrassé.

— Voilà ! C'est sans doute une bêtise, mais il est possible que nous ayons un enlèvement sur les bras. Je vais me rendre sur place. Pouvez-vous me rejoindre ?

Il y mettait les formes, Papa Mourey.

— J'arrive dans dix minutes, dis-je en raccrochant.

En soulevant les jolis cheveux bruns de ma compagne endormie, je lui murmurai des excuses et lui demandai de tirer la porte en partant.

Je ne pouvais pas savoir que je partais vers un nouveau destin.

Avant d'arriver près de la Mercedes, plus ou moins garée, portières ouvertes, sur un terre-plein de la petite route qui menait à Valbonne, Mourey m'avait tout expliqué.

La femme d'un riche négociant en meubles, avait appelé les gendarmes vers 21 heures, pour savoir si son mari n'avait pas eu un accident. En effet, il lui avait téléphoné qu'il rentrait à la maison. Une heure plus tard, inquiète de ne pas le voir, elle était partie à sa rencontre. Elle avait trouvé sa voiture, abandonnée sur le bord de la route, et avait commencé à paniquer.

Le temps que les gendarmes réagissent, elle avait reçu un coup de téléphone. Une voix anonyme, à l'accent italien, lui avait dit :

— Votre mari a été enlevé. Ne prévenez pas la police, sinon... c'est fini. Ne bougez pas. Ne faites rien. Vous recevrez des instructions.

Madame Pitoun était une belle jeune femme d'une trentaine d'années, d'apparence fragile, mais qui devait, au cours de cette pénible expérience, montrer une force de caractère hors du commun.

Dans l'immédiat, elle était effondrée, bouleversée par l'enlèvement de son mari, mais surtout contrariée, je crois, d'avoir prévenu la police. Les ravisseurs lui avaient demandé de ne pas le faire mais, quand le coup de fil lui était arrivé, c'était trop tard. La machine était en marche. Mourey commença à la questionner maladroitement.

— Ne vous inquiétez pas, petite madame, c'est peut-être une mauvaise plaisanterie.

Elle se cabra. Le « petite madame » l'avait visiblement heurtée comme une injure.

J'intervins pour faire diversion.

— Croyez, Madame, que nous allons faire le maximum pour retrouver votre mari. Nous ne sommes pas vos ennemis. Nous sommes avec vous. Vous devez nous aider.

Il faut nous expliquer les habitudes de votre époux. Nous décrire sa personnalité. Nous avons peut-être à faire à de petits truands sans importance mais peut-être aussi à une bande organisée. Notre premier objectif est de sauver votre mari. Le deuxième est d'arrêter les ravisseurs. Expliquez-nous ce qui s'est passé.

— Mon mari m'a téléphoné vers 7 heures de son bureau à Antibes. Il m'a dit qu'il arrivait de suite. Il le fait toujours et, en principe, il est là une demi-heure plus tard. Vers 8 heures, craignant un accident, je suis allée au-devant de lui. J'ai vu sa Mercedes sur le bas-côté. Il n'était pas là, alors je suis rentrée à la maison. Toujours personne. C'est un quart d'heure après avoir appelé la gendarmerie que j'ai reçu ce coup de téléphone affreux.

— Votre mari est-il régulier dans ses habitudes ?

— Il voyage beaucoup, mais quand il est ici, il est très régulier et me tient toujours au courant de ses déplacements.

— Mais...

— Je suis sûre qu'il lui est arrivé quelque chose. Mais, retrouvez-le, au lieu de me poser des questions stupides.

— Madame, tous les services de police et de gendarmerie sont déjà en alerte. Si nous apprenons le moindre détail, vous serez immédiatement avisée.

Ce n'était pas tout à fait vrai, mais il fallait bien rassurer cette femme.

Elle réprima un sanglot.

— Avez-vous une photo récente ?

— Je vais en chercher une.

Pendant son absence, Mourey me dit :

— Je crois que cette histoire est complètement fantaisiste. Ce type est probablement parti avec sa maîtresse ou avec la caisse de la société.

— C'est possible, dis-je, mais la voiture abandonnée

sur la route, ça ressemble pas à une mise en scène. C'est trop simpliste. Je propose de placer un homme ici. Nous ne pouvons pas laisser cette femme et ses enfants seuls dans cette maison isolée. S'il le faut, je resterai.

— Oui, si vous voulez. De toute manière, nous ne pouvons rien faire avant demain.

Madame Pitoun revint avec une poignée de photos.

— J'en ai plusieurs, dit-elle, voici l'une des plus récentes.

Elle me tendit une photo en couleur représentant quatre enfants en tee-shirts, entourant un grand gaillard d'une quarantaine d'années.

— Je préfère prendre celle-ci, si vous le permettez.

Je choisis une photo d'identité.

— Qu'est-ce que je dois faire ?

— Vous n'avez rien à faire, si ce n'est le plus difficile : attendre. Avez-vous prévenu quelqu'un de votre famille ?

— Ma famille est dans l'Est. J'ai appelé mon beau-frère, qui est à Marseille. Il m'a dit qu'il arrivait tout de suite.

— Très bien ! Je vous propose de rester avec vous en l'attendant. Comme ça, si nous avons du nouveau, vous serez informée immédiatement.

Je ne pouvais pas lui dire que j'espérais en fait le contraire, c'est-à-dire que les ravisseurs se manifestent à nouveau. Les seules informations sérieuses ne pouvaient venir que par eux et ils ne pouvaient appeler qu'ici.

Je m'adressai aux deux gars de la B.R.I. qui nous avaient rejoints.

— Ecoutez, vous me faites dégager toutes les voitures devant la maison, gendarmes compris. Vous, vous restez dans votre bagnole, mais bien planqués. Vous me laisserez un talkie-walkie, s'il se passe quelque chose, vous me ferez le relais radio

Le beau-frère, Roland Pitoun était arrivé. Très nerveux, sortant de maladie, il ne pouvait pas être d'un grand secours. Paradoxe, c'est sa belle-sœur qui fut obligée de le calmer. Je crois que ses propres paroles la calmaient aussi.

Je lui demandai néanmoins de prévenir deux ou trois personnes, à charge pour elles d'aviser la famille. Consigne prioritaire : ne pas téléphoner ici.

— Vous comprenez, Madame, il faut laisser votre téléphone libre. C'est le seul lien sérieux qui existe actuellement entre votre mari et vous.

Il était plus d'une heure du matin, quand je m'allongeai sur un canapé. Après une pensée pour ma belle magistrate, je m'endormis immédiatement.

Un bruit de voix me réveilla. Il me fallut quelques secondes pour réaliser où j'étais. Huit heures déjà ! Dans la pièce voisine, se trouvaient madame Pitoun, son beau-frère et un deuxième homme qui se présenta comme le deuxième frère de Guy Pitoun.

Je me trouvai un peu bête d'avoir dormi si profondément, ce qui n'était visiblement pas le cas pour tout le monde.

Après un café très médiocre, je demandai l'autorisation de prendre une douche. En m'ébrouant sous l'averse d'eau adoucie, juste à la bonne température, j'admirai le luxe de la salle de bains, grande comme ma chambre.

— La richesse a du bon, me dis-je. Oui, mon coco, mais on n'a jamais enlevé un flic pour demander une rançon au ministre de l'Intérieur. Bah ! Chacun prend ses risques. L'ostentation dans son train de vie attire l'attention, comme la Rolls attire les coups de pied. C'est comme ça.

Je me façonnai une mine plus triste, pour reprendre contact avec la famille.

Le téléphone avait déjà sonné cinq ou six fois. Des familiers ou des relations qui venaient aux nouvelles.

— Qui les a prévenus ? demandai-je.

— La radio vient de l'annoncer, me répondit madame Pitoun, sur un ton plein de reproches.

Elle craignait pour la vie de son mari. Maintenant que la nouvelle était publique, les ravisseurs savaient que la police était sur le coup. Et qui avait pu prévenir la presse, si ce n'est la police ?

Elle avait sans doute raison sur toute la ligne. Visiblement, ma cote avait baissé d'un cran.

— Ecoutez, Madame, une affaire comme celle-là ne peut pas être tenue secrète bien longtemps. Je vais faire installer une deuxième ligne téléphonique, dont vous donnerez le numéro à vos proches. Il faut absolument garder votre ligne habituelle disponible.

J'appelai le service et donnai des instructions en ce sens. En même temps, je demandai qu'on sollicite les P.T.T. afin d'assurer une permanence. Il fallait impérativement remonter tous les appels qui arriveraient dans cette maison et en localiser l'origine. Travail difficile. Je demandai également qu'on m'envoie quelqu'un pour me remplacer.

— Je vais vous laisser un inspecteur le temps que j'aille faire le point. Je reviendrai vous informer de tout élément nouveau et de l'ensemble des dispositions que nous aurons prises.

En remontant dans ma voiture, je respirai un bon coup. L'atmosphère de cette maison était oppressante. J'avais besoin d'air et de prendre un peu de recul.

Je passai chez moi. La vaisselle était faite et le lit tiré à quatre épingles, avec un petit mot placé en évidence sur l'oreiller. « Désolée, Monsieur le Commissaire, je dois partir. Je n'ai pas très bien dormi. Un peu froid. Je t'embrasse. Véronique. »

Je crois que j'avais loupé ma nuit.

J'arrivai à la P.J. à la fin du briefing organisé par Mourey. J'accrochai le chef du G.R.B. par une aile et lui demandai :

— Alors, que se passe-t-il ?

— Une information a été ouverte et j'attends la commission rogatoire. Nous avons organisé un service, avec des équipes d'enquête et de procédure. La financière est chargée d'éplucher les comptes des Pitoun et de la famille. L'opinion générale est qu'il s'agit d'un enlèvement bidon.

— Et la B.R.I. là-dedans ?

— Rien de prévu. Vous êtes en réserve.

Mourey sortait de son bureau au moment où j'allais y pénétrer.

— Pas le temps de vous parler pour l'instant, me dit-il, je vais chez le Préfet. Nous nous reverrons plus tard.

Exit l'anti-gang.

Je passai au service où presque tous les gars m'attendaient.

J'expliquai succinctement l'affaire sans oser dire que nous étions plus ou moins hors du coup.

— Pierre, tu te charges de la technique. Il faut mettre un maximum de gens sur écoute. Tu vois avec Ben (c'était le technicien du groupe) pour m'arranger un magnéto, d'un maniement simple, et le placer sur le téléphone des Pitoun, et tu me fous un micro dedans.

— Oui, Chef, me dit-il en se marrant.

Il était à l'aise dans ce boulot,le père Guiziou.

— Marcel, il faut m'organiser une planque sur la maison. Il faut me photographier tout ce qui rentre et tout ce qui sort, m'identifier tout le monde, avec les adresses, les points de chute et les voitures utilisées.

— Comment on s'organise ?

— Démerdez-vous ! Je veux du 24 heures sur 24.

Je mangeai un morceau au petit bistrot situé en face dont nous étions d'ailleurs les principaux clients, et repartis en direction d'Antibes.

C'était une belle journée.

Je m'arrêtai devant le magasin *Global.* Une équipe de la P.J. était en action. Après un moment d'hésitation, j'embrayai en direction de Valbonne, sans me manifester.

Je m'efforçai de prendre exactement le même itinéraire que la victime. Je roulai doucement, essayant d'imaginer ce qui avait pu se passer. Le long de la petite route sinueuse, se trouvait un camp de harkis, et nous avions eu déjà quelques démêlés avec certains d'entre eux. Plus exactement avec la deuxième génération de ces combattants cocufiés par l'abandon de l'Algérie par la France.

Je poursuivis ma route en me disant qu'il y avait peut-être là une piste, surtout que Pitoun était pied-noir. Au carrefour, je tombai sur une équipe d'inspecteurs et de gendarmes occupés à passer au peigne fin le périmètre dans lequel avait été retrouvée la Mercedes.

Je m'arrêtai.

Le lieutenant de gendarmerie me salua.

— Bonjour, Monsieur le Commissaire.

— Bonjour, Lieutenant.

C'était un jeune officier au regard franc et amical.

— Nous avons trouvé ça, me dit-il, en me montrant un stylo en or.

Je l'examinai. Pas d'initiales, pas de détails particuliers.

— Je crois, reprit-il, qu'il y a eu un accrochage au carrefour. Il y a de petits bouts de verre par terre. Sinon, rien, aucune trace.

J'empochai le stylo et lui serrai la main.

La grille de la maison était fermée. Une dizaine de journalistes faisaient déjà le pied de grue devant, attendant on ne sait quoi.

Ils me tombèrent dessus.

— Alors, c'est sérieux ? Il a été enlevé ?

— Vous avez des nouvelles ?

— Quel est le montant de la rançon ?

Je refermai la grille en leur disant qu'il n'y avait rien de nouveau et qu'il fallait attendre.

Pierre Giral, le chef de la Crime était là avec un inspecteur qui frappait de ses deux index tendus par l'effort, les touches fragiles d'une machine à écrire portative.

Ils prenaient la déposition de madame Pitoun, laquelle, effondrée dans un fauteuil, n'en pouvait visiblement plus. Je tentai de la calmer et demandai aux collègues d'abréger un peu.

Ils me regardèrent sans chaleur, se demandant ce que je fichais là, sans oser me le dire. L'ambiance n'était pas au beau fixe. Je sortis le stylo que m'avait remis le gendarme, et le montrai à madame Pitoun. Elle le prit.

— C'est celui de mon mari, j'en suis sûre. Où l'avez-vous trouvé ?

Le collègue lui reprit.

— Nous sommes obligés de le garder. C'est une pièce à conviction. Où l'as-tu trouvé ? me demanda-t-il.

— Près de l'endroit où était la voiture. Tes gars t'expliqueront.

— Très bien ! Il nous faut finir votre déposition, reprit-il en se tournant vers la femme.

A son visage, je compris combien ces tracasseries

administratives lui étaient insupportables. Ça dura encore une heure.

J'en profitai pour aller rejoindre les deux frangins qui se trouvaient dans la cuisine. Le plus jeune, Roland se tenait le ventre à deux mains.

— Je suis malade à crever. Le foie et... toutes ces émotions.

Il avait effectivement une triste mine. Mais un soupçon m'effleura. Etait-il inquiet, à s'en rendre malade, de la disparition de son frère ? Ou était-il tourmenté et anxieux, suite à la comédie qu'ils étaient tous en train de nous jouer ?

Pour la première fois, j'imaginai que tout ceci pouvait effectivement bien être une mise en scène. Ces gens avaient l'air si bizarres, si peu naturels.

— Voyons, comment me conduirais-je, si c'était mon frère qui avait été enlevé ?

Aucune réponse ne me vint à l'esprit, mais cette pensée me fit sourire tout seul. Qui enlèverait mon frère, et pour quoi faire ?

Le second, en fait, le plus âgé, René, était plus calme.

— Guy est le chef de... famille, dit-il. Il avait failli dire chef de clan. C'est lui qui dirige les affaires et son absence est une catastrophe pour nous tous. Nous sommes prêts à donner tout ce que nous avons pour payer la rançon. Mais en fait, ce n'est pas grand-chose. Nous n'avons pas beaucoup d'argent liquide. Pour en trouver, il faudrait vendre des affaires ou emprunter aux banques. Ça demanderait du temps, et le seul qui pourrait faire ça, c'est justement Guy.

— Et du côté de sa femme ?

— Le père de Josiane, Monsieur Gougenheim, a une surface financière très importante. Il peut trouver tout l'argent qu'il veut.

— Et où est-il ?

— Il va arriver demain matin. En fait, c'est le seul qui peut décider.

Josiane Pitoun était venue nous rejoindre dans la cuisine.

— C'est fini ? demandai-je.

— Oui, dit-elle, en me regardant méchamment.

J'avais l'impression que les flics baissaient de plus en plus dans son estime, pour autant que cela fût possible. Pour tenter de la remettre en confiance, je lui énumérais toutes les mesures qui avaient été prises, en en rajoutant même un peu.

Elle avait le front appuyé sur le carreau de la fenêtre et, d'une voix fatiguée, m'interrompit :

— Ne pouvez-vous pas faire partir tous ces journalistes ?

Je m'approchai d'elle.

Ils étaient maintenant au moins une vingtaine devant le portail.

— Qu'est-ce qu'ils attendent ?

— Ils ne le savent pas eux-mêmes. Ils font leur boulot. Un seul moyen pour les éloigner un moment : leur faire une déclaration.

— Eh bien, dites-leur quelque chose.

— Pourquoi pas ?

Je sortis de la maison et m'approchai d'eux. Il y en avait plusieurs que je connaissais, spécialistes des faits divers, qui passaient souvent autant d'heures de planque que nous sur une affaire.

Finalement, nous faisions un boulot sensiblement identique. Eux informaient l'opinion publique et parfois la forgeaient. Nous, nous informions la justice et parfois... ne me faites pas dire ce que je n'ai pas dit. En tout cas, certains nous adoraient, d'autres nous fustigeaient.

Je leur racontai des banalités.

— Allez, Messieurs, il ne se passera sans doute rien aujourd'hui. Madame Pitoun est très fatiguée. Demain, il y aura toute la famille et vous aurez droit à une déclaration. En attendant, il vous faut partir. Laissez ces gens tranquilles.

Quelques-uns s'éloignèrent, probablement pour demander des instructions à leur rédaction. D'autres, les solides, s'installèrent. Ils y passeraient le temps qu'il faudrait.

Les employés des P.T.T. arrivèrent peu après pour installer la nouvelle ligne téléphonique. Ben leur avait emboîté le pas. Revêtu d'une blouse bleue, il commença à installer son magnétophone.

J'expliquai à Josiane Pitoun et à ses beaux-frères, les nécessités de cette deuxième ligne.

— Toutes vos communications devront passer sur ce nouveau numéro. Si quelqu'un vous appelle sur l'ancien, vous devez l'interrompre et le faire appeler sur l'autre. Les ravisseurs peuvent vous écrire, mais il y a de fortes chances pour qu'ils utilisent à nouveau le téléphone. Dès que ça sonne, le magnéto se mettra en route... comme ceci.

— Et après ?

— Et après, s'il s'agit des ravisseurs, vous me confiez la bobine.

— Ecoutez, Monsieur le Commissaire, je ne sais pas si c'est bien de collaborer avec vous. Je ne sais pas si la police ne fait pas courir encore plus de dangers à mon mari. Je ne sais plus quoi faire... J'attends mon père, c'est lui qui décidera ce que nous devons faire.

Elle était à bout.

— Ne vous inquiétez pas, Madame, vous pouvez toujours enregistrer les conversations et garder la bobine. Mais vous devez nous faire confiance. Nous sommes des spécialistes et, croyez-moi, nous ne pouvons que vous être utiles.

Mourey était entré et avait suivi la fin de la conversation. Il ajouta :

— D'autant plus que j'ai reçu des instructions formelles de notre Direction. Il n'est pas question de payer le moindre sou.

— Ça veut dire quoi ?

— Ça veut dire, petite Madame, que vous devez collaborer avec la police. Mais nous nous opposerons par tous les moyens au paiement d'une éventuelle rançon.

— Mais...

Elle était toute bleue et n'arrivait plus à trouver ses mots. Elle s'enfuit dans sa chambre en claquant la porte derrière elle.

Je regardai Mourey. Il semblait ne pas comprendre. Je sortis doucement, sans un mot. En montant dans ma voiture, j'imaginai cette femme, pleurant sur son lit, seule, désespérément seule. J'avalai ma salive, en démarrant sèchement.

Finalement, je n'étais peut-être pas fait pour ce métier-là.

J'arrivai au bureau de bonne heure, le lendemain matin. Pierre était déjà là, ce qui était un événement. Il me montra *Nice-Matin.* La photo de Pitoun s'étalait en première page.

— Merde, on dirait la photo que nous a donnée sa femme.

L'article expliquait de façon assez précise les circonstances de l'enlèvement. Suivait ensuite une sorte de curriculum de la victime. Sa situation sociale et la place très importante que tenait dans le marché du meuble, le groupement dirigé par son beau-père.

— Tu vas voir demain, ils vont faire le compte de ce que

peut payer la famille. Comme ça, les truands ne risqueront pas de le sous-évaluer.

Pierre, qui avait été journaliste avant de rentrer dans la police, me dit :

— Tu sais, ils sont payés à la ligne, eux, et ce genre d'affaire fait bander leurs lecteurs.

— Ouais... dis-moi, ça marche le micro ?

— Pas terrible. J'ai placé le fourgon de planque le plus près possible de la maison, avec un récepteur. On a été obligés d'acheter une antenne. On arrive à comprendre ce qui se dit dans la pièce, mais il y a un bruit de fond énorme.

— Et les branchements ?

— C'est en route. Les deux téléphones de la baraque, c'est fait. Maintenant, on s'occupe du bureau et de la famille. C'est plutôt coton, car elle est dispersée partout, la famille. Ça risque d'être long.

— Bon, j'y vais.

En arrivant à proximité de Valbonne, je passai un coup de radio pour demander qui était en planque dans le secteur.

C'est Brigitte qui me répondit :

— On est à deux voitures. Mais c'est pas facile, car il y a beaucoup de monde autour, surtout des journalistes, et ils nous ont repérés.

— Eloignez-vous un peu. Quelque chose de spécial ?

— Non ! Beaucoup d'allées et venues dès le matin, il doit y avoir du trêfle à l'intérieur.

— O.K. ! Merci.

La grille était ouverte et je passai avec la voiture, presque sans ralentir. Je n'avais pas envie de répondre aux questions de la presse.

La bonne vint m'ouvrir.

— On m'a demandé de vous faire attendre ici. Il y a conseil de famille.

— Bon.

Elle m'offrit un café et j'en profitai pour la questionner un peu sur ses employeurs. La place devait être juteuse car elle n'était pas très causante, la boniche.

Quelque chose me déplaisait dans l'atmosphère de cette maison et j'avais dû me faire violence pour y pénétrer. Etait-ce ces gens d'un milieu différent du mien ? Etait-ce cette odeur de renfermé ou plus simplement cette hostilité que je ressentais à mon égard ?

Au bout d'un moment, n'y tenant plus, je me levai pour me diriger vers le salon.

Sept ou huit personnes s'y trouvaient et discutaient autour d'un homme d'environ 65 ans, de grande taille et d'assez forte corpulence.

— Bon, on va faire comme ça, disait-il.

A ce moment, il m'aperçut et me demanda :

— C'est vous le policier ?

— C'est moi.

Il avait un accent épouvantable.

— Voilà, nous avons discuté tous ensemble et nous allons régler cette affaire par nous-mêmes. Nous n'avons pas besoin de la police.

— Mais...

— Ecoutez, soyez gentil, nous sommes assez grands pour nous débrouiller seuls. Nous n'avons pas besoin de vous.

— Je crains que vous ne vous trompiez d'adversaire. Nos intérêts sont communs et la police est là pour vous aider.

Je tentai de plaider, mais c'était vraiment sans grande conviction. En fait, je leur donnai un peu raison. Il y avait un tel bordel entre les différents services, que personne ne pouvait être certain des résultats. Puis j'avais envie de quitter ces lieux. J'avais besoin d'être seul, de faire le point et de prendre du recul pour me consacrer entièrement à cette affaire.

La position prise par le beau-père m'arrangeait plutôt, en me libérant de toutes obligations vis-à-vis de la famille. Sans un mot de plus, je me dirigeai vers la porte. Deux grands yeux noirs en forme d'amande m'accompagnèrent.

Ce n'est qu'une fois dehors que je réalisai que ce regard m'avait lancé un message, triste mais amical. Le premier rayon de soleil dans cette affaire ténébreuse.

Le lendemain, un coup de fil arriva des ravisseurs. Une voix, au fort accent italien, menaçait d'exécuter l'otage si la police continuait à s'occuper de cette affaire.

Nous étions en direct dans notre petite salle d'écoutes, appelée par dérision, le K.G.B., tant elle ressemblait à un petit cagibi. La voix de Madame Pitoun, assez ferme, répondait à l'interlocuteur anonyme :

— Nous sommes prêts à payer. Que voulez-vous ?

— Ça va vous coûter des milliards et des milliards.

— Combien exactement ? Comment ?

— Préparez l'argent... des milliards... on vous dira... mais surtout, plus de police.

Et le type raccrocha.

Nous avions écouté en silence. Puis nous nous étions repassé l'enregistrement plusieurs fois. Tout ça paraissait complètement bidon.

— C'est de la connerie, Chef, dit l'un des gars.

— Ça ne semble en effet pas très sérieux. En tout cas, on va voir si la famille joue le jeu avec nous ou pas.

Le téléphone sonna. Chico décrocha. Après deux ou trois « merde », il nous dit en reposant le combiné :

— C'était les P.T.T., ils n'ont pas remonté l'appel. Trop court, qu'ils disent.

Ce n'est que 24 heures plus tard que je reçus un coup de fil de l'épouse de l'otage, m'informant qu'elle avait reçu une demande des ravisseurs.

Elle ne jouait pas le jeu mais, dans le doute, préférait ménager la chèvre et le chou. Mais la chèvre, en l'occurrence, ce n'était pas nous, mais plutôt son mari.

L'affaire traîna comme ça pendant plusieurs jours, sans qu'aucune nouvelle supplémentaire ne nous parvienne.

Nous passions des heures en planque à surveiller l'ensemble de la famille et des amis qui venaient s'agglutiner autour de la maison de Valbonne.

Devant ce travail fastidieux, usant et inutile, les gars commençaient à renacler et perdaient un peu de leur mordant. L'information ne circulait pas au sein de la police. La Sûreté d'Antibes et la P.J. grenouillaient chacune de leur côté. Cette dernière, renforcée maintenant par des hommes du G.R.B. de Marseille, poursuivait son travail de fourmi. Nous, nous travaillions en solo, visiblement tenus à l'écart. Si nous avions pu savoir que cette guéguerre imbécile allait coûter la vie à un homme...

Jean-Pierre Sanguy, le nouveau patron du S.R.P.J. de Marseille, était venu sur place pour tenter de rétablir un peu d'ordre en assurant la direction de l'enquête.

Rembarré par la famille, sans autorité réelle devant Mourey, plus âgé et plus gradé que lui, inconnu encore des autorités locales et ignorant les coutumes particulières des policiers de cette région, il brassait beaucoup d'air mais n'arrivait à rien.

J'avais appris, presque incidemment, que des informateurs s'étaient manifestés. L'un auprès du chef de la section criminelle, l'autre auprès des douanes.

Je ne me faisais pas trop d'illusions sur le premier, car depuis longtemps la police n'arrivait plus à avoir d'informateurs valables. Pas d'argent pour les payer, pas de protections, pas de passe-droits, sauf en prenant le risque d'une enquête de l'I.G.P.N., la police des polices. Par contre, les douanes, autorisées à prélever une dime sur les saisies qu'elles effectuent, pouvaient se payer des informateurs sérieux et même, parfois, de véritables professionnels qui en vivaient.

Impossible d'avoir plus d'indications précises. Cette affaire marchait de plus en plus mal. Elle commençait à me peser sérieusement. Notre micro nous avait appris que la famille avait des contacts avec les ravisseurs, mais par quel moyen ?

Il nous avait semblé comprendre qu'il était question d'un docteur. Parmi les proches, nous avions relevé le nom d'un toubib, le sieur Régis, docteur à Antibes.

A tout hasard, je mis une planque sur lui.

Au bout de 24 heures, Bruno, que j'avais mis sur le coup, vint me voir et me dit :

— Impossible, Patron, ce type, il est complètement barje. Il se prend pour James Bond. Il nous fait des coups de vice sans arrêt. Une fois, il grille tous les feux rouges, la fois d'après, il fait demi-tour en pleine avenue... complètement dingue. En tout cas, absolument infilochable.

— O.K. ! On va le mettre aux zozors, dis-je.

Le surlendemain, nous en savions plus.

Le docteur Régis recevait les appels des ravisseurs et servait d'intermédiaire. Les conversations étaient absolument dithyrambiques entre le praticien ému et excité de jouer un tel rôle, et son correspondant qui hésitait, tâtonnait et n'arrivait visiblement pas à prendre une décision sur le montant de la rançon, ni sur la méthode à utiliser pour se la faire remettre.

Nous tenions le bon bout, du moins je le croyais. Je ne pouvais pas savoir à ce moment-là que : premièrement, Régis était ami intime avec le commissaire principal Delon, chef adjoint du commissariat d'Antibes ; deuxièmement, son interlocuteur était en fait l'informateur des douanes, qui avait été repassé à la P.J. ; troisièmement, cet informateur voulant être rétribué, la P.J. avait contacté la famille Pitoun, qui avait donné son accord pour le payer.

La police niçoise est comme la salade du même nom, on y trouve de tout. Pour la déguster tranquillement, il est préférable de l'avoir faite soi-même.

La famille, ballottée par les flics et les truands, mais s'imaginant tenir les rênes, ne disait rien. Ils espéraient payer et voir cette aventure prendre fin dans les meilleures conditions possibles. Pauvres gens, commerçants dans l'âme, qui s'imaginaient régler ça comme une transaction commerciale. Mais qui peut savoir ce qu'il ferait dans cette situation ? Payer présente au moins l'avantage d'avoir l'impression d'agir pour le mieux et de se donner bonne conscience.

La position de résister et de se battre, d'accepter les négociations avec les truands, tout en sachant que l'on ne cédera pas, oblige le décisionnaire à un courage hors du commun. En effet, il prendra une très lourde responsabilité et sera de toute manière critiqué. Si ça finit bien, il passera au mieux pour un pingre et un sans-cœur. Si ça tourne mal, pour un assassin. Je vois peu de personnes capables de tenir ce rôle affreux et insupportable.

Si j'avais un conseil à donner aux personnes qui, un jour, se trouveraient dans cette situation, ce serait de ne faire confiance à personne. Ni aux policiers qui, avant tout, ne penseront qu'à réussir « leur » affaire, ni aux amis qui, placés dans une situation impossible, ne pourront être d'aucun secours, ni surtout aux ravisseurs. Pour eux, une seule chose est importante : récupérer la rançon. S'ils y arrivent, leur souci majeur sera alors de supprimer toutes traces et tous témoins et de profiter de leur argent. La vie de l'otage ne pèsera pas lourd dans la balance. S'ils n'y arrivent pas, c'est qu'il y aura eu des problèmes et, dans ce cas, la suppression de l'otage ne pourrait qu'aggraver leur cas. Pas sûr qu'ils l'éliminent. Pas sûr qu'ils ne l'éliminent pas non plus. Statistiquement, c'est quand même dans cette hypothèse qu'il aura le plus de chance de survivre.

Mon conseil serait avant tout de ne pas écouter les conseils et de trouver un homme de confiance, complètement étranger à la famille, qui puisse réfléchir, décider et agir en dehors de toutes contraintes sentimentales.

CHAPITRE XI

Nolant s'époumonait à la radio. Ce sont mes gars qui avaient trouvé ce surnom à Sanguy. Sanguy-Nolant, il fallait y penser. J'avais pris soin, dès le début de l'opération, de faire passer toute mon équipe sur un autre canal, et j'étais seul à garder le contact avec le P.C. de la P.J.

J'avais déjà pratiqué Sanguy dans une affaire à Lyon, et je savais que ses instructions radio étaient redoutées pour foutre le bordel.

Ayant renoncé à appeler les voitures de la B.R.I., il donnait ordre sur ordre aux collègues des G.R.B. de Marseille et de Nice. Certains, en place au moins trois heures avant nous, avaient déjà fait la navette deux ou trois fois entre Nice et Menton.

Pour l'instant, il était en train d'engueuler un collègue, qui, en bon gascon, lui donnait des explications peut-être un peu trop imagées.

— Nom de Dieu, me dis-je, quand ça va démarrer sérieusement, plus personne ne va s'entendre là-dessus.

Je baissai le son du talkie-walkie au minimum. Comme à l'accoutumée dans les opérations, j'étais seul dans ma voiture. J'aimais cette solitude dans les moments difficiles. Je me sentais mieux pour agir et décider, sans influences d'aucune sorte. Toute la B.R.I. était sur le terrain, à l'exception de la permanence radio et téléphonique et d'une équipe de renfort, placée sous la direction de mon adjoint, prête à intervenir au moment opportun.

En principe, c'était pour ce soir.

C'est le père Gougenheim qui devait porter la rançon. Normal, c'est lui qui payait. Il avait rendez-vous à 10 heures, dans un bar de Menton, le *Nerval,* à deux pas de la frontière italienne.

Il avait bien négocié l'affaire avec les ravisseurs, le beau-père. De plusieurs milliards, ils étaient tombés d'accord pour 500 briques, seulement.

500 briques ! Je me mis à rêver ! C'était beaucoup ou pas beaucoup ? Franchement, je n'en savais rien. L'argent ne m'avait jamais vraiment intéressé et je n'imaginais même pas ce que représentait une telle somme. Je me mis à faire le calcul. Voyons ! Je gagne environ 200 000 francs par an, donc... 25 ans. Ça représente 25 ans de travail. Avec ça, je pourrais vivre sans rien faire jusqu'à 65 ans, l'âge normal pour prendre sa retraite. Arrête ton char, bonhomme ! Tu crois que tu pourrais vivre sans rien foutre ? Tu crois peut-être que ce soir, tu es là pour gagner ta croûte ? Allez ! Tu es là parce que tu aimes ça et que tu prends ton pied. Tu devrais payer pour faire ce métier-là.

L'accent volontairement vulgaire de Brigitte me tira de ma rêverie.

— Attention à tous !... Voilà Soleil qui se pointe.

Pour tromper les journalistes, nous avions donné un nom de code aux principaux antagonistes. Soleil, c'était Gougenheim, le beau-père de l'otage.

— Il est avec quelqu'un d'autre... Je crois que c'est l'un des frangins. C'est lui qui porte le sac. Voilà ! Ils montent dans une bagnole blanche... Ça démarre... direction le Port.

— Brigitte ? Le numéro de la tire ?

— Impossible, Patron, je suis trop loin. Je crois qu'elle est en 13.

Merde, ils se croyaient dans un polar ces cons-là, voilà qu'ils avaient changé de bagnole.

— Ici A 1, magnez-vous, les gars. Il faut me rebecter cette voiture.

Bien sûr, la remise de rançon devait se faire à Menton, mais il pouvait y avoir changement de donne au dernier moment. Je ne voulais pas me faire faire marron maintenant.

J'embrayai sèchement et ma R30 fit un bond en avant sous le klaxon impuissant d'un chauffeur de taxi niçois. Je bombai en direction de Villefranche.

C'est Gilbert qui annonça le premier :

— Ça y est ! Je les tiens... du moins, je crois. Je vais les doubler pour voir si c'est bien ça.

Gilbert était un virtuose du volant. Il plaçait tout son fric dans des rallyes de toutes sortes. Une fois, il m'avait même entraîné dans une course sur terre battue, qui m'avait laissé un souvenir impérissable et des douleurs dans les vertèbres. Ce soir, il avait la B.M.W.

— Oui, c'est bien ça... Une Horizon blanche, immatriculée dans les Bouches-du-Rhône. Bien reçu ?

— O.K. ! Reçu !

— Ils arrivent à Villefranche par la basse corniche. Bon, moi je fonce devant, je reprendrai plus loin.

La B.M. me passa devant comme une bombe.

— Patron ?

— Oui !

— Ils sont à peu près à 600 mètres derrière vous.

— O.K. ! Qui est derrière Soleil ?

— Les deux Jean, répondit la voix d'un des deux.

— Brigitte et Jacques, juste derrière Jean.

Brigitte et Jacques, toujours ensemble ces deux-là.

Dans cette brigade des divorcés... Il y aura peut-être un jour un mariage.

— Bon, les perdez pas. Je pars devant.

J'appuyai un peu plus sur le champignon, admirant comme chaque fois la beauté de la rade de Villefranche dans laquelle un paquebot américain, illuminé comme pour une fête, se balançait doucement. Que c'était beau et tranquille...

En arrivant à Menton, je vérifiai que le dispositif était bien placé, en demandant à chacun de s'annoncer à mon passage.

Il y avait du monde. Plusieurs équipages de la P.J. devaient se trouver là aussi. C'est Marcel Dumas, le gascon, le chef du G.R.B., qui en assurait la Direction. Je pris contact avec lui. Tout était O.K.

On ne pouvait pas dire que c'était parfait, mais je n'avais pu éviter d'avoir des gens de services différents. C'était toujours très dangereux, mais allez faire comprendre ça à des chefs qui s'imaginent que plus on est nombreux, mieux ça vaut. Je pensais toutefois que notre connaissance des gens, du terrain et notre expérience, devaient nous permettre d'agir très vite, avant que les autres n'aient le temps de réaliser.

Je me plaçai à 100 mètres du *Nerval.* Cinq minutes plus tard, l'Horizon arriva doucement. Elle passa devant moi et se rangea à 50 mètres, du côté de la mer.

Soleil en sortit. Je le reconnus immédiatement à sa haute taille et à sa manière de marcher, légèrement claudicante, comme un marin qui n'arrive plus à se familiariser avec le plancher des vaches.

Il se dirigea vers le bar.

— Ben ?

— Oui !

— Vous vous êtes occupé du téléphone du rade ?

— Oui ! C'est fait !

— Ça marche bien ?

— On a juste eu le temps de faire un essai. C'est pas super.

En parlant, je regardai la petite 4L blanche rangée devant la porte d'entrée du bistrot et dans laquelle j'imaginais Ben, un œil derrière le rideau et le casque sur les oreilles. C'était un bon technicien, et je lui faisais confiance.

L'autre sortie du café était couverte par le J9 de planque.

— Qui est dans le sous-marin ? demandai-je.

— C'est Gérald, Patron.

— O.K., vous avez la priorité radio tous les deux.

Sacré Gérald, je lui avais dit de rester au service, mais pas moyen de le tenir, celui-là. En tout cas, c'était pas le moment de lui faire des réflexions. Je voulais pourtant éviter qu'il monte sur les opérations, car deux ans plus tôt, il s'était pris une bastos dans la jambe, lors d'une arrestation à Paris. Artère fémorale éclatée, il pouvait se vider de son sang en trois minutes. Par chance, l'un de ses collègues n'avait pas perdu de temps. Il lui avait fait un « point de compression » en lui enfonçant le poing dans l'aine, jusqu'à l'arrivée des secours. Mal soigné, il s'était fait un début de gangrène et les toubibs avaient voulu lui couper la jambe. Il avait refusé catégoriquement. Il avait changé d'hôpital et les nouveaux toubibs avaient réussi à lui sauver la guibole. Avec un moral d'acier, il suivait, depuis, une rééducation permanente et était passé sur le billard au moins trois ou quatre fois. Plutôt que de se contenter de la petite pension minable que lui proposait l'Administration, il avait demandé à reprendre du service actif. Tirant la patte comme Quasimodo, c'était l'un des hommes les plus battants de la B.R.I. Pas moyen de le tenir à l'écart d'une sauterie.

La voix de Ben retentit, légèrement crispée.

— Attention ! Voilà Soleil qui sort. Il est avec un autre mec. Description : mince, petit, type méditerranéen, cheveux bruns, pantalon clair, veste bleue. Ils se dirigent vers la mer.

— Reçu, dis-je, personne ne bouge.

Soleil, à son arrivée dans le bar, avait les mains vides. Donc c'était le frangin, resté dans la voiture, qui devait avoir le sac avec l'argent.

Les deux hommes traversèrent l'avenue et commencèrent à faire les cent pas sur le trottoir de la promenade. La discussion semblait difficile. Parfois, ils s'arrêtaient quelques secondes, puis repartaient en faisant de grands gestes.

— Qu'est-ce qu'ils peuvent bien se raconter ? dit une voix à la radio, en nous faisant profiter de ses réflexions internes.

Puis Soleil laissa son interlocuteur et se dirigea vers sa voiture. Il en sortit un sac et retourna vers le petit homme. Il lui tendit et s'en alla à grandes enjambées.

Je pris l'initiative.

— Notre client a la naimo (monnaie). Maintenant, dispositif rapproché. Interdiction de le perdre.

Le petit homme se dirigea vers le bar.

— Soleil démarre, Patron ! Qu'est-ce qu'on fait ?

— Laissez tomber. La seule chose qui compte à présent, c'est ce mec... et le sac.

— Attention, il va prendre une bagnole.

C'était Jean.

— Voilà ! C'est une R20 ou une R30. Il ouvre le coffre et met le sac dedans.

— Calmos, les gars, on le prend en filoche.

— Voilà ! Il déboîte !... Attention, il débouche sur l'avenue... direction l'Italie.

Une dizaine de voitures démarrèrent en même temps que lui.

— Il continue tout droit. Merde... il va passer la frontière. Qu'est-ce qu'on...

J'appuyai sur le bouton radio à m'en faire mal au pouce.

— Intervention, gueulai-je.

Cinq voitures coincèrent notre lascar. En quelques secondes, il fut bousculé à terre, sans ménagement. Il n'était même pas armé.

— Comment tu t'appelles ?

— Heu... Cuzoni... Mais...

Je l'attrapai par le col de sa veste et commençai à le secouer.

— Allez ! Dis-moi où il est ?

— Mais...

Dumas arriva à ce moment-là. Il me prit par l'épaule et me glissa à l'oreille :

— Laisse-le-moi, c'est... notre indic.

C'est vrai, dans le feu de l'action, je n'avais même pas réalisé, quand il m'avait donné son nom, que c'était l'indic des douanes, et donc maintenant de la P.J.

— Bon... Tu le prends ?

— O.K. ! Je le ramène à Nice. Je vais le cuisiner.

— Moi, je m'occupe de la rançon.

Je pris le sac dans le coffre de la R20 et jetai un coup d'œil à l'intérieur. Il était rempli de liasses de billets de 500 francs, grosse chacune comme un kilo de sucre.

Je remontai dans ma voiture et annonçai :

— Pour tout le monde, rendez-vous à la P.J. de Nice.

— Patron ?

— J'écoute, Gilbert.

— Nous avons pris en bobine une Ford marron avec

quatre hommes à bord. Ils ont fait demi-tour, quand ils ont vu l'arrestation.

— Tu penses les tenir ?

— Difficile ! Je suis tout seul derrière et je crois qu'ils m'ont repéré.

— Essaie... quelqu'un pour donner un coup de main à Gilbert.

— On y va, dirent deux voix en même temps.

Je mis le sac à côté de moi et démarrai en direction de Nice. Passant devant le *Nerval,* je pilai brutalement. Fernand, le secrétaire de la brigade, embauché sur le terrain pour l'occasion, avait bloqué une bagnole dans laquelle se trouvait une dame à cheveux blancs.

— Mais qu'est-ce que tu branles, bordel ?

— Ben, Chef... Je suis sûr qu'elle est dans le coup. Elle est passée au moins quatre ou cinq fois devant le rade.

Le corps allongé sur le capot de la voiture, il braquait la femme à travers le pare-brise.

— Mais range ton calibre, Ducon, c'est la belledoche.

« Merde de merde, me dis-je, entre les flics qui se tirent la bourre, l'indic qui récupère la rançon et la famille qui se croit au cinéma, c'est vraiment mal parti. »

Je pensais pas si bien dire.

Dans les bureaux de la P.J., c'était l'effervescence. Il y avait du monde partout. Je pénétrai dans le bureau de Mourey. Il était là, avec Sanguy. Tous deux se battaient avec les téléphones et les pupitres radio. Je me laissai tomber dans un fauteuil, pas réellement concerné par cette agitation fébrile.

— Alors ? me demanda Sanguy, en raccrochant le téléphone.

Je vidai le sac sur le bureau et empilai grossièrement les liasses l'une sur l'autre. Ça formait un beau petit tas.

— Je vous laisse ça, dis-je.

— Attendez !

Mourey appela Antoine Rossion, le chef de la section financière.

— Occupez-vous de la rançon, lui dit-il.

Antoine compta soigneusement les liasses.

— Il y a 450 briques.

— Comment 450, je croyais que c'était 500.

— Regarde, ça fait neuf paquets de cinq cent mille francs.

Sanguy, qui avait repris le téléphone pour faire son rapport au Directeur central, s'arrêta de parler.

— Qu'est-ce que tu racontes ? Il doit y avoir cinq millions.

Il reprit sa conversation téléphonique.

— Oui, Monsieur le Directeur, nous avons récupéré l'argent, mais il n'y a que quatre millions cinq.

J'imaginai, dans son bureau poussiéreux, le père Bouvier tirant sur sa pipe éteinte. Il devait dire : « Ecoutez, Sanguy, il manque de l'argent. Débrouillez-vous. Faites des recherches. Il faut retrouver l'intégralité de la somme. Sinon... on risque de gros ennuis. »

— Bien, Monsieur le Directeur... Je fais le nécessaire. Je vous tiens au courant.

— Dumas ! gueula-t-il.

— Oui, patron ?

— Il manque cinquante briques.

— Mais patron, c'est pas moi, c'est...

— Taisez-vous, démerdez-vous. Prenez une équipe, retournez sur place, fouillez partout. Il faut me retrouver cet argent.

Il ne s'était pas adressé à moi. Sans doute était-il vexé du coup de la radio. En tout cas, je n'étais pas à l'aise. Le sac, c'est moi qui l'avais pris dans le coffre de Cuzoni et il ne m'avait pas quitté. Il ne pouvait pas manquer d'argent, mais ça, il n'y avait que moi qui pouvait le dire.

J'étais vraiment dans une situation impossible.

Ce n'est que le lendemain, en récupérant l'argent, que Gougenheim nous informa qu'il était bien parti avec 5 millions mais qu'au dernier moment, il avait enlevé une petite liasse. Vous comprenez, avait-il dit, ces bandits me paraissent tellement farfelus, qu'à 500 000 F près, je me suis dit que c'était la même chose.

Heureusement qu'il avait eu l'honnêteté de le dire, sinon je me serais porté un sacré chapeau. Quand même... dix pour cent d'escompte pour paiement comptant... il y allait fort, le beau-père.

Pierre Giral entra dans le bureau.

— Il y a des éléments nouveaux. Cuzoni nous donne l'endroit où pourrait être séquestré Pitoun.

— Sérieux ?

— C'est une cabane abandonnée, à Vallauris, elle appartient à un boucher qui serait dans le coup.

Il déplia un plan sur le bureau.

— Voilà, le boucher habite dans le secteur, on a son nom. On va retrouver facilement l'adresse. La maison serait là, dans ce petit chemin, près d'Antibes.

Sanguy me dit :

— Vous avez du monde ?

— Oui, bien sûr !

— Alors, occupez-vous de ça. Je vous rappelle que la vie d'un homme est en jeu. Il faut agir vite et efficacement.

— Bon, on y va.

J'appelai tous mes gars qui glandouillaient dans les bureaux et les réunis sur le palier.

— Voilà la situation, les gars. Il est possible que l'otage soit retenu dans une bicoque abandonnée située chemin des Pertuades à Vallauris. Vous pouvez voir l'endroit approximatif sur cette carte. D'après les renseignements que nous avons, cette maison appartient à un boucher qui crèche à proximité et dont nous allons avoir l'adresse d'ici peu. Nous allons faire deux équipes.

Voyons, nous sommes combien ? Quatorze ? Bien ! Pierre, tu prends six gars et tu mets en planque sur la baraque... Il est minuit. Difficile d'intervenir comme ça, donc l'autre équipe avec moi. On va aller réveiller le propriétaire des lieux. On le ramène, et c'est lui qui nous montre le chemin. D'accord ?

— O.K., dit Pierre, et si on voit quelqu'un ?

— Pas de problèmes, si quelqu'un cherche à sortir ou à rentrer, faut le serrer. Nous avons franchi le point de non-retour, maintenant, faut foncer. Pas d'autres questions ? Allez, en route !

La demi-douzaine de voitures démarra sur les chapeaux de roue.

— A 1 de A 2 ?

— Oui, Pierre, je t'écoute.

— On est filochés. On a une voiture de R.M.C. dans les reins.

— Mettez la gomme, les gars, il faut les semer.

A cette heure-ci, la Promenade était pratiquement déserte. La cadence s'accéléra très fort. Six voitures grillèrent l'une après l'autre le feu rouge situé après le *Negresco,* juste devant un car de police. Le temps que les flicards réagissent, nous étions tous passés et ce sont les journalistes qui se firent prendre en chasse. Qu'ils s'expliquent.

Je me posai un tas de questions. Le tuyau était-il bon ? Pitoun se trouvait-il vraiment séquestré dans cette baraque ? Ou était-ce les élucubrations d'un indic qui avait voulu manger des deux côtés ? En tout cas, on avait que ça pour l'instant, comme piste sérieuse et l'on était bien obligés d'y croire. Et il fallait faire vite, car maintenant les ravisseurs devaient savoir qu'on avait piqué Cuzoni, avec la rançon. Ils risquaient de s'affoler et ça pouvait très mal finir. Pas facile d'investir une maison inconnue, de nuit, avec l'arrière-pensée de se dire que des gens armés pouvaient vous accueillir ou flinguer leur otage. C'est pour ça que j'avais décidé d'aller chercher le propriétaire. Ça serait notre otage à nous.

Les deux équipes s'étaient partagées d'office, un peu avant Antibes. Avec mon groupe, nous cherchions la rue où notre suspect était censé habiter. On entendait à la radio le deuxième groupe, qui n'était pas encore arrivé sur place.

Que fallait-il décider, quand nous aurions repéré le domicile de notre boucher ? On était au milieu de la nuit et, en principe, la loi nous faisait obligation d'attendre six heures du matin, l'heure légale. Mais il y avait urgence. La vie d'un homme était peut-être dans la balance. Alors ? Je chassai ces questions de mon esprit. J'avais pris l'habitude de ne plus me poser de questions, une fois l'action commencée. Avant une opération, les risques doivent être calculés, minutés, soupesés, analysés et même comparés aux résultats escomptés. La décision peut donner lieu à concertation et à discussion. Puis elle doit être prise. Une fois la décision d'agir prise, on entre dans la phase de l'action. Toute hésitation devient une faiblesse ou parfois une faute. Mais il y a deux sortes d'action : l'action « exécutive », qui consiste à appliquer de toute façon les décisions prises antérieurement et l'action « intuitive » qui va s'adapter aux circonstances. L'homme qui possède cette faculté d'adaptation « à chaud » n'est pas forcément le meilleur, ni le plus gradé. Ce n'est pas un héros, ni un superman, mais c'est toujours lui qui fera pencher la balance du bon côté dans une situation d'urgence.

La radio continuait à nasiller. Les gars arrivaient sur place et nous, nous tournions en rond, à la recherche de l'adresse qui nous avait été fournie par le chef de la section criminelle. Tout à coup, la voix de Jacques devint plus tendue.

— Attention ! Il y a un mec en chouf dans une bagnole, juste devant le chemin qui mène à la baraque.

— Ouais... vu, dit Pierre.

— Qu'est-ce qu'on fait ? Deux voitures sont déjà passées devant lui, et dans ce coin complètement désert, il doit être en éveil.

— Bon ! Ecoutez tous de A 2, les instructions sont claires. Il faut sauter.

Il avait raison, Pierre. C'était bien mes instructions. J'aurais dit la même chose à sa place, aussi, je me gardais d'intervenir sur les ondes.

Je stoppai sur une petite place et attendis la suite des événements.

Pierre donnait des instructions :

— Les deux voitures qui sont passées devant... vous faites demi-tour. Au top, vous vous pointez de face.

— Bien reçu.

Quelques instants de silence, puis la voix de Jacques.

— On est prêt.

— Bon ! Allez, on y va !

Le silence s'installa. Le suspens était total. Je me sentais crispé. Peut-être aurais-je dû leur dire d'attendre et aller sur place. Les deux autres voitures étaient arrêtées à côté de la mienne et je devinai, dedans, mes gars tout aussi tendus que moi.

Le silence encore, puis... la voix de Jacques à nouveau.

— Patron ?

A ce simple mot, que j'avais déjà entendu prononcer des milliers de fois et de bien des manières différentes, je savais… Je savais qu'il y avait un problème. C'était comme un cri « au secours », qui me poignarda le cœur.

— Oui ! J'écoute !

— Venez vite ! Il y a eu un pépin. Le type a sorti un flingue… On l'a descendu, mais… je crois bien que c'est un collègue.

— J'arrive !

Les trois voitures démarrèrent en même temps. Je conduisai comme un automate, l'imagination en effervescence. Un collègue ? Qu'est-ce qu'un collègue aurait pu faire à deux heures du matin dans un endroit pareil, précisément là où nous devions trouver l'otage, dans un endroit que nous devions être les seuls à connaître ?

Je m'arrêtai derrière les voitures qui obstruaient entièrement le passage, sur ce petit chemin étroit où deux voitures auraient eu du mal à se croiser.

Pierre était en discussion avec deux types en gabardine. Je remarquai qu'ils tenaient un képi à la main. Pourquoi remarquai-je cette scène avant l'autre ? Peut-être mon esprit refusait-il d'enregistrer l'horreur de la situation.

Sur le côté de la route, face à un petit sentier, une R14 blanche, criblée de balles, portière du conducteur ouverte et, face contre terre, un homme, baignant dans une mare de sang.

Je m'approchai et le retournai doucement.

Il était jeune, ses yeux grands ouverts semblaient exprimer la surprise. J'eus l'impression qu'il me regardait et que, doucement, la vie quittait son corps. Une petite bulle d'air rosacée vint éclater aux commissures de ses lèvres.

Il était mort. Je savais qu'il était mort. D'une main hésitante, je lui fermai les yeux.

Je pris l'arme qui se trouvait à terre, un Unic 7,65, l'arme des flics. Je fis jouer la culasse. Elle était vide. Aucune cartouche n'était engagée dans le canon. Ça voulait dire que ce pistolet ne pouvait pas tirer sans que l'on ait manœuvré la culasse d'avant en arrière. Je replaçai l'arme à l'endroit où je l'avais trouvée.

Pierre s'engueulait avec les deux inconnus. Ils avaient à présent enlevé leur gabardine et tous deux étaient en uniformes de gardien de la paix.

Je retournai à la voiture et, d'un geste las, appuyai sur le bouton de l'émetteur radio.

— Canasta 8 de A 1 ?

C'est Mourey qui répondit. Il avait probablement suivi le trafic radio.

— J'écoute.

— Il y avait des collègues sur place... Il y a eu une fusillade... Y en a un qui est touché... il est... mort.

J'avais eu du mal à prononcer ces derniers mots.

D'une voix blanche, Mourey répondit :

— On s'en occupe et je viens sur place.

Les deux coudes appuyés sur le volant, je regardai la scène éclairée par les phares des voitures et une lune incertaine. Comme à chaque fois que j'avais eu un pépin sur une opération, je mesurais la puérilité de notre action.

D'un seul coup, je me foutais pas mal de cette affaire, comme des autres affaires, comme de tous les Pitoun et de tous les truands de la terre.

Nous avions tué un homme.

Nous avions tué un collègue.

— Et merde !

Le procureur et le juge d'instruction du Tribunal de grande instance de Grasse, procédèrent à une reconstitution immédiate. Pour moi, qui connaissait mes hommes et qui avait suivi la scène à la radio, tout me semblait parfaitement clair. Quand les trois voitures avaient coincé la R14, le chauffeur, à son volant, s'attendait à quelque chose. Il ne pouvait pas y avoir d'effet de surprise. Mais il ne pouvait pas savoir qu'il avait affaire à des collègues. Protégé par l'immunité illusoire de sa qualité de policier, il ne pouvait pas lever les bras. Un militaire peut se rendre, ça fait partie du jeu de la guerre, un flic ne se rend pas. Alors, dans une action héroïque mais suicidaire, malgré les armes braquées dans sa direction, il avait ouvert sa portière, son ridicule pistolet à la main, il s'était levé et avait fait mine de tirer, probablement sans même réaliser que son Unic non approvisionné était inoffensif. Mes gars, en face, sûrs d'avoir affaire à un truand, avaient hésité une fraction de seconde, puis avaient fait ce que tout policier aurait fait : ils avaient ouvert le feu. Qui était responsable de cette tragique erreur ? Face à face des policiers, conscients de leur devoir et sûrs de leurs droits. Certainement pas eux, mais plutôt ceux qui les avaient mis dans cette situation imbécile.

Trois heures plus tard, l'ambulance enleva le corps, ne laissant sur place qu'une grande flaque de sang et des hommes profondément traumatisés.

— Allez, on y va, dis-je.

Dans un état second, on donna l'assaut à la villa. Tout était fermé. D'un coup de pied rageur, je fis sauter la porte et pénétrai dans les lieux. Vides ! Heureusement d'ailleurs, car j'avais pris si peu de précautions que si nos truands nous avaient attendus, beaucoup d'entre nous seraient restés au tapis.

Je roulai doucement en direction de Villefranche. J'avais la tête vide. J'avais besoin d'une douche. J'avais besoin de sommeil. Je me sentais seul, seul et faible.

Je stoppai ma voiture le long de la Promenade et descendis d'un pas mécanique en direction de la plage.

Le ciel s'éclaircissait peu à peu. Seules quelques étoiles tenaces scintillaient encore faiblement. Dans l'anse de la Baie des Anges, les lumières de Nice reflétaient une couleur jaune, dans une mer d'un calme absolu.

Il était sept heures du matin. Je m'assis sur le sable légèrement humide. Il faisait à peine froid en ce mois de février 1980.

« Que c'est beau », me dis-je. Et, doucement, je me mis à pleurer.

CHAPITRE XII

A l'exception de quelques collègues dont l'audition se poursuivait au commissariat d'Antibes, toute l'équipe était là.

Les gars tournaient en rond dans les bureaux.

Il était près de onze heures quand Jacques fit son entrée. Il avait le visage terreux, les yeux enfoncés, un peu trop fixes, et les joues mangées par une barbe naissante. Je le sentais fébrile.

— Ça a été, Jacques ?

— Dur ! Très dur ! L'adjoint au central d'Antibes, comment s'appelle-t-il déjà ? Delon ! Oui, Delon, c'est un commissaire ou un commissaire principal, je ne sais pas, il ne nous croit pas. Il dit qu'il n'y a pas eu légitime défense et que son gardien n'avait même pas sorti son arme.

— Comment ça, il ne le croit pas ?

— Ben oui, je ne sais pas ce qu'il imagine… peut-être qu'on a tiré pour le plaisir.

Et pour la xième fois, il raconta la scène. Tout le monde s'était groupé autour de lui.

— On a braqué le type, on pouvait pas savoir que c'était un flic. Il a ouvert la portière de la voiture. Il avait une arme à la main. On a gueulé : « Lâche ça, Police » et je ne sais quoi. Alors, le gars a marqué un instant d'arrêt, puis il a levé son arme et il m'a braqué directement. J'ai nettement vu son doigt se crisper sur la détente. Je me suis dit : « Ça y est, il va me flinguer. » On a tiré à trois ou quatre, pratiquement en même temps. Trois secondes plus tard, les deux autres sont arrivés en criant : « Ne tirez pas ! Nous sommes des collègues. » Et ils ont débarqué du petit chemin qui relie la route à la maison qui nous intéressait.

Je tentai de le calmer un peu. Il revivait l'instant, et je sentai combien ça lui faisait mal. Jacques était l'un des types les plus solides de la brigade. Il avait commencé flicard et, à force de travail, il avait monté un à un les échelons de la hiérarchie. Je l'avais même encouragé à bosser un peu, pour passer le concours de patron, ce qu'il pouvait faire sans problèmes, à mon avis.

Mais la question restait dans l'air. Que s'était-il passé ? Que faisaient les collègues du commissariat d'Antibes à cet endroit précis et à cette heure de la nuit ? Et surtout, pourquoi cela avait-il fini si tragiquement ?

J'avais participé à trop d'opérations pous ne pas savoir que la réaction des hommes, dans un moment critique, est souvent irrationnelle et, en tout cas, non analysable.

Les véritables raisons tenaient dans un quiproquo gigantesque. Mais qui avait tiré les ficelles ? Nous étions persuadés que Pitoun se trouvait dans cette maison et que nous étions les seuls à le savoir. Par conséquent, toute personne trouvée sur place ne pouvait être que suspecte.

Les responsables du commissariat disaient avoir organisé une surveillance sur cette maison, à la suite de plusieurs plaintes pour vols de voitures.

Il m'est apparu souvent, dans la vie, que chacun d'entre nous possède sa vérité, et qu'il la défend. Normal, puisque c'est la sienne. Mais la vérité collective, celle qui s'impose et qui demeure, quand l'événement est passé, celle-là n'est qu'un compromis de l'ensemble des vérités. La mesure en toute chose devrait guider nos actes. Mais combien alors la vie deviendrait ennuyeuse.

Ce n'est que bien plus tard que j'appris que l'adresse de cette maison était déjà apparue dans l'enquête et que des renseignements sur ses occupants avaient été demandés, en leur temps, au commissariat d'Antibes, dont le chef de la Sûreté, le commissaire Delon, était un ami personnel du docteur Régis, ce qu'il n'avait jamais fait connaître au cours de l'enquête. De là à penser que ce policier faisait « son » enquête personnelle sur des faits dont il n'était pas saisi, il n'y a qu'un pas. Permettez-moi de le franchir.

En tout état de cause, la seule chose importante maintenant était le décès d'un policier de 25 ans, Philippe Maziz, tué par d'autres policiers.

La presse était déchaînée.

Les syndicats du corps des policiers en tenue, menés par quelques irresponsables, exploitèrent honteusement la douleur de la famille, des amis et des proches de la victime, rallumant une querelle vieille comme le monde entre les policiers en civil et les policiers en tenue. Certains n'hésitèrent pas à pousser la famille à déposer une plainte pour « assassinat » et à se porter partie civile. Un assassinat ! C'est-à-dire un meurtre avec préméditation...

Le commissaire Delon, démagogue en diable et sans doute mal dans sa peau — dans cette affaire où il avait mélangé les devoirs de sa profession et ses affinités personnelles —, prit publiquement une position arbitraire. Ce qui était pour le moins surprenant de la part d'un officier de police judiciaire justement chargé de l'enquête par le juge d'instruction. Sans doute aurait-il mieux fait de faire moins parler de lui et de s'occuper de la femme et de l'enfant de Philippe Maziz, fonctionnaire de son service. Cette dernière, hébergée par un collègue, dépressive et certainement dans un état second, s'empara du 357

Magnum de celui-ci et tua son fils de quatre ans et demi et son chien, avant de se donner la mort.

Nous étions en plein mélodrame et, dans une telle affaire qui touche à la sensibilité des foules, la politique ne pouvait que s'en mêler.

Certains politicards de gauche en profitèrent, mettant en cause le ministre de l'Intérieur et l'organisation de la police.

Au fait, qui se souciait encore de l'enlèvement de Pitoun ?

La machine, pourtant, continuait à tourner, et le soir même, alors que je venais de me coucher, le téléphone sonna.

— Allô, c'est Sanguy.

— Oui ?

— Cette fois, nous avons une piste sérieuse. Nous ne connaissons pas l'adresse exacte, mais nous savons l'endroit approximatif où est séquestré l'otage. Nous allons organiser un grand ratissage. Je voudrais que vous veniez avec vos hommes.

J'aurais pu tenter de lui expliquer l'état dans lequel nous nous trouvions, mes hommes et moi. La fatigue physique et surtout morale qui pesait sur nous. Les risques qu'il y avait à faire repartir en guerre, en pleine nuit, une équipe littéralement vidée. Mais je m'abstins. Je lui dis, d'une voix lasse :

— Nous, on a déjà donné.

Et je raccrochai doucement le combiné.

Le lendemain matin, au service, il n'y avait pratiquement personne. Les trois ou quatre gars qui étaient là, étaient inexistants tant ils essayaient de se faire oublier. J'étais d'humeur massacrante.

Je pris un journal au hasard, dans la pile que nous recevions chaque jour. La moitié de la première page était consacrée à « la tragédie de Nice ». L'article de *Nice-Matin* parlait de méprise fatale et d'un concours de circonstances inimaginables. D'autres articles nous mettaient nettement en cause, nous traitant de « cow-boys » irresponsables. Les deux pieds sur le bureau, mes yeux suivaient les lignes, mais mon esprit était ailleurs. Le téléphone sonna. C'était Mourey.

— Il paraît que Pitour a été libéré.

— Quand ?

— Je ne sais pas. Je n'ai pas de détails, je viens de l'apprendre. Pouvez-vous foncer chez lui ? J'ai deux ou trois coups de fil à donner et je vous rejoins.

— J'y vais.

Le Préfet, le procureur de la République, le juge d'instruction, le Directeur central, par lequel allait-il commencer ? Les responsabilités administratives sont parfois pesantes.

La B.M.W. du pool rapide se trouvait devant la porte, les clés sur le contact. Je fixai le gyrophare magnétique et démarrai sans douceur.

Abusant un peu du deux-tons, je fonçai dans Nice, me livrant à un véritable gymkana parmi la circulation, afin de rejoindre l'autoroute. J'espérais que l'information était bonne, car j'en avais ma claque de cette enquête. Je passai le péage d'Antibes sans presque ralentir, poursuivi par la sirène qui signale les fraudeurs, et m'engageai sur la petite route qui mène à Valbonne. Je doublai une voiture qui roulait à vive allure et qui me fit des appels de phares. Je ralentis un instant, et reconnus dans le rétroviseur la barbe de Bianchini, journaliste à *Nice-Matin*. S'il était là, le tuyau devait être bon. Je lui fis un bras d'honneur amical et accélérai rageusement. Les six cylindres de la 5,28 mugirent harmonieusement.

Dans la maison, une grande effervescence régnait et, pour une fois, tout le monde me sourit amicalement.

Un quart d'heure plus tard, un grand gaillard, aux yeux brillants d'excitation et à la barbe de quinze jours, pénétra dans le salon. Il serra sa femme contre lui, en disant, comme pour se convaincre lui-même :

— C'est fini ! C'est fini !

Sa belle-mère, madame Gougenheim, la dame aux cheveux blancs qui s'était fait braquer à Menton, tomba dans les pommes. J'aidai à l'allonger sur le lit.

— Je vais appeler Régis, dit quelqu'un.

Je demandai à l'ex-victime, devenu le héros du jour, quelques renseignements sur les circonstances de sa libération.

— C'est ce monsieur qui m'a trouvé, dit-il en me désignant un couple que je n'avais pas remarqué.

Il reprit :

— Cette nuit, j'ai eu quelques sueurs froides. « Ils » sont venus me chercher. J'ai cru qu'on allait m'exécuter. Mais ils m'ont simplement changé d'endroit. Puis, ce matin, ce monsieur est arrivé. Ils l'ont braqué, puis ils l'ont enchaîné avec moi. Visiblement, ils ne savaient plus quoi faire. Finalement, ils nous ont détachés en nous disant : « interdiction de bouger ». Ensuite, ils sont partis avec la voiture de ce monsieur.

Je me tournai vers l'homme :

— Vous avez le numéro de votre voiture ?

Il me le donna. J'appelai Mourey, lui résumai la situation et lui demandai de faire une diffusion urgente du signalement du véhicule.

Peu à peu la pièce se remplissait. La famille, des amis,

des voisins, des journalistes, puis bientôt des flics. Il y avait au moins cinquante personnes dans le grand salon. Quelqu'un fit sauter les bouchons de bouteilles de champagne. On ce serait cru à un vernissage. Des micros jaillirent de toutes parts.

Anne de La Vallette, reporter à R.M.C. me demanda :

— Etes-vous satisfait de cet heureux dénouement ?

— Je ne peux être satisfait d'une affaire qui a coûté la vie à l'un d'entre nous et, indirectement, à sa femme et son enfant.

Je me refusai à tout autre commentaire.

Je regardai ces gens qui se congratulaient. Je regardai Pitoun qui racontait pour la xième fois son aventure et qui avait sorti un chandelier à sept branches pour le placer dans l'axe des caméras.

« C'est peut-être sa manière de remercier Dieu », me dis-je.

Bianchini, dans un coin, baratinait la jeune fille aux yeux en amande, que je savais maintenant être la sœur de Josiane Pitoun. Je m'aprochai.

— Salut ! me dit le journaliste.

— Salut !

— Quel âge donnes-tu à mademoiselle ?

Je ne répondis pas, sachant par l'enquête de police qu'elle avait près de 23 ans.

— Je lui ai donné quinze ans et elle s'est fâchée.

— Je crois que tu manques de psychologie, lui dis-je en souriant.

Après quelques banalités, je m'éclipsai doucement. Au moment de monter dans ma voiture, elle vint me rejoindre.

— Vous partez déjà ?

— Oui ! Pour moi, c'est fini.

— Restez ! Vous êtes invité à déjeuner.

— Non, merci ! Je préfère partir.

— J'aimerais que vous restiez... enfin, je veux dire... avec les autres.

— Merci ! Merci beaucoup !

Je lui serrai la main en lui tenant le bras. Sa peau était douce et transparente. J'avais failli l'embrasser.

Je montai dans ma voiture et démarrai doucement.

— A bientôt, peut-être, me dit-elle.

Ses beaux yeux noirs, un peu trop brillants, me fixaient intensément.

— Peut-être.

Les jours suivants furent lamentables. Pris entre l'enquête judiciaire et l'enquête administrative, les attaques de la presse, les partis pris de certains délégués syndicaux, l'enquête pour le moins partiale du commissaire Delon, l'attitude gênée des collègues des autres services, les hommes de la B.R.I. avaient beaucoup de mal à conserver leur équilibre. Seule la justice, représentée par de jeunes magistrats intransigeants, mais scrupuleux, du Tribunal de grande instance de Grasse, semblait garder, pour une fois, une certaine sérénité.

Des officiers de police judiciaire étant concernés, la chambre d'accusation saisit par la suite le Tribunal de grande instance de Lyon.

Plusieurs fonctionnaires furent inculpés.

Trois ans plus tard, après enquête et contre-enquête, après appel des syndicats en tant que partie civile, un non-lieu fut rendu. L'affaire était terminée pour la justice. Elle ne le sera jamais pour les hommes qui y ont participé, ni pour la famille de Philippe Maziz et celle de son épouse.

Je ne pourrais évidemment donner un avis impartial sur

ce drame, mais il doit faire prendre conscience des risques du métier de policier. Risques physiques, bien sûr, mais tous les ont acceptés en embrassant cette profession, mais surtout risques moraux, auxquels bien peu pensent avant qu'ils ne surviennent. Combien de policiers ont été salis, déshonorés, inculpés, voire condamnés à une peine d'emprisonnement, pour avoir commis une faute professionnelle. C'est un métier où personne n'a le droit à l'erreur, car l'erreur est publique.

J'avais revu Guy Pitoun, qui, le cœur débordant de reconnaissance pour tous les policiers qui s'étaient occupés de son affaire, avait même proposé spontanément de participer aux frais d'obsèques de la famille Maziz, pour suppléer aux manquements de notre ministère.

Pouvais-je lui dire que ces mêmes policiers avaient envisagé très sérieusement une enquête économique et fiscale, sur lui et sa belle famille, pour déterminer l'origine de la rançon ? J'avais, avec quelques collègues, dont mon ami Antoine Rossion, le chef de la section économique et financière de Nice, fait fortement pression pour lui éviter ça. Nous étions quelques-uns à penser que cette enquête aurait déshonoré la police judiciaire, et que Pitoun avait suffisamment payé lors de son enlèvement et de sa séquestration. Pour lui, le plus dur restait à faire, car toutes les personnes qui ont subi son sort, qui ont attendu chaque minute pour savoir si elles allaient vivre ou mourir, toutes en ont gardé des séquelles ineffaçables et indélébiles qui ont marqué leur vie à jamais.

En sera-t-il de même pour Guy Pitoun ?

Comme les autres, après cette tragédie, je n'avais guère envie de travailler. Le cœur n'y était plus. Un matin, en arrivant au bureau, vers dix heures, Fernand me dit :

— Votre cousine a appelé.

— Ma cousine ?

— Oui ! Elle a dit qu'elle vous rappellerait à cinq heures.

— Ah bon !

Qui cela pouvait-il être ? J'avais, bien sûr, quelques cousines, plus ou moins lointaines, mais il y avait belle lurette que je n'avais plus de contacts avec elles.

Ça devait être une connaissance qui n'avait pas voulu laisser son nom. Qui ? J'aurais pu citer une bonne douzaine de noms. Et si c'était...

Le téléphone sonna à cinq heures très précises.

— Oui ? dis-je.

— Bonjour !

— Bonjour ! C'est ma cousine ?

— Oui, votre cousine... vous me reconnaissez ?

— Oui, bien sûr !

Un long silence, puis elle reprit.

— Peut-être... peut-être pourrions nous nous revoir ?

— Oui ! J'aimerais beaucoup, mais... je ne compte pas aller à Paris, ces temps-ci.

— Peut-être... peut-être, pourrais-je venir à Nice ?

— Ça serait formidable, quand ?

— Bien... demain... peut-être... j'ai un billet pour l'avion qui arrive à 11 heures.

— D'accord, je vous attendrai à l'aéroport.

— Au revoir... à demain !

Elle avait une jupe droite et un corsage blanc à dentelles. Le tout très strict, comme pour se vieillir, avais-je pensé. Je m'étais mis un peu à l'écart de la foule qui attendait. Pourtant, c'est elle qui m'avait vu la première. Elle était venue droit vers moi, sans même me chercher.

Après un bonjour gêné et quelques banalités, nous ne savions plus quoi nous dire.

Je lui avais ouvert la porte, après avoir rangé son sac de voyage dans le coffre de la voiture, puis j'avais démarré doucement. Après un moment d'hésitation, j'avais pris la direction opposée à Nice. Elle regardait la mer.

— Nous allons déjeuner ici, si vous voulez.

Je l'emmenai à la Cougouline, restaurant tranquille à cette période de l'année, situé juste au bord de la mer.

Je me garai sur le parking, face à la plage.

— Il est un peu tôt, dis-je. C'est fermé. Si on se promenait un peu ?

Elle hocha la tête de haut en bas.

Le soleil de février était presque chaud. Le ciel avait cette lumière spécifique à la Côte d'Azur. La mer, agitée de vagues harmonieuses, venait faire chanter les gravillons de la plage. Des mouettes, à la recherche de nourriture, passèrent près de nous et nous ignorèrent fièrement. Je lui pris la main et m'arrêtai brusquement de marcher. Légèrement déséquilibrée, elle pivota sur elle-même et se retrouva à quelques centimètres face à moi.

Ses deux yeux noirs brillaient de paillettes dorées. Ils me fixaient intensément et je crus y décerner tant de joies et tant de craintes à la fois, que j'en fus bouleversé.

Je mis mes mains derrière son cou et, nos deux regards enlacés, j'approchai mes lèvres des siennes.

Dans un souffle, elle dit :

— Peut-être...

Je ne lui laissai pas le temps de finir sa phrase. Oui, peut-être... Bonjour, May Be !

CHAPITRE XIII

May Be — je lui avais finalement laissé ce surnom qui lui allait si bien — May Be et moi nous entendions parfaitement. Elle amenait un brin de fantaisie et de déraison à l'homme de plus de quarante ans que j'étais, qui aurait peut-être fini par se prendre au sérieux. Souvent, elle descendait sur la Côte et nous passions, dans mon petit appartement de Villefranche, des jours et des nuits exceptionnels. Jamais nous n'avions fait de projets et si nous nous parlions d'amour, c'était toujours au présent. Je ne me posais pas de questions sur un avenir qui me paraissait bien trop hypothétique. Je vivais notre bonheur et me fichais pas mal du reste. Tant de choses nous séparaient. La différence d'âge d'abord, qui ne semblait pas du tout la gêner, mais qui risquait un jour de creuser un fossé entre nous, bien plus profond que les rides qui envahiront mon visage. Une différence sociale également car, bien que sans fortune personnelle, elle était la fille d'un homme qui s'était fait une situation importante dans les affaires, et moi, je n'étais qu'un petit fonctionnaire besogneux. Je m'étais toujours placé à l'écart des contingences matérielles et mon traitement de policier me suffisait amplement, n'ayant guère de besoins réels et me réalisant entièrement dans ma profession. Mais surtout, enfin, une différence qui me semblait complètement irréelle et hors du temps, mais qui comptait pour elle pardessus tout : je n'étais pas juif.

Fils d'un émigré grec à l'origine incertaine, ma mère m'avait élevé comme un bon catholique. A quinze ans, et à son désespoir, j'avais banni toute religion et décidé, une fois pour toutes, que j'étais athée. Je m'étais forgé ma propre morale et je regardais, à l'époque, avec une certaine condescendance, les gens croyants que j'imaginais faibles, voire un peu attardés. Je considérais la religion comme un mal nécessaire.

May Be n'était pas vraiment croyante, mais, comme beaucoup de juifs, elle était attachée à ses origines et avait besoin de se sentir l'un des maillons d'une chaîne qu'elle ne voulait certainement pas briser.

Les juifs sont-ils des êtres supérieurs ou plus simplement des gens motivés par un complexe de culpabilité transmis de génération en génération ? Il est quand même étonnant de voir une minorité de quelques millions d'hommes tenir une place aussi importante dans le monde actuel.

Je m'étais alors penché sur mon arbre généalogique, mais, mon père étant orphelin de naissance et sa famille dispersée aux quatre coins du monde, il s'arrêtait toujours à la première branche. Regrettais-je alors de ne pas être juif ?

Les semaines filaient et tissaient autour de nous un voile, dans lequel nous enfermions notre bonheur.

La brigade, qui avait bien du mal à cicatriser ses plaies, avait, petit à petit, repris une certaine activité à laquelle j'avais de plus en plus de mal à m'intégrer. Sans même nous parler, May Be et moi, avions compris que nous ne pouvions pas ne pas être ensemble.

Maintenant que ma vie avait son double, Nice commençait à me peser. Cette ville, artificiellement grande, mais en fait toute petite, où chacun se connaît, ou du moins se reconnaît, commençait à m'étouffer.

J'y étais connu de trop de gens, j'y avais eu trop d'aventures : aventures professionnelles, aventures sentimentales ou plus simplement sexuelles.

Oui ! Il fallait que je parte.

En attendant une éventuelle mutation à Paris, et une nouvelle vie, le désir me vint d'en parler avec ma fille. C'était absurde, mais j'avais besoin de son avis, malgré sa jeunesse et son inexpérience. Je l'avais convaincu de tenter un voyage linguistique en Irlande. Je pensais que c'était pour moi l'occasion inespérée de connaître mon enfant et de communiquer avec elle. L'expérience ne fut pas concluante. Je n'avais pas compris encore que chaque génération a un langage différent. Les mots restent les mêmes, mais leur signification change et les idées qu'ils engendrent ne sont pas identiques.

En ce début d'été 1980, la Côte d'Azur avait vu, comme tous les ans, son flot de touristes débarquer et envahir ses hôtels, ses restaurants, ses rues et ses plages. La vie normale allait s'arrêter pour deux mois.

L'actualité vint de l'Ouest de la France. Maury-Laribière, le vice-président du patronat, avait été enlevé.

L'ordre arriva peu après. Avec une douzaine de gars, je devais me rendre sur place pour renforcer les effectifs du S.R.P.J. de Bordeaux et de l'O.C.R.B.

Ça ne m'arrangeait pas, car la date de mon départ pour Dublin approchait et je ne voulais pas faire faux bond à ma fille.

Comme dans toutes les affaires où l'on ne sait que faire, cela commença par un briefing. Le sous-directeur des affaires criminelles, Honoré Gevaudan, déclara qu'il suivrait personnellement le déroulement des opérations sur place, mais qu'il laissait le commissaire divisionnaire Bardon, directeur du S.R.P.J., maître d'œuvre, avec comme chef opérationnel le commissaire principal Pellegrini.

Ce dernier prit ensuite la parole pour expliquer sa stratégie. Ancien militaire, il avait le sens du commandement et de l'organisation. Il était chef-adjoint de l'O.C.R.B. depuis de nombreuses années.

— Voilà, dit-il, les ravisseurs demandent que la rançon leur soit versée demain soir par le fils de Maury-Laribière. Heureusement, celui-ci collabore entièrement avec nous. Notre mission est simple. Nous avons, dans l'ordre, trois objectifs : d'abord le protéger, ensuite ne pas quitter la rançon des yeux, et enfin, interpeller tous ceux qui s'en approchent. Nous allons donc constituer des équipes.

Pendant qu'il commençait à écrire des noms sur le tableau, Bardon s'approcha et lui glissa quelques mots à l'oreille. Discret, haïssant d'une façon presque maladive toute démonstration inutile, il ne prit même pas la parole. Il me fit un petit coup d'œil discret. Il faut dire que depuis Versailles, nous avions toujours gardé d'excellents contacts.

En finissant d'inscrire son service, Pel ajouta :

— Le chef du S.R.P.J., qui est le directeur de l'enquête, fera équipe avec le chef de la B.R.I. de Nice. Ils seront au contact du fils Maury-Laribière.

J'avais pris le volant d'une 5,28 et Bardon était à côté de moi. La filoche avait commençé d'une manière presque routinière. Il intervenait peu sur les ondes et laissait Pel donner ses instructions. Les techniciens de la D.S.T. avaient piégé la CX du porteur de la rançon, en l'équipant d'un émetteur placé sous le tableau de bord, en émission permanente. Celui-ci le savait et nous lui avions demandé de parler le plus possible.

Au bout d'une demi-heure, le système, à moitié en panne, nous transmettait le monologue permanent, mais quasi incompréhensible d'un homme courageux qui avait besoin d'entendre le son de sa propre voix pour ne pas céder à la panique.

Le procédé était classique. Les ravisseurs avaient commencé par indiquer un café, où le porteur de la rançon, baptisé comme toujours « le lièvre », devait recevoir des instructions. Ensuite, ce fut le jeu de piste habituel, renvoyant d'un endroit à l'autre, à l'aide de petits messages laconiques.

Le but des gangsters était simple. D'abord, détecter toute surveillance de la police, ensuite user psychologiquement le « client » et se donner la possibilité d'intervenir au moment et à l'endroit qu'ils choisiraient.

La nuit était tombée et une pluie serrée rendait la randonnée moins plaisante. Maury-Laribière junior avait instinctivement accéléré l'allure, pilotant sa CX avec brio, sur ces petites routes de Dordogne qu'il devait connaître parfaitement. Avec la B.M.W., un peu trop puissante pour ces virages courts et glissants, j'avais du mal à ne pas le perdre, et la conduite réclamait toute mon attention.

Au sixième ou septième message, Bardon me dit :

— Il faut arrêter ça, je crois que ses nerfs le lâchent.

Notre ami venait de ramasser l'enveloppe qui se trouvait scotchée sur un panneau indicateur. Tous feux éteints, je m'arrêtai derrière lui et nous montâmes dans sa voiture.

Le message disait : « Prenez la première route à gauche, puis tout de suite à gauche, le petit sentier. Vous trouverez de nouvelles instructions à l'intérieur d'une maison abandonnée. Attention, nous sommes prêts de vous et nous vous surveillons. »

Pel était venu nous rejoindre. Nous étions en pleine nature, dans une sorte de cuvette naturelle et l'endroit indiqué par les ravisseurs semblait se trouver en plein centre.

Après un rapide conciliabule, tout le monde tomba d'accord pour ne pas faire prendre plus de risques à notre « lièvre ». Un gars de l'O.C.R.B., armé d'un fusil à pompe se coucha à l'arrière de la CX. Après avoir bien vérifié que la valise avait été vidée de son précieux contenu, je me mis au volant.

La pluie avait ralenti sa cadence. La nuit était sombre. Doucement, les sens en éveil, je menai la voiture sur le petit sentier cahoteux. Une petite baraque, qui était en fait le vestiaire d'un terrain de sports, situé de l'autre côté du champ, se trouvait au bout du chemin.

Je m'arrêtai à une dizaine de mètres.

— Vas-y, dis-je.

La portière arrière s'ouvrit doucement et le collègue bascula à terre, en un roulé-boulé plein de souplesse. Il disparut dans les herbes folles.

J'annonçai dans le talkie-walkie dont je m'étais muni :

— Bernard vient de sauter. Je vois une petite lueur au pied de la porte de la bicoque. Je vais descendre.

J'ouvris la portière et, inquiet d'être éclairé par la lumière du plafonnier, je descendis rapidement. La situation pouvait être dangereuse. Je le savais. Pourtant, aucune appréhension ne m'habitait. J'étais calme et détendu. Et, en fait, heureux de me trouver pour une fois dans la situation d'un simple exécutant.

Au pied de la porte coincée par une lampe de poche allumée, se trouvait un message.

Je me saisis du tout. La lampe ne montrait aucun signe de faiblesse. Combien de temps pouvait durer une pile avec cette humidité ? Nos clients ne devaient pas être loin.

Je revins à la voiture, m'assis et lus le texte dans l'émetteur radio, à la lumière de la petite lampe. Tout était prévu.

« Placez la rançon à l'endroit où vous avez trouvé ce message. Remontez dans votre voiture et partez. Attention, nous sommes tout près de vous... »

Tranquillement, d'une manière un peu ostentatoire, je redescendis pour prendre la valise vide et la poser à l'endroit indiqué. Puis, je démarrai en un demi-tour très lent, afin de bien éclairer la scène.

Je fis quelques centaines de mètres avant de m'arrêter à nouveau, quand je m'estimai assez loin d'éventuelles surveillances. Pel donnait ses instructions pour placer ses hommes tout autour du stade. Il ne restait plus qu'à attendre.

Au petit matin, il ne s'était toujours rien passé. Les types nous avaient-ils repéré ? Possible. Je prévins Bardon et Pel qu'à partir d'aujourd'hui, j'étais en vacances, et que je quittais définitivement le dispositif.

C'était la première fois de ma carrière que j'abandonnais une affaire à chaud. Tant pis, me dis-je, le rendez-vous avec ma fille passe avant tout.

Je réussis à attraper de justesse l'avion pour Paris.

Ce n'est que plusieurs jours plus tard, à Dublin, que j'appris l'heureux dénouement de cet enlèvement. Maury-Laribière avait été retrouvé dans la maison où il était sequestré, à Saint-Ors, pas très loin de l'endroit où avait eu lieu la soi-disant remise de rançon. Il était gardé seulement par une femme, la maîtresse de Jacques Hyver. Ce dernier, averti de la libération de l'otage par la diffusion prématurée de la nouvelle, échappa à la police à quelques heures près.

Après trois mois de cavale, il fut finalement arrêté à Tours, le 9 octobre 1980, non sans avoir profité de ce sursis pour commettre crimes et délits. Au fait, qui en est un peu responsable, le journaliste qui a balancé la nouvelle un peu trop tôt ou le flic qui lui a donné le tuyau ?

En discutant avec les inspecteurs qui l'avaient arrêté et interrogé, j'eus le fin mot de l'histoire concernant notre nuit de planque inutile. Hyver était bien là, tout prêt. Il observait nos moindres gestes dans la lunette d'un fusil de précision. Il n'avait rien remarqué d'anormal mais seul son instinct et aussi une certaine prémonition de sa compagne, qui lui avait fait part de ses craintes, l'avaient incité à ne pas se manifester et à rester terré dans sa cachette.

Il avait eu de la chance ! Moi aussi, sans doute !

Troisième partie

L'OFFICE CENTRAL POUR LA RÉPRESSION DU BANDITISME

CHAPITRE XIV

L'appartement était un peu trop grand et beaucoup trop cher pour nous, mais, situé au cœur de Montparnasse, il nous avait conquis tous les deux.

Ne possédant de meubles ni l'un ni l'autre, notre aménagement avait été des plus simples.

Le premier jour, May Be avait regardé d'un œil triste ces grandes pièces vides et, la tête sur mon épaule, s'était mise à sangloter doucement. Ce n'est sans doute pas comme ça qu'elle avait imaginé le début de notre vie communautaire. Incapable de la comprendre — mais quel homme est capable de comprendre une femme qui pleure et, surtout, de savoir pourquoi ? — je l'avais consolée de paroles, de caresses et d'amour. Allongés tous deux sur la moquette et faisant allusion à son nouveau métier, je lui avais dis en plaisantant : « T'inquiète pas ! Un jour, nous aussi nous irons aux Galeries Barbès. » Et notre vie avait commencé.

Jusqu'alors plutôt oisive, May Be, aidée par une imagination débordante et une intelligence intuitive, s'était en effet lancée sur les chapeaux de roue dans une carrière publicitaire, notamment dans la distribution du meuble.

Mon affectation à l'O.C.R.B. avait été assez bien accueillie par une équipe de policiers que je connaissais maintenant de longue date. Elle s'était faite tout naturellement, à l'occasion du départ en retraite du contrôleur général Bellemin-Noël, dit « Belles Paluches », alors chef de la 4e section au sein de la Direction centrale de la police judiciaire. Cette section regroupe deux offices : l'Office central pour la répression du trafic des êtres humains, appelé moins pompeusement l'Office des putes, et l'Office central pour la répression du banditisme.

Outre ces deux offices, il en existe trois autres, chargés respectivement des affaires de stupéfiants, de la fausse monnaie et du trafic d'armes. Celui-ci, le petit dernier, a en fait été créé pour tenter de lutter contre le terrorisme violent. Bien sûr, penserez-vous, il aurait été plus simple de le dire, mais comment voulez-vous qu'un gouvernement qui a supprimé la cour de sûreté de l'Etat, sous prétexte qu'il s'agissait d'une juridiction d'exception, qui a relâché dans la nature des assassins de tous poils sous prétexte que leur motivation semblait idéologique, puisse avouer avoir besoin de la police pour régler ce genre de problèmes ? Alors on camoufle et l'on crée des trucs bidons comme cet office ou la cellule anti-terroriste élyséenne pour tenter malgré tout de faire face à des événements qui, eux, sont hélas bien concrets. La Bible et le Code Pénal sont des bouquins qu'il est difficile de mettre côte à côte dans une bibliothèque.

Le commissaire divisionnaire Lucien Aimé-Blanc, alors chef de l'O.C.R.B. prend la tête de la 4e section et son complice de toujours, le commissaire principal Charles Pellegrini assure sa succession.

Moi, pour la première fois de ma carrière, je ne suis pas chef, mais second. Je ne sais pas si j'ai été un bon chef, mais il est certain que je n'ai jamais été un bon adjoint. Difficile de se refaire. Quand on a le nez de travers, ce qui est mon cas, on peut toujours pencher la tête sur le côté pour faire croire qu'il est droit, au bout d'un moment, il est plus simple de se dire que ce sont les autres qui n'y voient pas clair. Alors, peut-être n'ai-je jamais eu de bons patrons.

Je passai les premiers mois de ma nouvelle affectation à me morfondre dans un petit bureau minable, dont les fenêtres, heureusement, donnaient sur la rue du Faubourg Saint-Honoré. Participant de-ci de-là à des affaires dont je n'avais pas la maîtrise, obligé de m'adapter à des méthodes qui n'étaient pas les miennes, bringuebalé par des directeurs qui n'avaient pas besoin de faire pipi pour savoir d'où venait le vent, plongé dans un panier de crabes d'arrivistes de tous crins, je me sentais seul et déboussolé.

Mal dans ma peau, écorché vif, je pris de plein fouet le malaise qui commençait peu à peu à s'installer dans la police.

En dehors de toute opinion politique, l'arrivée des socialistes au pouvoir, en mai 1981, fut ressentie par beaucoup de flics, moi compris, comme une véritable chance pour la police. Un ballon d'oxygène allait régénérer une vieille baraque qui craquait de partout. Enfin des dirigeants nouveaux, avec des idées neuves, qui n'hésiteront pas à faire le ménage et à entreprendre les réformes indispensables, ce que n'avait osé faire les gouvernements précédents. Il n'est pas facile de toucher à la police dans un pays qui se veut démocratique. On imagine toujours l'existence d'arrière-pensées occultes de la part des dirigeants en place.

Hélas ! Hélas ! Mitterrand ne tarda pas à montrer que ce n'était vraiment pas son souci majeur, ni mineur d'ailleurs. Certains disaient même qu'il avait une dent contre ce corps de l'Etat depuis certaines affaires très anciennes, alors qu'il n'était que le leader d'une opposition dont la particularité était la constance à vouloir y rester. En tout cas, il commença par vider tous les flics de son entourage, et plaça même certains policiers sous l'autorité de gradés de la gendarmerie, ce qui ne s'était jamais fait en France en temps de paix. Mais peut-être, comme Don Quichotte, était-il en guerre.

Gaston Defferre, avant tout homme politique et ministre de la Décentralisation, qui était arrivé place Beauvau en pensant sans doute que la police ne comprenait que des fascistes ou des incapables, ne faisait confiance à personne. Il s'entoura d'hommes pour la plupart inexpérimentés, dont la tête enfla au fil des courbettes que leur firent des directeurs trop contents de conserver leur place.

La guerre des polices, limitée principalement à ce jour à une concurrence parfois un peu excessive entre la préfecture de police et l'ancienne Sûreté nationale, s'intensifia avec l'arrivée de nouveaux « belligérants ». En effet, les Renseignements généraux, la Direction de la surveillance du territoire et, bien sûr, la gendarmerie nationale, se retrouvèrent chargés de missions identiques, par des responsables dont le seul objectif était de démontrer leur efficacité. Il fallait prouver que « leur » service était le meilleur. Nombre de fonctionnaires ne comprendront jamais, et l'emploi de tels possessifs en est la preuve, que rien dans l'Administration ne leur appartient, pas même leur place. Mais, qu'au contraire, ce sont eux qui appartiennent à l'Administration. Qu'ils sont comme des fourmis dans une fourmilière géante, tous faits pour faire fonctionner une énorme machine dont le nom est l'Etat.

Certains magistrats, profitant de ces zizanies tentèrent une nouvelle fois de mettre la main sur la police judiciaire. Soutenus par quelques syndicalistes gauchisants, qui pouvaient enfin bouffer du flic, assurés de la bienveillance d'un ministre de la Justice qui se croyait investi d'une mission sacrée, ils faillirent bien réussir. Cela n'aurait sans doute pas été plus mal, d'ailleurs. Les services de direction, comme celui auquel j'appartenais désormais, encaissèrent ordres et contrordres de hauts fonctionnaires de même importance, responsables des mêmes choses à des places différentes. La défiance et la suspicion des dirigeants avaient donné naissance à un monstre à plusieurs têtes, une hiérarchie hybride qui tirait à hue et à dia. De jeunes technocrates, pressés de tester leur pouvoir tout neuf et de satisfaire sans doute inconsciemment quelques rêves refoulés, commencèrent à jouer aux gendarmes et aux voleurs. Les syndicats de droite de la police, désorientés, n'avaient pas encore réalisé qu'ils étaient passés dans l'opposition. Ceux de gauche, jusqu'alors guère représentatifs, se retrouvèrent du jour au lendemain les interlocuteurs privilégiés du Pouvoir, auquel, hélas, ils n'avaient encore rien à dire.

Quel gâchis !

Dans la police judiciaire, chez les commissaires de police, après quelques semaines de flottement, c'était le déchaînement.

Bon nombre avait compris qu'il n'y a pas de carrière sérieuse sans appuis politiques. Ils s'étaient engagés de longue date. Mais leur plan de carrière était à droite et, d'un seul coup, les plus grosses parts du gâteau avaient changé de côté. Ceux qui étaient à gauche, peu nombreux au demeurant, allaient crever d'indigestion. Difficile quand même de retourner sa veste sans toucher à son pantalon. Ceux qui, comme moi, n'étaient ni à gauche ni à droite, mais se contentaient de s'occuper du « milieu », ceux-là, qui ne demandaient rien, si ce n'est de pouvoir faire leur boulot dans de bonnes conditions, ceux-là au moins auraient satisfaction. Puisqu'ils ne demandent rien : donnez-leur !

Le combat des chefs était commencé. Tous les coups

étaient permis. Il fallait réagir vite. Chercher parmi les nouveaux arrivants celui qui semblait avoir le plus de chances et s'accrocher à lui comme un wagon à sa locomotive. Dans le même temps, il fallait aussi tenter de démolir un peu les collègues concurrents et éviter soi-même leurs crocs-en-jambe. Chacun les yeux fixés sur la ligne bleue de sa promotion regardait loin devant, tout en surveillant ses flancs. Au niveau supérieur, un seul regardait derrière lui, et il avait bien raison, c'était Guyot, le Directeur central de la police judiciaire, car louchaient vers son fauteuil deux ou trois grosses têtes ambitieuses. Mais cet ancien rugbyman savait éviter la mêlée, et il s'accrochait bien.

Pour connaître les vainqueurs, regardez leur position actuelle sur le parcours semé d'embûches de la réussite administrative. Mais le terrain était plus accidenté que prévu et quelques outsiders en ont profité pour se glisser dans le peloton de tête.

Il est possible dans le « privé » qu'un chef d'entreprise soit « parachuté » à son poste, mais en fin d'exercice annuel, le bilan tombera. Bénéfices : félicitations monsieur le P.-d.g. Pertes : au revoir et merci. Et encore le merci est probablement de trop. Que n'en est-il de même dans l'Administration où bien souvent les hommes de valeur — car il y en a — restent à des postes subalternes, car intellectuellement trop droits pour se jeter dans une bagarre avilissante. Il est vrai aussi qu'ils risqueraient de faire de l'ombre aux responsables en place, pour peu qu'ils leur soient supérieurs. Je me souviens des propos d'un vieux commissaire principal, à quelques mois de la retraite, un peu aigri pour n'avoir pu donner sa mesure. Il avait dit au jeune inspecteur que j'étais alors : « l'Administration ne fonctionne que par les hommes qui se sont trompés de carrière ». Probablement vrai. Encore faut-il savoir les utiliser.

Dans cette lutte sournoise, c'est Aimé-Blanc qui trinqua le premier.

Pas un grand chef, Lucien, mais un poulet dans le sang. Ce qu'il aime avant tout, c'est le contact avec les truands. Si on devait lui donner un surnom, on devrait l'appeler « Lucien le Gribouille », tant il a le don de se mettre dans des affaires impossibles, ambiguës et tarabiscotées qui souvent, comme un boomerang, reviennent vers lui, mais... pas toujours dans sa main. Il joue avec ses informateurs, le jeu difficile mais indispensable pour être efficace, du donnant-donnant. Ça lui a valu bon nombre de déboires, mais aussi quelques belles réussites. Qu'on le veuille ou non, et même si d'autres en ont pris les honneurs, c'est en grande partie, grâce à ses informations, que Mesrine a été localisé dans Paris, un peu avant d'être abattu. Mais quel embrouillamini ! Certains y ont laissé des plumes. Ce n'est pas le journaliste Jacques Tillier qui dira le contraire, puisqu'en voulant mélanger les genres, au point de ne plus savoir s'il était journaliste, flic ou indic, il a failli y laisser sa peau.

Pas de police sans indics, pas d'indics sans mauvaises fréquentations et, parfois même, quelques compromissions. Il faut choisir. Aimé-Blanc avait choisi, mais ses informateurs le rendaient vulnérable.

Chacun savait qu'il protégeait entre autres un certain Maione-Libaude, dit « Le Petit », truand professionnel mais sans grande envergure, fiché néanmoins au « grand banditisme ». Eh oui ! Il existe aussi un Who's who dans le milieu. C'est un bouquin de quelques centaines de pages, tenu par l'O.C.R.B. et mis à jour annuellement, surtout la rubrique nécrologique, qui est relativement fournie. On meurt tôt chez les voyous, mais ça ne coûte rien à l'Etat, il n'y a pas d'assurances et ils ne cotisent pas aux caisses de retraite. Lui était fiché surtout pour avoir tenu un rôle dans la guerre contre le clan Zemour en 1975. Il faisait l'objet d'un vague mandat d'arrêt pour une affaire de détention d'armes. Je dis vague, car n'importe quel flicard de Paris ou même de province aurait pu le sauter depuis bien longtemps tant, sûr de son condé, il était peu méfiant. Moi-même, j'avais travaillé dessus à Nice, mais sans y toucher. Chasse gardée. De toute manière, il se serait présenté à la première convocation du commissariat du coin.

C'est l'anti-gang de Paris, dirigé par le commissaire Broussard qui le sauta.

Tiens !

Arrestation, perquisition et, le plus sérieusement du monde, cette « grosse » affaire est repassée à la brigade criminelle. Mais oui ! La célèbre « criminelle » du quai des Orfèvres ! Celle du commissaire Maigret !

Mais quel crime avait donc commis cet homme ? Rien de bien terrible ! On avait trouvé deux ans auparavant des armes à son domicile. En fuite, le juge avait délivré contre lui un mandat d'arrêt. Il s'agissait donc tout simplement d'exécuter une pièce de justice. La routine. Une affaire de commissariat de quartier, qui pouvait être repassée à la rigueur à la brigade territoriale.

Mais voilà, c'était l'informateur d'Aimé-Blanc. On justifia la saisie de la brigade criminelle en faisant courir le bruit qu'il avait pu participer à l'assassinat de Pierre Goldman, en 1979, acte revendiqué par le groupuscule très anonyme « Honneur de la Police ». Il faut se souvenir que Goldman, militant de gauche et écrivain de prison, avait été accusé d'un double meurtre commis à Paris en 1969 et finalement acquitté à l'issue d'un procès retentissant. Maione-Libaude fut bien entendu mis hors de cause, mais en cherchant bien, on trouva à son domicile différents papiers à en-tête du ministère de l'Intérieur et surtout, quel scandale, dans son agenda personnel, les numéros de téléphone privés des commissaires Aimé-Blanc, Pellegrini et du Préfet Pandraud.

Le commissaire divisionnaire Marcel Leclerc, chef de la brigade criminelle, aurait très bien pu se conduire en gentleman et respecter la déontologie d'un métier qui en avait bien besoin. Non, il rédige un rapport complet qu'il transmet, sous-couvert de la voie hiérarchique au procureur de la République. Donc enquête administrative et enquête judiciaire. C'est un véritable règlement de comptes.

Je ne cherche pas à les défendre, ils n'ont pas besoin de moi pour ça. Non, je condamne le procédé qui se veut machiavélique et n'est que répugnant.

Le comportement de Broussard, Leclerc et de leurs chefs aurait-il été le même si le Préfet Pandraud avait été de la nouvelle majorité ? Il est permis d'en douter.

C'est donc la P.P. qui attaque. Abandonné par sa hiérarchie, solitaire, Aimé-Blanc se défend. Il n'a aucun mal à démontrer que Maione-Libaude lui a fourni des renseignements précieux qui lui ont permis de solutionner nombre d'affaires difficiles, notamment en Corse.

Pellegrini, son adjoint compte les coups. Lui n'a pas à se défendre, car moins gênant, il n'est pas attaqué. Pandraud quant à lui est très nettement au-dessus de la mêlée.

Maione-Libaude va au trou.

La deuxième phase prend la forme d'une campagne de presse qui monte en épingle cette histoire de quatre sous. *Libération* notamment sort une photo où l'on voit, attablés à la terrasse d'un café situé à cent mètres de l'O.C.R.B. Maione-Libaude, Aimé-Blanc et un ancien fonctionnaire des R.G., Henri Langlois, plus ou moins homme de main de Pandraud. Pour tout le monde, il ne peut s'agir que d'une photo de planque, fournie à ce journal par un service de police.

Quelques articles dithyrambiques et Lucien est muté à la tête du S.R.P.J. de Lille.

Fin du premier round !

On commence dans le même temps à raconter que Leclerc serait le prochain sous-directeur de la P.J. parisienne, mais c'est compter sans Defferre. Celui-ci, tourmenté par l'insécurité qui règne dans sa ville, décide d'en changer les chefs de police. Il veut y mettre des hommes de confiance. Passant par-dessus toute la hiérarchie policière, il convoque Leclerc personnellement et lui propose une place importante à Marseille. C'est à ses yeux une promotion et une grande marque de confiance. Leclerc tergiverse. Il ne veut pas quitter Paris. Mais peut-on refuser une telle proposition de son ministre de tutelle ? Difficile !

Ces entretiens ont lieu évidemment dans le plus grand secret. Quelques jours plus tard, *Le Journal du Dimanche* balance un scoop. « Leclerc tient tête à Defferre », titre-t-il grosso modo. Dans le ronron d'un week-end peu chargé en actualité, les radios reprennent l'information, brodant un peu autour. Les journaux du lundi matin en font de pleines pages.

Tiens ! on dirait qu'il y a eu une fuite.

L'affaire Leclerc est devenue publique. Le Mouel, le nouveau directeur de la P.J. parisienne, soutient courageusement son collaborateur, dont il ne veut pas se séparer, et menace de démissionner. Les syndicats des commissaires et des inspecteurs, pour une fois unis, font motion sur motion. Comment ? On ose s'attaquer au Quai des Orfèvres ?

Après quelques jours, la sentence de Defferre tombe.

Leclerc est muté à l'Inspection générale de la police nationale, le cimetière aux éléphants. Le Mouel, le seul vrai patron de la P.J. qui passe pour être plus ou moins socialiste, est viré. Il est rétrogradé et laissé sans affectation.

Fin du deuxième round ! Match nul !

Pas tout à fait. Maione-Libaude. « Le Petit », qui n'a jamais si bien mérité son surnom, enjeu involontaire de cette partie d'échecs truquée, sera mat. Il est abattu le 13 juin 1982, une semaine après sa sortie de prison. La publicité n'est pas forcément bonne pour tout le monde.

Pellegrini, après un bref séjour à la tête de la 5e section de la P.J. est aspiré par Prouteau, cet officier de gendarmerie que Mitterrand a bombardé responsable à l'Elysée de la lutte anti-terroriste, service dont les premiers exploits à Vincennes font rire tout le monde, sauf quelques Irlandais sans conséquence.

Broussard, que plus personne n'ose plus appeler « Poil autour », est appelé comme conseiller technique auprès de Franceschi, que le Premier ministre vient de nommer en catastrophe secrétaire d'Etat à la Sécurité publique, autrement dit ministre de la Police, pour tenter de calmer les ardeurs incontrôlables de son ministre de l'Intérieur. Broussard partira peu après comme Préfet délégué pour la Police en Corse.

Et voici comment en très peu de temps, grâce à la magouille des uns et à la naïveté des autres, je me retrouve à la tête de l'O.C.R.B.

A grandes causes, petits effets.

Merci messieurs ! Et bon appétit !

CHAPITRE XV

Mutations, hésitations, tergiversations, contradictions et injustices, tout ce remue-ménage avait considérablement déstabilisé la police judiciaire. Nombre de collègues et de collaborateurs, démotivés et inquiets, se trouvaient dans l'incapacité de s'engager à nouveau dans cette guerre permanente qu'est la lutte contre le banditisme.

On peut dire que les années 81-82 furent pour beaucoup de flics des années de transition, et même aujourd'hui encore, certains n'ont toujours pas retrouvé ni leur équilibre, ni la confiance en eux, qualités nécessaires à des policiers efficaces. Si la criminalité continua à augmenter comme par le passé et, soyons francs, ni plus vite ni moins vite qu'avant, il n'y eut pas d'affaires retentissantes en matière de grand banditisme. Il faut dire que l'actualité était suffisamment occupée avec les attentats terroristes de toutes sortes, et pas seulement en France.

Le dernier enlèvement sérieux avait eu lieu à Lyon, un peu après celui de Maury-Laribière, vers la fin du mois de septembre 1980. Il s'agissait de Bernard Galle, gendre de maître Chaine, notaire et conseiller général, enlevé dans des circonstances inconnues, ce qui ne manqua pas de laisser planer un doute sur sa réalité.

Maître Chaine était un homme important, ami du

Premier ministre de l'époque. Aussi des instructions avaient-elles été probablement données en haut lieu, car on avait mis le paquet. Pendant quinze jours, la quasi-totalité des effectifs du S.R.P.J. de Lyon et de l'O.C.R.B. était restée sur le pied de guerre. Les hommes de l'O.C.R.B., placés en réserve et, pour une fois, à l'abri de la curiosité des journalistes dans une caserne de C.R.S., avaient même été renforcés par ceux des B.R.I. de Lyon et de Nice. Ils s'emmerdaient ferme et passaient leur temps à jouer au foot, aux cartes ou à faire de petites balades dans l'hélicoptère mis à leur disposition. Le pilotage étant l'un de ses passe-temps favori, Pellegrini s'en donnait à cœur joie. Personnellement, en instance de mutation, mais pas encore vraiment parti, je me partageais entre Nice, Lyon et Paris. L'affaire foira complètement et probablement pour deux raisons. D'abord, les interventions politiques devenaient si fortes que les responsables de la justice, de la police et aussi de la préfecture commençaient à faire dans leur culotte. Ensuite et surtout, parce que Chaine leur enleva sa confiance et décida de jouer le coup tout seul. Il paya, à l'insu de tout le monde, une rançon de cinq millions de francs. On n'a jamais revu son gendre. Ni l'argent d'ailleurs.

Il ne faut quand même pas dramatiser ces affaires d'enlèvements. La France n'est pas l'Italie, loin de là. En une dizaine d'années, il y en a eu à peine une dizaine de véritablement sérieux, et l'on peut pratiquement dire que tous, à l'exception justement de celui de Galle, ont été couverts par la police, et les auteurs arrêtés. Une fois sur deux environ, la rançon a été versée et dans ce cas, le plus souvent elle a été récupérée. Dans toutes ces affaires, ce sont des services spécialisés qui sont intervenus, Office central pour la répression du banditisme et brigades de recherche et d'intervention. Il est arrivé qu'il y ait de la casse, mais il faut bien avouer que cette efficacité a cependant été payante. Elle a empêché que ne se répande ce genre de criminalité réellement traumatisante, car étalée dans le temps, aussi bien pour les victimes qui ne s'en remettent pratiquement jamais, que pour leurs proches.

Pour en revenir à cette fin d'année 81, l'équilibre précaire entre crimes et répression était rompu. Un sentiment d'insécurité réel, mais surtout psychologique, semblait gagner peu à peu le pays.

Il fallait reprendre les choses en main, chacun à son niveau. Au mien, qui était modeste, je m'efforçai de réagir. Il fallait relancer la machine et, pour cela, insuffler un nouvel esprit aux gens de l'O.C.R.B. Après une légère modification des structures, je lançai le plus grand nombre possible de policiers sur le terrain, pour des affaires qui, il faut bien le dire, étaient parfois plus de la compétence de services locaux que d'un grand service spécialisé.

Les résultats furent rapides et l'année 1982 amena l'arrestation de nombreuses équipes de braqueurs, trafiquants, proxénètes et racketteurs de tout poil.

L'une de nos plus belles réussites fut sans doute l'arrestation de Bruno Sulak.

Evadé moult fois, dont la dernière en juin 1980, de la maison d'arrêt d'Albi, Sulak était recherché par tous les services de police et de gendarmerie pour une série de hold-up commis aux quatre coins de France.

A la suite d'une longue enquête et surtout de planques patientes et souvent inintéressantes, le groupe que j'avais chargé de ces recherches réussit à localiser une cover-girl, prénommée Chantal, maîtresse supposée de notre client.

Il avait été décidé de planquer à mort sur cette souris pour rebecter Sulak, le filocher et tenter ainsi d'identifier ses complices.

Quatre ou cinq gars étaient en place, quand je reçus un appel radio pressant.

— Patron ? C'est Jacques !

— Oui, j'écoute.

— On vient d'apercevoir Bruno... qu'est-ce qu'on fait ?

A la voix, je compris la situation. J'avais demandé de ne pas le sauter tout de suite et d'essayer de le filocher. Mais le poisson était trop gros. Je devinai les gars impatients et fébriles dans leur voiture de planque. Ils voulaient agir.

Dans un sens, ils avaient raison. Si nous perdions la filature, ou s'il nous repérait, c'était fini. Des mois de travail pour rien. Il nous faudrait repartir à zéro.

Un peu à regret, j'appuyai sur le bouton rouge de mon pupitre radio.

— O.K. ! Allez-y ! On l'enlève !

Quelques ordres entre voitures, puis le silence. Ce silence radio que je connaissais bien, où seuls ceux qui sont sur le terrain agissent tandis que les autres attendent, en se rongeant le sang. Combien de fois, ainsi, avais-je attendu ce bref compte-rendu après l'action. L'annonce de la réussite, de l'échec ou... du pépin.

— Ça y est, Patron ! On l'a eu... c'était juste... Il a failli se tirer.

— Félicitations, les gars... vous démarrez la perquise et vous ramenez tout au service.

Un drôle de zèbre, ce Bruno Sulak. Jeune, sportif, ancien légionnaire déserteur, il tenait plus de l'aventurier que du truand professionnel.

Un contact spontané s'établit entre nous.

— Chapeau ! nous dit-il. Je ne sais pas comment vous avez fait, mais je ne pensais pas que des flics pourraient encore m'arrêter. C'est toi le Patron ?

— C'est moi.

— Ben ! Tu as une sacrée équipe.

— Oui... Ecoute, mon gars. Tu es marron. Tu sais que tu vas repartir en galère, et pour longtemps. Alors, sois fair-play, raconte-nous un peu tes exploits.

Il se fit un peu tirer l'oreille, mais après lui avoir promis de ne pas trop embêter sa nana, chez laquelle on avait trouvé un petit arsenal, ainsi que du matériel de faussaire, il dit :

— O.K. ! Je prends tout à ma charge et je m'allonge sur tous les braquages que j'ai faits, mais...

— Mais quoi ?

— J'ai encore une faveur à demander... Laissez-moi ma montre.

C'était plutôt étonnant comme faveur. Il avait au poignet une magnifique Piaget en platine, sertie de diamants.

— Mais elle vaut au moins 2 ou 3 briques... d'où vient-elle ?

— Je... je l'ai achetée.

Je savais qu'il mentait. Mais, après tout, nous avions déjà fait des recherches sur tout ce qu'il possédait, et notre ordinateur n'avait rien signalé. Sa montre n'était donc pas volée. Sans doute était-ce un souvenir qu'il voulait conserver ou, plus pragmatiquement, une monnaie d'échange pour la prison, qui lui permettrait d'acheter un co-détenu ou... un maton.

— C'est d'accord, mec, on te la laisse.

Bruno tint parole. Il s'allongea sur une bonne douzaine de braquages auxquels il avait participé. Il donna tous les détails, prouvant en quelque sorte sa bonne foi, et signa les procès-verbaux. A aucun moment cependant, il ne prononça le nom de ses complices. Comme j'insistais un peu lourdement, il me dit :

— Ecoute, Commissaire, j'ai tenu parole et je t'ai reconnu tous les braquages que j'ai faits, du moins ceux sur lesquels tes gars m'ont questionné. En ce qui concerne le reste et en particulier mes copains, ne compte pas sur moi. C'est ton boulot de le découvrir.

Chantal fut inculpée de complicité, de détention d'armes, mais laissée libre. Sulak, quant à lui, retourna en prison. Pas pour longtemps, puisque le 21 juillet 1982, avec la complicité de deux hommes, il s'évadait du train le menant de Montpellier à Lyon.

Après une série de hold-up spectaculaires commis au détriment des plus grands bijoutiers français, il se fit alpaguer, comme un bleu, 18 mois plus tard.

Si l'affaire Sulak ne déclencha pas une guerre des polices, comme le disent les journalistes Alain Hamon et Jean-Charles Marchand dans leur livre « P... comme Police », elle mit à nouveau en exergue l'incohérence d'une organisation police-gendarmerie-justice, complètement désuète.

En effet, après son évasion de Montpellier, je tentai de faire saisir l'O.C.R.B. de l'enquête. Nous étions probablement les mieux placés pour l'effectuer, connaissant bien l'intéressé, ses proches et ses habitudes. De plus, Sulak étant un itinérant, il fallait un service à compétence nationale, ce qui était notre cas. Je demandai à mon adjoint, le commissaire Paul Leray d'aller sur place et de prendre contact avec le juge d'instruction Christian Baujault. Ce magistrat ne voulut rien savoir.

— Non seulement je ne vous saisis pas, lui dit-il, mais je vous demande de communiquer tous vos renseignements à la brigade de recherches de la gendarmerie de Montpellier, que j'ai chargée de l'enquête.

Il inversait un peu les rôles. Profitant de son départ en vacances et d'éléments nouveaux que nous avions recueillis, Leray retourna à Montpellier. Son remplaçant accepta, lui, de nous délivrer une commission rogatoire, la même d'ailleurs que celle des gendarmes.

Deux services étaient donc saisis de la même enquête. Chose d'ailleurs assez courante, les magistrats refusant souvent de trancher, sans doute pour ne fâcher personne.

On peut dire que dès le début de la série de braquages commis dans les bijouteries, nous avions identifié Sulak comme en étant l'un des auteurs. Après un hold-up commis à Cannes en décembre 1982, et pour avoir une certitude, nous avions demandé à nos collègues niçois de présenter sa photo aux témoins et victimes. Reconnaissance immédiate.

Inconscients sans doute de l'intérêt d'une grande discrétion, ou peut-être, du moins pour certains, contents de nous glisser une olive, ceux-ci firent une diffusion nationale, rendant du même coup publiques les principaux éléments de l'enquête. Il faut dire qu'ils n'étaient pas les seuls à s'intéresser à Sulak. Il y avait du monde, et personne ne se faisait de cadeaux.

Je crois que c'est l'arrestation d'Anthony Delon qui fit déborder le vase. Les journalistes se mirent en chasse et la photo de nôtre suspect sortit en première page de plusieurs journaux.

Nous étions à ce moment-là à deux doigts de l'arrêter.

Lorsqu'il s'en rendra compte, quelques jours plus tard, Sulak ne manquera pas de m'appeler au téléphone, à la fois moqueur et soulagé.

Des mois de travail foutus en l'air par… Par quoi, au fait ?

L'inexistence de structures sérieuses entre les différents services de la police judiciaire ? L'incompatibilité existant entre flics et gendarmes ? La concurrence à laquelle se livrent tous les services spécialisés ? Le verbiage de certains policiers ou magistrats ? Ou peut-être le copinage excessif entre policiers et journalistes ?

Peu importe ! Chacun avait ses torts, nous aussi, mais en tout cas, l'affaire était foutue. Il faut quand même dire que cette enquête était bien la preuve de l'anachronisme du système.

Voulez-vous que je résume ? Suivez bien ! C'est pas facile de s'y retrouver.

Le 25 janvier 1982, l'O.C.R.B. interpelle Bruno Sulak à Paris. Il passe aux aveux auprès d'une douzaine de policiers et gendarmes venus spécialement de tous les coins de France pour enregistrer ses déclarations. Il est écroué et commence alors son périple de maison d'arrêt en maison d'arrêt, pour être entendu par les nombreux magistrats qui se partagent les dossiers dans lesquels son nom apparaît.

Six mois plus tard, le 21 juillet, lors d'un transfert entre Montpellier et Lyon, deux individus armés font irruption dans le compartiment où il se trouve en compagnie de l'un de ses complices Dragan Rancic, gardé par deux gendarmes. Les pandores sont délestés de leurs armes et essuient même un coup de feu d'intimidation. Et ils sont intimidés, puisqu'ils laissent partir Sulak, après avoir changé la destination originale de leurs menottes réglementaires. Rancic, qui espère une prochaine libération, refuse de s'évader.

Les trois hommes s'enfuient, après qu'un voyageur courageux ait tiré le signal d'alarme, faisant ainsi arrêter le train. Ils prennent un automobiliste en otage et se perdent dans la nature.

La brigade de recherches de la gendarmerie de Montpellier est chargée de l'enquête.

Vu la personnalité de Sulak, l'implication de militaires de la gendarmerie comme victimes d'une agression à main armée et, il faut bien le dire, le côté spectaculaire de cette évasion, le S.R.P.J. de Montpellier demande à être saisi de la poursuite des investigations. Refus du magistrat.

L'O.C.R.B., service chargé par arrêté inter-ministériel de ce genre d'affaires, se voit opposer le même refus.

Au mois d'août, l'O.C.R.B. est finalement saisi en doublon avec les gendarmes. L'un des deux auteurs de cette évasion, surnommé « Stèves », est rapidement identifié. Facile, il suffisait de savoir qu'il avait tenu un petit rôle dans un film de Belmondo, *Le Professionnel.* Nous le savions. Il s'agit de Radisa Jovanovic, déjà tombé pour braquages. Pour son complice, il ne reste plus qu'à mettre le nez dans les archives. Un travail titanesque. Mais finalement, on sort sa photo. Il s'agit également d'un yougoslave, Vojo Tusevski, dit « Walter ».

Ça y est, nous tenons toute l'équipe. C'est une question de jours. Mais...

Le 12 novembre, un copain de Sulak, Jean-Louis Secreto, s'évade de la maison d'arrêt de la Tallandière à Saint-Etienne grâce à une complicité extérieure.

— Tiens ! C'est peut-être Sulak, pensons-nous intelligemment.

Les collègues du S.R.P.J. de Lyon aussi. Ils ne sont pas plus bêtes que nous, mais eux sont saisis de l'enquête.

Le 13 décembre, la brigade des stupéfiants et du proxénétisme, l'ancienne brigade mondaine, ainsi débaptisée par un type qui manquait vraiment de poésie, interpelle un autre Yougo en possession de plusieurs montres provenant d'un vol à main armée commis au préjudice de bijouteries de Cannes et de Paris.

La brigade de répression du banditisme de la préfecture de police, le S.R.P.J. de Marseille et son antenne, la police judiciaire de Nice sont respectivement chargés de l'enquête.

Le 29 janvier de l'année suivante, nous sommes en 1983, les flicards du commissariat des Mureaux, dans les Yvelines, contrôlent une voiture suspecte. Oui ! Justement, ce genre de contrôle que l'on veut nous empêcher de pouvoir effectuer. Ce que nous appelons dans notre jargon le « délit de sale gueule ». Le flag réservé aux poulets qui croient en ce qu'ils font. Dans la bagnole, deux occupants, Marc Mil, un faux Yougoslave cette fois, puisqu'il est né dans la banlieue parisienne et Anthony Delon, le fils de l'acteur de cinéma. Décidément, nous n'avons pas de chance avec les Yougoslaves, doit penser le papa en se souvenant de l'affaire Markovic.

Dans le véhicule, un pistolet automatique Mac 50, calibre 9 mm.

Le S.R.P.J de Versailles est saisi.

Le capitaine Morel, le chef de la section de recherches de police judiciaire de Versailles, autrement dit « la » S.R.P.J., à ne pas confondre avec « le » S.R.P.J. (vous me suivez toujours ou vous décrochez ?), au demeurant le gendarme le plus flic que je n'ai jamais connu, vient aux nouvelles. Il est télécommandé par l'officier de liaison de la gendarmerie nationale en poste auprès du Directeur central de la police judiciaire, qui a dû laisser traîner ses guêtres dans la salle des télex.

On l'envoie sur les roses.

Personnellement, je suis informé de tout ça 48 heures plus tard, par un journaliste de R.M.C. Il se fend la gueule en voyant mon ignorance et ajoute en me quittant : « vous devriez vérifier le numéro de l'arme qu'on a retrouvée dans la voiture ».

Ce que je fais.

Oui ! Vous avez deviné ! C'est l'un des deux calibres volés aux gendarmes lors de l'évasion de Sulak.

Les gens de chez Cartier, l'un des grands bijoutiers victimes de ce gang de braqueurs, ont vu, en une certaine journée de janvier, des dizaines de flics, de gendarmes en civil et en uniforme venir les voir et leur poser les mêmes questions, sur la même affaire.

Au fou !

Qu'est-ce que j'ai oublié ? Ah oui ! Des interventions de droite et de gauche pour ne pas ébruiter tout ça. Lavons notre linge sale en famille.

Quelle rigolade !

Vous avez suivi ? Chapeau !

En tout cas, foutue pour foutue, cette affaire m'avait mis à cran. Je décidai de pousser le bouchon encore plus loin et de tenter d'en avoir le cœur net. Je voulais voir jusqu'où on pourrait aller avec une enquête policière, finalement assez banale. Il y en a de bien plus importantes dont on ne parle jamais.

Je laissai volontairement fuser quelques informations, réelles ou déformées, sur toute cette histoire, auprès de cinq ou six personnes que je tenais partiellement pour responsables de ces fuites. En quelques jours, Bruno Sulak devint la vedette des journaux, des hebdos et des radios. La télé y consacra même plusieurs minutes d'antenne.

Quand on connaît le prix des pages publicitaires ou de la seconde des spots radio ou télé, je peux dire que j'ai amassé sur Sulak un budget publicitaire que bien peu de marques de lessive peuvent se permettre.

C'était bête et gratuit ? Un peu ! Pas tout à fait ! Ça présentait pour moi deux avantages. D'abord connaître l'origine des fuites, mais c'était la quadrature du cercle, vu le nombre de services qui suivaient cette affaire. Ensuite, en dehors de l'effet testimonial de l'opération, des avantages pratiques. En effet, plus un truand est célèbre, plus les flics ont envie de le coincer. Serrer un braqueur inconnu, c'est faire son boulot. Serrer une vedette, c'est se faire plaisir. Dans ce cas précis, je peux dire que tout le monde mit le paquet. Depuis Mesrine, un voyou avait rarement mobilisé autant de monde pour le retrouver. Rien que pour l'O.C.R.B., dix gars y travaillaient en permanence.

La publicité devait le rendre plus facilement repérable, donc plus vulnérable. C'est du moins ce que je pensais.

Après dix-huit mois de « belle », il s'est fait coincer comme un bleu à la frontière franco-espagnole par deux C.R.S. qui ont trouvé que ses papiers paraissaient trop beaux pour être vrais.

Parti pour aller au soleil d'Espagne, il s'est retrouvé à l'ombre d'une prison française... sous sa fausse identité. Il a fallu une semaine pour s'apercevoir qu'il s'agissait de Bruno Sulak, malfaiteur recherché par toutes les forces de police et de gendarmerie, objet d'un nombre de mandats d'arrêt impressionnant. A quelques jours près, il était relâché.

Tiens ! Mais, au fait ! Comment s'appelaient donc les deux flicards qui ont eu assez de nez pour l'interpeller ? Je ne sais pas, et vous ?

CHAPITRE XVI

Notre appartement de la rue d'Odessa était vraiment un peu grand, surtout que lorsque nous étions ensemble, nous n'étions jamais très loin l'un de l'autre.

May Be s'était plongée dans le monde de la pub où sa fraîcheur, sa spontanéité et son imagination éclataient librement. Bien vite, elle se passionna pour cet univers tout nouveau et s'efforça de me faire partager son enthousiasme. D'un certain dilettantisme, elle passa peu à peu à un véritable travail, accaparant et fatigant. Souvent, elle rentrait le soir, bien après moi, crevée mais épanouie, quand elle avait pu faire passer une idée à des hommes d'affaires renfrognés, qui avaient deux à trois fois son âge.

Au fil du temps, elle m'échappait un peu, et je me retrouvais bien seul dans ce monde policier à l'esprit étriqué et mesquin.

Et surtout, surtout, je n'arrivais plus à me passionner vraiment pour ce métier qui avait été, durant des années, ma seule raison de vivre.

Je tentais de faire le point.

Comme beaucoup de policiers, j'étais déçu. Déçu par le non-changement. Les hommes nouveaux en place avaient eu en main toutes les armes nécessaires à une refonte de l'appareil policier. Elles avaient fait long feu. Que fallait-il donc attendre ? De nouvelles élections ? Je ne voulais pas être comme ces collègues retraitables, aigris et déçus de n'avoir pu se réaliser entièrement. Je constatais de plus, en prenant du galon dans la hiérarchie, la futilité et l'incompétence de certains responsables dont les décisions découlaient plus souvent de leurs soucis personnels que de l'intérêt public. L'intérêt public... un bien grand mot... Il n'y a pas suffisamment de fonctionnaires qui ont la notion de l'intérêt public. Mais peut-être ne leur a-t-on pas expliqué ce que c'est ou, plus simplement, ces mots n'ont-ils pas de sens dans la mission qui leur est confiée. Et puis, et c'était sans doute l'élément déterminant, je ne me faisais plus peur.

Il y a probablement dans chaque policier un être un peu immature, comme un grand gosse qui ne veut pas rentrer dans la vie quotidienne, et qui a soif d'aventures et de justice. C'est vrai, j'étais de ceux-là. Et alors ? Je me souvenais de mes premières opérations... La tension accumulée au fil des jours, l'imagination qui se déchaîne, les intestins qui se nouent et se relâchent inconsciemment, laissant parfois échapper de petits bruits incongrus, la vessie qui se remplit, parfois même les mains qui tremblent légèrement et les gestes qui deviennent plus saccadés. Puis, l'action... le corps qui se libère, les mâchoires qui se durcissent à en faire mal, sous l'effet de l'adrénaline qui se répand dans le sang, une lucidité et une force inconnues qui viennent du plus profond de l'être et dont on ne soupçonnait même pas l'existence en soi. Réactions primaires et uniquement physiques diront certains. C'est vrai. Mais sentir son corps refuser une situation et le maîtriser, quelle victoire sur soi-même.

« L'instinct de mort » titrait Mesrine, dans sa folie paranoïque. Pour le policier, c'est l'instinct de vie qui le fait agir et même parfois l'instinct de survie. Et moi, je perdais cet instinct. J'étais dans la situation d'un dégustateur qui aurait perdu le sens du goût. Je connaissais la non-peur.

Après quelques affaires sans grande importance, l'O.C.R.B. avait trouvé sa vitesse de croisière et fait exploser plusieurs équipes de braqueurs d'un bon niveau. Mais c'est une enquête moins spectaculaire qui montra le tournant pris dans la réalisation du travail.

En cette année 1982, la plupart des truands français s'étaient recyclés dans un business presque régulier et combien juteux ; ils s'étaient mis dans les machines à sous. Presque régulier, car si les jack'pots étaient autorisés dans les lieux publics, le gain d'argent était par contre interdit. Autoriser des jack'pos où l'on ne peut rien gagner, c'était vraiment une aberration. Le fisc ne s'y était pas trompé en instituant une taxe sur chaque machine. Les voyous s'étaient lancés sur ce marché, avec des méthodes... de voyous, bien entendu. Pressions, menaces, chantage, racket, violences et même règlements de comptes, tout était bon pour occuper le terrain. Une sorte de répartition géographique s'était faite, un peu comme aux meilleurs temps de la prostitution. C'est grâce à l'acharnement de Paul Leray et au courage d'un petit commerçant qui ne voulait pas se laisser faire, et dont je tairai le nom, bien qu'il soit apparu dans la presse, que l'O.C.R.B. réussit à mettre à l'ombre Edmond Vidal, dit « Momon » et une bonne partie de son équipe, appelée autrefois le « gang des Lyonnais ». Affaire difficile, dans laquelle il fallut se battre contre les collègues lyonnais, qui voyaient d'un sale œil les parisiens venir chasser sur leur terrain, contre le sous-directeur des affaires criminelles, Pierre Richard, qui avait fait de Momon Vidal une affaire personnelle depuis qu'il l'avait arrêté quelques années auparavant, et surtout contre la justice.

Il fallait en effet réussir à faire tenir le délit d'association de malfaiteurs, pour des faits qui ne constituaient pas en eux-mêmes un délit. Il fallait surtout recueillir les déclarations de la victime, sans que son nom ne soit rendu public. Nous n'avons réussi à remplir notre contrat que partiellement, car si toute l'équipe fut bien inculpée et écrouée, au premier interrogatoire du juge les avocats eurent copie de tout le dossier, ce qui est obligatoire en droit français, et tous ces truands connurent du même coup, le nom de notre informateur. Il ne restait plus qu'à assurer sa protection, ce que nous fîmes... pendant une semaine.

Comment voulez-vous que les honnêtes gens aident la police ou la justice, si on ne peut au moins leur assurer l'anonymat ?

Le même problème se posa dans l'enquête sur l'assassinat du juge Michel. L'informateur capable de donner des renseignements sur les circonstances de ce crime, son mobile et surtout sur leurs auteurs existait bel et bien, mais pourquoi voulez-vous qu'il prenne le risque de parler ? Que pouvions-nous lui offrir en échange de ses confidences ? Rien ! Pas même la promesse de pouvoir garder son nom secret. Quelle vie aurait été la sienne, après ? Il n'a rien dit, du moins d'officiel et de sérieux, mais personne ne peut le lui reprocher. Et puis ses déclarations n'auraient pas suffi. Encore aurait-il fallu réunir des preuves, et dans ce milieu, ce n'était vraiment pas facile.

Malgré tout, l'enquête effectuée par le G.R.B. de Marseille et l'O.C.R.B. nous permit d'approcher de très près la vérité. Peut-être même aurions-nous pu réussir si nous avions eu le feu vert pour agir au bon moment. Il y avait un risque à prendre. Mais les hésitations des magistrats et des responsables de l'enquête policière, compréhensibles d'ailleurs, étant donné l'importance de l'enjeu, bloquèrent la situation au moment le plus opportun. Le déroulement d'une enquête est comme la courbe d'un graphique. Quand la courbe monte, c'est la phase de recherche, la phase secrète, celle pendant laquelle le moins de monde possible doit être informé. Puis on arrive au point culminant. C'est le moment fatidique. C'est là que tout se joue, que tout éclate et que l'on se dévoile. Des semaines, des mois de travail, et là, en quelques minutes, en quelques heures au plus, on gagne ou l'on perd tout. Décision difficile à prendre. Celui qui détient à ce moment le pouvoir de dire « on y va », celui-là est le seul véritable patron de l'affaire. Si l'ordre est donné trop tôt, alors que la courbe est encore ascendante, ou trop tard, alors qu'elle est descendante, c'est fichu. Bien sûr, on essaie de se récupérer, mais c'est très difficile.

Il faut savoir casser une affaire et prendre obligatoirement le risque de la louper car, évidemment, on n'est jamais certain d'être au sommet de la courbe. Mais il est quand même préférable de tout rater en agissant, plutôt qu'en ne faisant rien. C'est difficile. Mais personne n'a dit que ça ne l'était pas.

Dans ce cas précis, un seul homme pouvait prendre l'initiative, le magistrat instructeur, le juge Guérin. Un seul homme et un homme seul. Un dossier bien lourd à porter. Une décision bien difficile à prendre. Une décision prise trop tardivement.

Une demi-douzaine d'interpellations et, à l'arrivée, quelques inculpations pour vols qualifiés ou détention d'armes, mais rien de sérieux dans l'épais dossier concernant l'assassinat du juge Michel.

Le suspect *number one,* celui que tous les journaux ont désigné comme étant au moins l'instigateur de ce crime, Gaëtan Zampa, ne fut arrêté que bien plus tard. Pour une vague affaire financière. La courbe était déjà bien basse. Il se suicidera dans sa cellule, lors de son procès. Personne ne le regrettera, mais personne non plus ne connaîtra la vérité sur la fin du juge.

La vérité est comme une ombre, elle ne peut être claire et chacun a la sienne.

Il est des affaires pour lesquelles on bande, il en est que l'on fait et il en est parfois que l'on exécute, contraint et forcé.

Le 5 juin 1981, deux individus sans grande envergure, commettent un braquage de quatre sous, à Précy-sur-Oise. L'un des malfaiteurs est rapidement interpellé par la police judiciaire de Creil. Le second, Hachel Youssef, identifié peu après, se met en cavale.

Une affaire bien banale. Seulement quelques mois plus tard, ce dernier est localisé par les Renseignements généraux, dans une villa de Montmorency, résidence en France de l'ancien président de la République Ahmed Ben Bella. Les instructions sont simples : interdiction absolue d'intervenir. Normal. Par acquit de conscience, je fais faire quelques vérifs et même deux ou trois planques, en douce des renseignements généraux. Le tuyau semble bon. Le client est bien là.

On laisse courir* puis on oublie. Mais six mois plus tard, le 25 janvier 1983, badaboum ! Renversement complet de situation. Il faut mettre immédiatement un dispositif de surveillance autour de la maison et interpeller notre gus, à la première occasion.

Les instructions viennent de très haut, me dit Joseph Le Bruchec, le nouveau chef de la quatrième section.

Six mois de réflexion, c'est bien long, mais quand on touche à la politique, il est des raisons que le flic de terrain que je suis n'est pas censé connaître Sans trop m'affoler, sachant que souvent le contrordre peut arriver après l'ordre, surtout dans une administration versatile, je mets en place un dispositif léger, sans prévoir aucune relève.

Vers six heures du soir, les gars m'appellent par radio.

— Qu'est-ce qu'on fait, Patron ?

Ça fait environ six ou sept heures qu'ils sont en planque et ils doivent commencer à en avoir plein les bottes.

— Comment ça se présente ?

— Ben... Il y a eu quelques mouvements. Maintenant, c'est plutôt calme. Mais on commence à ne plus voir très clair, et avec la photo qu'on a, même si notre client sortait, pas sûr qu'on le reconnaisse.

— O.K., Manu ! Vous levez, on verra demain !

Une heure plus tard, le téléphone sonne dans mon bureau.

— C'est Richard.

— Oui ?

— Où en êtes-vous avec la planque de Montmorency ?

— On a tenu toute la journée, il ne s'est rien passé. Comme il commence à faire sombre, j'ai fait lever pour aujourd'hui.

— Quoi ? Mais vous êtes fou !

Il s'asphyxie au téléphone.

— Vous allez reprendre la surveillance immédiatement. Toute la nuit si c'est nécessaire. Je veux du 24 heures sur 24.

— Ecoutez , j'avais sept gars sur place. Ils ont fait toute la journée. Pour faire du permanent, il me faut au moins 24 gars. Où voulez-vous que je les trouve ?

— Démerdez-vous ! Laissez tomber tout le reste, et tenez-moi informé.

Et il raccroche sèchement.

Je fais un tour dans les bureaux, tous vides. Un coup de

radio, et je demande à Manu et à ses gars leur position. Ils ne sont pas loin, ils seront là dans un quart d'heure.

Mon intention est simple ; je vais faire l'impasse pour la nuit, en laissant juste une chandelle et demain matin, à la première heure, la même équipe reprendra la planque. Ils vont pas être trop contents les copains.

Puis, d'un seul coup, les coups de téléphone pleuvent de toutes parts. Dans le même temps, Le Bruchec rentre dans mon bureau. Il est tout pâle.

— Qu'est-ce que c'est que cette histoire ?

Je lui résume la situation. Il m'interrompt.

— Il y a de nouvelles instructions, il paraît que ça vient du cabinet du ministre : il faut investir les lieux immédiatement.

— Mais enfin... C'est de la folie. Il fait nuit, nous ne connaissons pas la topo et nous savons qu'à l'intérieur se trouvent les gardes du corps de Ben Bella, armés jusqu'aux dents. Ça va être un massacre.

— Ecoute, il n'y a pas à discuter... le ministre...

J'attrape le téléphone.

— Monsieur le Directeur, Le Bruchec vient de m'expliquer. Je vous propose d'agir au petit jour. De nuit, c'est vraiment trop risqué.

— Non ! Ne discutez pas ! Vous allez donner l'assaut de la villa, immédiatement.

— Mais c'est de la connerie... et puis, on ne peut pas rentrer chez les gens comme ça. Il nous faut un motif, un support juridique.

— Bon, ça suffit. Je viens d'avoir Thiriez, le directeur de cabinet. Il est très excité. Si vous n'y allez pas, vos gars iront sans vous, un point c'est...

Cette fois, j'ai raccroché avant lui.

Finalement, je réussis à réunir une douzaine d'inspecteurs et le père Leray, qui ronchonne dans son coin. Il est près de huit heures trente. Il nous reste une demi-heure pour être sur place. Déjà que l'opération n'est pas trop régulière, si, en plus, on ne respecte pas les heures légales...

Les heures légales ! C'est quoi au juste ? Oh ! Je peux vous expliquer en quelques lignes : c'est une mesure de protection des citoyens contre la police. Mais les gens n'ont pas à se protéger de la police, mais plutôt des gangsters, direz-vous ! Oui ! Vous avez raison, mais les gangsters sont aussi des gens. Donc, on peut dire que les heures légales correspondent à une protection des gangsters contre la police. Eh oui, entre 21 heures et 6 heures du matin, les flics ne peuvent rentrer chez vous, que vous soyez honnêtes ou criminels. Vous dites quoi ? C'est bien ? Oui, je suis d'accord, c'est bien. D'abord après une journée de boulot, tout le monde a le droit d'être tranquille chez soi, dans ses pantoufles. C'est l'heure du film à la télé... Vous me direz, il n'y a probablement guère de chance que les poulets débarquent chez vous, que ce soit avant ou après 21 heures. Oui, mais imaginez maintenant une enquête policière. Les flics ont battu le trottoir pendant des heures, voire des jours, pour localiser tel truand. Ça y est, c'est fait, ils sont une poignée devant la porte. Il est là, y a plus qu'à le sauter. Hein ? Merde, il est plus de neuf heures, trop tard ! Que faire ? La journée a été longue. La femme et les enfants attendent à la maison. On pourrait revenir demain ? Oui, mais si notre client se tire ? C'est un type dangereux, Dieu sait ce qu'il peut faire. Alors ? Attendre ? Bon ! Ils vont attendre toute la nuit. Le plus jeune va chercher des sandwichs et des canettes de bière. Brrr ! La journée a été belle, mais la nuit est fraîche. Bien sûr, personne n'a de vêtements chauds. Cette planque n'était pas prévue. Peu à peu, les lumières s'éteignent. C'est l'heure où il y a toujours un jeton à prendre. Les anciens le savent bien et leurs regards circulaires parcourent les fenêtres dés H.L.M. Puis les heures passent, de plus en plus doucement. On somnole un peu dans la voiture. C'est l'heure du silence. Le jour se lève enfin, très lentement, comme à contrecœur. Le moment où les rats circulent d'une poubelle à l'autre avant que les éboueurs ne leur enlèvent leur casse-croûte. Tiens ! Justement les voici ! Merde ! C'est six heures. Allez, les gars secouez-vous. Il faut y aller. On défonce un peu la porte et l'on tire notre voyou des bras chauds et parfumés de sa maîtresse. Allez hop ! Maintenant, au boulot ! Perquisitions ! Auditions ! Garde-à-vue ! Vérifications ! Il est midi, les sandwichs et les bières sont bien loin. Ils font la pause et vont se taper un repas dans un petit resto où le patron leur fait des prix. Ils sont sales, mal rasés et l'esprit plus tout à fait très net. Bon ! Allez, maintenant, passons aux choses sérieuses, il faut qu'il s'allonge. Mais s'il se met à table, il risque dix ans ; s'il se tait, dans trois mois il est peut-être dehors, et il le sait. Pas facile. Interrogatoires ! Faut faire venir les témoins. A nouveau, auditions et confrontations. Il est bientôt minuit. Allez, au dodo ! Demain, à six heures, faudra aller chercher le complice, celui que notre client fatigué vient de nous balancer à l'usure. Les veinards, ceux qui n'habitent pas trop loin, rentrent chez eux. Les autres, les banlieusards, vont roupiller au bureau. Dans la salle de repos ? Vous voulez rire ! Il n'y a pas de salles de repos dans les services de police, du moins je n'en ai jamais vues. Non ! Ils vont se lover par terre, dans un coin, comme des bêtes. Au mieux dans les cellules de garde-à-vue, si du moins elles ne sont pas pleines.

Et le lendemain matin, même scénario. Mais il ne reste plus que 24 heures pour mettre en état une procédure que des magistrats, des avocats et des jurés vont décortiquer pendant des semaines, des mois, voire des années.

Il est cinq heures de l'après-midi. Un petit coup de fil au Proc ou au juge d'instruction pour lui rendre compte et pour convenir de l'heure à laquelle il veut qu'on lui présente les suspects. Voyons, la garde à vue finit à six heures demain matin, s'il est sympa, il va dire : « Vous les mettez en consigne après six heures, et vous me les présentez à dix heures. » Super. Ça va permettre de travailler une partie de la nuit, puis d'aller dormir un peu, de se laver, de se raser et même peut-être de faire une bise à sa femme et ses enfants. S'il n'est pas sympa, il dira : « Vous me les présentez demain matin à six heures. » C'est très rare, car c'est très tôt pour un magistrat. S'il n'est pas sympa et fainéant, ce sera : « Je les veux tout de suite dans mon cabinet. » Alors là, c'est la merde. Des vérifications pas faites, des procédures salopées, des P.V. manquants ou mal rédigés. En un mot, un mauvais dossier rempli d'erreurs, de manquements ou même de vices de procédure. 48 heures de boulot, presque sans dormir et, à l'arrivée, par la faute d'un magistrat incompétent, des truands qui seront peut-être chez eux avant que les policiers ne soient retournés dans leur lointaine banlieue.

J'exagère ? Pas beaucoup ! Tous les flics ont eu ce genre d'expérience. Ça n'empêche pas qu'il y a d'excellents magistrats, et c'est le cas pour la plupart, et aussi de mauvais flics.

Munies de leur gyrophare magnétique, les cinq voitures traversent Paris comme des bombes. Je laisse un bout du pot d'échappement de ma R5 TS, par terre, en sautant un trottoir avant de m'arrêter peu après, à une centaine de mètres de la villa.

Je réunis les gars.

— Paul, avec une équipe, tu passes par derrière. On te laisse trois minutes pour te mettre en position et couvrir l'arrière de la maison. Les autres avec moi. On va entrer par la porte. Pas de questions ? Bon, quelle heure est-il ?

Trois ou quatre gars répondent en même temps, la plaisanterie marche à tous les coups.

— Bon ! Vos montres ne marchent pas, il est juste neuf heures.

Malgré les apparences, je suis inquiet. Les R.G. nous avaient dit, il y a peu de temps, que cette maison était le Q.G. de Ben Bella et que c'était un véritable château-fort. Je me dis que le mieux était encore de s'annoncer clairement. J'amène ma voiture devant la porte d'entrée et mets le gyrophare en route, avant de sonner.

Quelques secondes s'écoulent, puis un homme ouvre la porte de la villa, située à cinq ou six mètres en retrait de la grille. Il est à contre-jour.

La lueur bleue du gyrophare balaye à cadence rapide le mur de pierre de la maison, donnant à la scène un caractère un peu mélo.

L'homme s'approche lentement.

— Que voulez-vous ?

Dans l'encadrement de la porte, une deuxième silhouette se découpe, beaucoup plus imposante.

Le Bruchec qui est à mes côtés, sort sa carte professionnelle et moi, je sors la photo de Youssef.

— Vous connaissez ?

— Jamais vu, répond l'homme, sans même regarder la photo.

— On l'a vu entrer. On peut jeter un coup d'œil ?

Dans le même temps, je le pousse doucement vers l'intérieur. L'effet de surprise, il fallait profiter au maximum de l'effet de surprise.

— Mais... vous savez chez qui vous êtes ?

— Allez ! Allez ! Pas d'histoires, juste un petit coup d'œil.

Une fois dans la place, les gars, qui étaient restés en partie dissimulés, un peu en retrait, nous rejoignent rapidement. En quelques secondes, ils investissent les lieux.

Sans savoir pourquoi, j'ai pris l'escalier. Je le monte tranquillement. Au premier, je tombe face à face avec un grand type, torse nu, à la corpulence athlétique, qui me regarde fixement. A portée de sa main, accroché à la poignée d'une porte entrouverte, pend un pistolet-mitrailleur.

— Ne bouge pas, lui dis-je.

L'homme se laisse maîtriser sans réagir. J'attrape l'arme, un Uzi 9 mm flambant neuf, et manœuvre la culasse de quelques centimètres, une balle est engagée dans le canon. Je fais sauter le chargeur. Il est largement approvisionné de petites balles brillantes comme des bijoux.

— Une belle arme, murmurai-je.

Heureusement que Youssef Hachen, car c'était bien lui — je ne l'avais pas reconnu tout de suite tant la photo anthropométrique était mauvaise —, n'avait pas eu de pensées belliqueuses. Avec ça, du haut de l'escalier, il aurait pu faire un sacré carton.

La maison recèle un véritable arsenal. Ils sont six en tout à l'intérieur, mais aucun n'oppose de réelles résistances. Celui qui m'avait ouvert la porte, le plus vieux, se présente :

— Mon nom est Yadi Mohamed. Je suis l'ancien directeur de la police algérienne et le secrétaire personnel du Président Ben Bella.

— Où est-il, votre Président ?

— Actuellement, il est en Suisse.

Tout en continuant la conversation, je me dis que si Ben Bella avait été là, ses chiens de garde nous auraient sans doute fait plus de misères, et nous y aurions laissé des plumes.

Pourquoi diable nous avoir envoyé investir le domicile de Ben Bella ?

La politique, bien sûr ! Mais quand même, c'est un ancien président de la République, il a droit à des égards. Et si nous nous étions entretués avec ses gardes du corps ? Au fait, ça aurait peut-être été plus favorable à la politique française... Va savoir.

Mohamed Yadi, que je tente de sonder un peu, me dit :

— Ne cherchez pas les raisons réelles... vous n'êtes que des exécutants. Vous verrez dans deux ou trois mois, l'Algérie achètera plus de Renault à la France, à moins que le prix du gaz, que vous nous payez à prix d'or, ne baisse d'un seul coup.

Ses petits yeux noirs se plissent derrière ses lunettes en disant ça. Je le regarde mieux. Il a le visage dur et déterminé des hommes qui ont la foi, et qui se feraient tuer pour elle.

En tout cas, la France ne s'était pas fait un ami de ce petit homme redoutable.

Je n'étais pas au bout de mes surprises, ni de mon écœurement. Car le lendemain après-midi, cinq arrêtés d'expulsion, signés de Gaston Defferre, arrivaient sur mon bureau. Il nous fallait présenter Hachem Youssef au magistrat instructeur de Creil, et conduire les cinq autres à l'aéroport de Roissy, pour les remettre entre les mains de la police de l'air et des frontières. Ils devront être embarqués sur le premier avion à destination d'un pays qui acceptera de les recevoir. Ça sera la Suisse. Ils ont eu de la chance.

C'est normal, me direz-vous, notre nation doit se

défendre de toutes personnes étrangères susceptibles d'amener le trouble ou le désordre ou, pire encore, de préparer des actions terroristes ou subversives.

Oui ! Oui ! Mais, sur ces cinq Algériens, trois étaient nés en banlieue parisienne et je crois bien qu'ils n'avaient jamais mis les pieds hors de France. Ils laissaient sur place femmes et enfants.

Pour un pays qui se veut avant tout démocratique et libéral... Je ne me sentais pas vraiment fier d'être français, car on n'avait pas le beau rôle, et cette affaire me laissait un goût amer dans la bouche. Je m'en voulais d'y avoir été mêlé. On m'avait fait tenir le rôle d'exécuteur des basses œuvres, et je n'étais pas rentré dans la police pour ça. J'en voulais surtout aux gens qui me l'avaient imposée et, en particulier, à Thiriez, ce petit technocrate, directeur de cabinet de Franceschi, qui, à mes yeux était le principal responsable et avait voulu se faire mousser.

Heureusement, quelques mois plus tard, ce haut fonctionnaire « démissionna ». Il paraît qu'on lui reprochait d'avoir des contacts trop étroits avec certains journalistes. Il endossait surtout la responsabilité de plusieurs fuites importantes qui avaient amené des coups de gueule spectaculaires de Defferre.

Gageons qu'il n'était pas forcément à l'origine de toutes ces indiscrétions. Il a peut-être été victime, lui aussi, d'un règlement de comptes ?

CHAPITRE XVII

— C'est pas vrai ?

— Eh si...

Elle me regardait de son regard étrange, sur lequel elle avait fait descendre un voile, pour en masquer l'éclat, comme une jeune fille surprise dans son bain cherche à cacher sa nudité de ses seules mains. J'avais appris à la connaître. Je savais qu'elle attendait de moi une réaction, qu'elle espérait et redoutait à la fois.

Je la fixai. Des tas de pensées contradictoires m'assaillaient et s'entrechoquaient, sans que je puisse me raccrocher à une seule.

Je m'étais bien promis, après avoir quitté ma première femme et avoir lamentablement « loupé » ma fille qui avait poussé et grandi en dehors de moi, obnubilé que j'étais par mon boulot, je m'étais bien promis, ni attaches ni responsabilités morales. La liberté ! Et la liberté, c'est avant tout la solitude.

Et voilà, j'étais coincé à nouveau.

De petits éclats brillaient dans ses yeux comme des gouttes de rosée sur une rose noire. Petit à petit, elle prenait un air plus triste. Mais, nom de Dieu, je déconne ! Je l'aime, cette femme ! C'est la mienne. Celle que j'attendais depuis toujours. Elle m'apporte l'amour, le bonheur, l'équilibre et maintenant, elle m'apporte la vie. Cet enfant que tu portes, je le veux. Il est de toi, il est de moi. C'est notre enfant. C'est l'enfant de notre amour.

Je la pris dans mes bras et la serrai tendrement.

Elle se tourna pour cacher les larmes qui coulaient sur ses joues.

La bouche dans ses cheveux, je lui murmurai des mots probablement incompréhensibles en descendant mes mains sur son corps, pour finalement les poser sur son ventre.

— Je t'aime, May Be. Je vous aime tous les deux.

Depuis presque deux ans maintenant, nous vivions ensemble. Tout à notre amour, nous avions refermé sur nous la porte de notre bonheur. Egoïstes, comme tous les gens heureux, nous n'avions guère de contacts avec le monde extérieur. Je m'aperçus tout à coup qu'elle m'avait tenu à l'écart de sa famille. Elle m'en parlait souvent, mais en fait, je ne l'avais jamais rencontré depuis « l'enlèvement ». Peut-être refusait-elle notre union ? Peu importe ! En tout cas, je ne voulais pas d'un enfant bâtard, et c'est moi le premier qui lui parlais mariage.

— Mais nous sommes déjà mariés, dit-elle.

C'était vrai, lors d'un voyage aux U.S.A., nous étions passés devant un marieur de Las Vegas, qui nous avait remis un superbe « marriage certificate », que nous avions fait encadrer.

— Non May Be ! Ce n'est pas suffisant. Nous devons nous marier pour de vrai.

La cérémonie se déroula à la sauvette, dans la jolie mairie de Neuilly, où nous venions de trouver un nouvel appartement.

Le maire se fendit d'un beau discours, tout en faisant mine de ne pas s'apercevoir que le ventre de la mariée avait une courbe gracieuse, qui laissait présumer que les feuilles du livret de famille ne resteraient pas vierges très longtemps.

Il n'y eut pas de voyage de noces, et le lendemain, j'étais au boulot, sans que personne ne soit au courant de cette cérémonie.

Peut-être, néanmoins, avais-je pris plus de recul et c'est avec des yeux nouveaux que je regardais autour de moi. C'était la débandade. Dans les services actifs, où j'avais toujours été affecté, j'avais rencontré des fainéants, des barjots, des types plus ou moins compétents, mais toujours, j'avais eu affaire à des volontaires. Des hommes qui, pour des raisons diverses et souvent très personnelles, s'étaient mis en marge de l'Administration, dont les règles et le formalisme sont incompatibles avec l'action. Et maintenant, le ressort semblait cassé. Même les meilleurs tournaient en rond et se posaient des questions. Pris dans une ambiance de réduction du temps de travail, de récupération d'heures supplémentaires, de primes de repas ou de déplacement, asticotés par des syndicalistes incapables, mais revanchards, lâchés par des responsables faibles et carriéristes, gelés par le nouveau vent de l'Est, démotivés, ils attendaient. Ils attendaient quoi ? Ils ne savaient pas. Personne ne leur avait expliqué.

L'attentisme, une drôle de maladie, s'était installée dans la police, et tout le monde espérait le médecin. Mais peut-être n'étais-je pas objectif ! Peut-être n'était-ce que moi qui étais démobilisé par les changements intervenus dans ma vie privée ! Peut-être avais-je pris un coup de vieux ? C'était peut-être le chef qui était bon à jeter.

Je me tournais vers des collègues provinciaux ou parisiens, pour tâter l'ambiance, et tenter d'y voir plus clair.

Mon collègue Naud, directeur départemental des polices urbaines d'Orléans, qui devait par la suite être élu secrétaire général du syndicat des commissaires de police, m'exposa, avec sa rigueur habituelle, les invraisemblances d'un système qui, en gonflant exagérement le rôle des syndicats, multipliait les sources d'interventions politiques et, par contrecoup de décisions, abolissait par là-même le pouvoir hiérarchique. Il s'avoua incapable de faire fonctionner son commissariat dans de telles conditions.

Un autre collègue des Renseignements généraux m'expliqua qu'après avoir supprimé les brigades spéciales, d'autres avaient été créées, dont le contrôle échappait même à leur directeur. Elles dépendaient d'obscurs personnages, à l'ombre du président de la République.

La Direction de la surveillance du territoire avait arrêté toute activité depuis des mois. On avait parlé de sa dissolution, ensuite du changement de son directeur, puis finalement, rien ne s'était passé. Ses membres attendaient tout simplement qu'on leur donne des directives.

Ces deux services avaient, de mémoire de policier, toujours travaillé contre les communistes, les gauchistes, les trotskistes et, d'un seul coup, il leur fallait renverser la vapeur, mais personne ne leur disait pourquoi et comment. Personne ne leur disait qui était maintenant « l'ennemi de la République ».

La police de l'air et des frontières n'en pouvait plus. Les collègues n'osaient plus interpeller les étrangers, après s'être fait taper fortement sur les doigts, pour avoir simplement éxécuté des mandats d'arrêt internationaux, et arrêté des individus recherchés pour braquages ou pour meurtres, sous prétexte que ces crimes avaient une connexion politique. Comme si l'assassinat était admis sous prétexte que ses mobiles sont idéologiques. Les autorités italiennes, allemandes et espagnoles se fâchaient tout rouge, si j'ose dire, et les terroristes de ces états et de bien d'autres, affluaient dans cette nouvelle terre d'asile. Ils s'installaient et y organisaient leurs réseaux clandestins pour frapper dans d'autres pays. Les services secrets de ceux-ci envoyaient leurs contre-terroristes. La France commençait à devenir un véritable champ de bataille clandestin.

Dieu seul sait si le virage pris, par la suite, par le gouvernement français pourrait un jour nous coûter cher.

Le service des voyages officiels, chargé de la protection des hautes personnalités avait été purement et simplement évincé de l'Elysée et remplacé par des militaires de la gendarmerie.

La police judiciaire était atteinte de façon plus sournoise. Les péjistes, bringuebalés entre les déclarations d'un ministre de la Justice qui souhaitait leur enlever tout pouvoir et interdire même les contrôles d'identité et un ministre de l'Intérieur qui leur demandait presque de tirer à vue, ne savaient plus qui croire.

La déstabilisation et l'immobilisme s'étaient installés dans la police, laissant le champ libre aux gangsters et aux terroristes qui n'en demandaient pas tant.

— Résultats ?

— Négatifs... sur toute la ligne.

— Tout est terminé ?

— Non, il reste encore trois ou quatre personnes en garde à vue, mais faut pas rêver, ça donnera rien.

— Bon ! Tenez-moi au courant.

Richard, le sous-directeur des affaires criminelles, avait raccroché, un peu dépité.

Faut dire que l'idée était de lui.

Plus de quatre ans que l'équipe Gros et Havot nous faisait courir. Tous les services de police et de gendarmerie avaient tenté de les localiser et certains y étaient d'ailleurs parvenus. A chaque fois, ils avaient réussi à s'arracher, et quelques collègues y avaient laissé des plumes.

Evadés ensemble de la maison d'arrêt d'Agen en octobre 1978, ces deux truands, que l'on disait plus ou moins pédés, avaient tout de suite commencé à faire parler d'eux en braquant de petites banques de province.

Rapidement identifiés, leur mobilité les rendait pratiquement introuvables. Recherchés dans le nord, ils tapaient dans le sud. Leur piste, entachée de violences et de sang, ne menait jamais nulle part.

En septembre 1979, un automobiliste leur fait une queue de poisson, à Anneyron, dans la Drôme ; ils l'abattent froidement.

En février 1980, par deux fois, lors de contrôles de police dans le Lot-et-Garonne et la Haute-Marne, ils tirent sur les représentants de l'ordre et s'enfuient.

En juillet 1980, ils trouvent la note d'un restaurant un peu trop salée, à moins que ce ne soit la viande qui ait été trop cuite, ils abattent le restaurateur.

En août 1982, ils tirent sur un motard de la C.R.S. 9, qui semblait s'intéresser d'un peu trop près à eux.

Et toujours des braquages, un ou deux par mois, jamais au même endroit. Des fous, ce sont des fous, et pas la moindre piste.

L'O.C.R.B., bien sûr, s'intéresse à ces malfaiteurs, tentant d'assurer son rôle de service coordinateur. Malgré les rivalités et les jalousies, cinq ou six réunions de travail ont déjà été effectuées avec les différents services concernés. Devant l'absence de résultats obtenus, la réunionite s'installe. Ça permet au moins de faire le point, d'effectuer une synthèse des renseignements dispersés et, surtout, de tirer le parapluie, en disant : « On a fait quelque chose. »

C'est lors de la dernière réunion que Richard est intervenu.

— Voilà mes instructions, avait-il dit d'un ton sans appel, nous allons faire une opération de grande envergure. Je veux une descente de police parmi la famille et toutes les relations, même les plus lointaines, de ces types. En même temps et dans toute la France. Arrestations, garde à vue, perquisitions systématiques. Nous trouverons peut-être un indice ou un élément qui nous permettra d'avancer. On verra bien ce que cela donnera.

Et on avait... rien vu.

A chacun son parapluie.

Visiblement, ces truands n'avaient aucun sens de la politesse ni de la hiérarchie.

Il m'était alors venu une autre idée. Puisque nous étions dans un monde où les médias font la pluie et le beau temps, pourquoi ne pas les utiliser ? Pourquoi ne pas diffuser la photo de nos deux tueurs en racontant « leurs exploits », et inciter ainsi les gens à la délation.

Oh ! Le vilain mot ! Mais ne vaut-il pas mieux buter sur un mot que sur un cadavre ?

Voyant notre direction un peu hésitante à utiliser ce moyen, je suggérai hypocritement de demander l'accord des magistrats saisis. Il est toujours plus facile d'opiner du chef pour dire oui, quand le chapeau est sur la tête du voisin.

Il n'y avait en fait aucun risque de refus, car il nous suffisait de l'accord d'un seul magistrat, et Gros et Havot avaient une cinquantaine d'affaires criminelles en cours, sur toute la France. Une bonne vingtaine de juges d'instruction avaient sur leur bureau un dossier les concernant.

La réponse de ces messieurs ne fut pas unanime. Certains ne répondirent pas, les plus prudents sans doute, d'autres donnèrent leur accord instantanément ou avec la bénédiction de leur Procureur. Plusieurs refusèrent catégoriquement.

L'un d'eux m'appela même directement pour m'engueuler vertement, et me dire combien cette méthode avilissante avait un relent néo-fasciste. Il m'interdisait impérativement toute publication.

Pauvre con !

La plupart des journaux régionaux et quelques nationaux publièrent la photo de notre duo. Dans certaines régions, FR 3 y consacra également quelques secondes d'antenne.

Le filet était lancé.

Tous les services concernés avaient été informés. Les instructions étaient simples : tout renseignement devait être immédiatement communiqué au S.R.P.J. compétent territorialement et à l'O.C.R.B., chargé de diriger et de coordonner l'enquête.

L'homme poussa brutalement la porte de la gendarmerie. Le gendarme sursauta derrière sa machine à écrire. Ses sourcils se froncèrent. Il était habitué à plus de déférence de la part des quidams qui pénétraient dans ces lieux.

L'homme était pâle. Il avait du mal à reprendre son souffle. Il déplia maladroitement un journal qu'il avait à la main, et en bafouillant, réussit à dire :

— Ce sont eux... je les ai reconnus.

Le gendarme se leva pesamment. Il devinait que cette journée de février allait finir moins tranquillement qu'elle n'avait commencé.

— Calmez-vous !... De quoi s'agit-il ?

— Là... les deux tueurs... ils sont à côté. Je les ai vus, à

Racan, ils sont en train de manger dans un petit restaurant.

Le gendarme décrocha le téléphone.

— Chef ! Vous pouvez venir ?

Le maréchal des logis arriva. Avalant la dernière bouchée de son repas interrompu, il se fit expliquer la situation. Comme tous les gendarmes et policiers de France, il avait vu un tas de circulaires et notes de recherches concernant Gros et Havot. Mais, qu'ils soient là, à portée de main, à Neuvy-le-Roi, petite commune où il ne se passait jamais rien... Il se gratta la tête. Voyons... il avait vu les photos dans la presse, mais n'avait reçu aucune instruction particulière.

— Bon ! On va y aller voir.

Les quatre gendarmes montèrent dans l'estafette. Deux s'étaient munis d'une Mat 49.

Le véhicule stoppa à une vingtaine de mètres du petit restaurant. Que faire ?

Difficile d'intervenir dans un lieu public. Le chef décida d'attendre la sortie des deux individus. D'ailleurs, était-ce vraiment les deux malfaiteurs recherchés ? Le témoin pouvait se tromper.

L'attente ne fut pas longue. Au bout de quelques minutes, deux hommes sortirent du restaurant.

Eux ou pas eux ? Le signalement pouvait correspondre, mais difficile d'être affirmatif à cette distance.

— Allez ! On va les contrôler.

Les gendarmes descendirent de leur estafette.

Gros et Havot avaient tout de suite repéré les pandores. Ils n'avaient pas bronché. Quatre ans de traque et de cavale leur avaient donné un sixième sens. L'instinct du gibier devant le chasseur. Ils avaient laissé leurs armes dans la voiture et se sentaient pourtant bien vulnérables. Calmement, l'air le plus naturel du monde, ils se dirigèrent vers leurs 504. C'étaient des maniaques de la CX, véhicule qu'ils utilisaient habituellement et dont ils changeaient tous les trois jours. Sentant le filet se resserrer sur eux, depuis peu, ils avaient préféré changer leurs habitudes. Arrivés près de la voiture, ils se précipitèrent. Ils saisirent leurs armes, des fusils à pompe à canon scié et ouvrirent le feu immédiatement. Après quelques secondes d'hésitation, les gendarmes ripostèrent.

La 504, criblée de balles, décolla littéralement dans un hurlement de moteur surmené et de pneus patinant sur la chaussée.

Deux gendarmes et un pauvre môme de douze ans, qui se trouvait là par hasard, gisaient à terre, baignant dans leur sang.

Ce n'est que plusieurs heures plus tard que l'O.C.R.B. fut avisé par la police judiciaire de Tours. La cavale sanglante de Gros et Havot continuait.

Nous étions le 1er mars 1983, j'étais plongé dans le compte des frais à attribuer à chaque fonctionnaire, pour la période du mois écoulé. L'enveloppe était mince, de plus en plus mince. Même en comptant des repas à quarante francs, équilibrer les comptes devenait chaque fois plus difficile.

Déjà, le mois précédent, les gars avaient fait une pétition pour demander une rallonge. Rien à faire, « pas de sous dans les caisses », avait répondu le directeur. Tout le monde savait bien que c'était faux et que la masse était suffisante mais, sans doute par démagogie, l'argent des frais était distribué arithmétiquement entre les personnels actifs et sédentaires. Conclusion, ceux dont le métier était d'être dehors, sur le terrain, touchaient la même somme que ceux qui avaient les pieds dans les tiroirs de leur bureau. Ça renaclait dur.

Le Bruchec fit irruption dans la pièce.

— On vient d'avoir un coup de fil de la P.J. de Montpellier. Les gendarmes auraient localisé Gros et Havot.

— Où ça ?

— Dans l'Ardèche.

Je ne m'emballai pas outre mesure. Tant de fois déjà, on nous les avait signalés à tel ou tel endroit, souvent à tort et toujours sans résultats.

Je décrochai le téléphone et demandai le chef du G.R.B. de Montpellier. Après un quart d'heure de recherches, je finis par le dénicher à l'Antenne de la P.J. d'Avignon.

— Salut ! Allez, raconte !

François était un jeune commissaire battant, qui se morfondait un peu dans un service où il ne pouvait donner sa mesure.

— C'est un quidam qui a averti les pandores, il y a quatre ou cinq jours de ça, que l'un des types dont la photo était parue dans le journal, se trouvait dans une petite maison de Ribeyre.

— C'est quoi, ça ?

— Un tout petit bled en Ardèche. Le désert, quasiment. Ils ont fait des vérifs et des planques, mais finalement ils n'ont pas osé intervenir. Ils ont rendu compte au Proc, qui leur a donné pour instructions de nous prévenir. Inutile de te dire qu'ils ont les glandes.

— Qu'est-ce que tu penses ?

— On a foutu une écoute hier. Ça tourne depuis ce matin. Pas de doute, c'est la planque de Gros. En principe, il est là, avec sa maîtresse et la mère de celle-ci.

— Et maintenant ?

— Ben... on attend les instructions.

Elles ne tardèrent pas à arriver.

Le téléphone sonna. C'était Richard.

— Vous prenez une équipe et vous foncez là-bas, vent du cul. C'est le bordel entre les gendarmes et la P.J., aussi je préfère que ce soit vous qui dirigiez les opérations sur le terrain. Un peu de diplomatie, mais surtout des résultats. Ces types, il me les faut, morts ou vifs.

Je raccrochai doucement le téléphone. Je n'aimais pas ce genre d'instructions. Ça me rappelait une affaire de prise d'otage près de Montargis. Les types étaient partis avec leur victime, en direction de Paris. Gevaudan, le directeur de l'époque, avait passé un message : « A partir de maintenant, ordre de tirer à vue ». Nous les avions interpellé dans une petite rue du centre de la capitale, tranquillement, sans problèmes. Personnellement, j'étais armé de… ma pipe, que j'avais appuyée dans le dos de l'un des truands.

Il y a des ordres qu'il ne faut surtout pas prendre à la lettre. Il y en a même qu'il ne faut pas prendre du tout, mais il serait quand même plus sage de ne pas les donner.

Mais ce n'est pas toujours comme ça, heureusement. Quelques mois plus tôt, par exemple, il y avait eu une prise d'otage dans une banque des Mureaux, dans les Yvelines. On m'avait dit : « allez voir sur place ». Il était midi. J'avais volé un sandwich au gars de permanence qui s'apprêtait à casser la croûte, et j'étais parti gyrophare au vent, partageant ma main droite entre mon repas, le changement de vitesses et le poussoir du « deux tons ». Pas très longtemps que ma voiture en était équipée, mais allez savoir pourquoi l'Administration avait décrété que la commande de l'avertisseur police ne devait fonctionner qu'en tenant le doigt appuyé en permanence dessus. Pas très commode quand on est seul dans son véhicule de tout faire en même temps.

Sur place, quelques centaines de badauds et bien sûr la presse. Dans une librairie située juste en face de la petite agence bancaire je retrouve Bardon, maintenant Directeur du S.R.P.J. de Versailles et mes amis du G.R.B., Hubert en tête. Le procureur est là également.

Derrière les vitres de la banque, située à dix mètres maximum, on peut apercevoir les employés couchés à terre et un noir qui gesticule en tenant un revolver dans la main droite et un énorme truc, une sorte de machette, dans la gauche. Il a déjà tiré plusieurs coups de feu sans raisons réelles et sans conséquences apparentes. Vraisemblable que son arme soit un revolver d'alarme. Personne n'est chaud pour vérifier. Il serait facile de l'abattre, même pas besoin d'un tireur d'élite. Mais tuer un homme de sang froid, c'est peut-être à la portée du premier venu, mais ce n'est pas le genre des policiers présents sur place. Pas un, j'en suis certain, n'accepterait d'être volontaire pour appuyer sur la détente et exécuter ce genre d'instructions. De toute manière, la question ne se pose pas, ce n'est pas Bardon qui donnerait un tel ordre, ni à priori le magistrat avec lequel il s'entretient.

Tandis qu'un collègue occupe le voyou, lequel n'a visiblement pas toute sa raison, nous nous retrouvons sur les toits et pénétrons dans les lieux par une fenêtre des bureaux.

Quatre ou cinq gars du G.R.B. sont là. Ils se sont munis de manches de pioche récupérés dans une quincaillerie voisine. Ils enlèvent leurs chaussures. Hubert se fait mettre en boîte gentiment, quand on s'aperçoit que sa chaussette droite trouée laisse passer son orteil. Doucement, sans hâte, sans énervement, avec la décontraction d'hommes sûrs d'eux, ils descendent l'escalier sur la pointe des pieds.

L'homme, de plus en plus énervé, parlemente devant la porte. Il a posé son revolver sur le comptoir de la banque mais tient encore à la main son énorme couteau. Comme toujours dans ces cas-là, il veut une voiture, de l'argent et la promesse de le laisser partir. D'un seul coup tout le monde se précipite. Un coup de manche de pioche fait tomber l'arme. Un autre coup derrière la tête étourdit le bonhomme, qui en un tour de main est neutralisé, jeté à terre et menotté.

Les otages se relèvent tout tremblant, les yeux pleins de reconnaissance.

L'affaire est terminée.

Pas de coups de feu. Pas d'effusions de sang. Pas de violences inutiles. Pas de superman.

Du bon boulot ! Chapeau les gars !

Je m'éveillai juste en arrivant sur le parking du commissariat d'Avignon. Il n'était guère plus de cinq heures du matin. Après un rapide repas, nous étions partis hier soir de Paris. Pensant à la journée qui nous attendait, je m'étais allongé sur la banquette arrière de la C.X. et m'étais endormi d'un sommeil sans rêves. La salle de réunion de la police judiciaire était pleine à craquer. Le commissaire divisionnaire Bertrand, chef du S.R.P.J. de Montpellier, et le lieutenant-colonel Gourdon étaient en pleine discussion. Ils avaient organisé un plan de bataille destiné à ménager les susceptibilités de chacun de leur service. Je leur donnai mon accord sur la tactique envisagée sans même me soucier de savoir si elle était bonne ou mauvaise. De toute manière, y avait-il moyen de faire autrement ? Le temps pressait. Nous avions bien encore une heure de route, avant d'être sur place, et il fallait que tout soit réglé ce matin. Je demandai simplement que l'on me laisse avec mes hommes, en pointe du dispositif. Bertrand exigea que son chef du G.R.B. fasse équipe avec nous, ainsi que deux de ses inspecteurs. Il avait décidé de se placer avec ses hommes dans une maison voisine et de donner l'assaut à dix heures, si nous n'étions pas intervenus avant. « Ce sont les instructions de notre direction », avait dit Bertrand.

Après avoir pris quelques risques, sur une route encore enneigée par endroits, nous nous étions mis en position vers sept heures. Le jour se levait à peine. Je plaçai deux voitures en contre-bas de la maison, dont tous les volets étaient clos, et planquai ma voiture, à environ cinq cents mètres, sur une petite hauteur. Avec les jumelles, la vue était parfaite.

Tout le secteur était bouclé par des gendarmes en treillis sur un rayon d'environ un kilomètre. Il n'y avait plus qu'à attendre. Je n'avais pas vraiment de plan précis. Mais je voulais à tout prix éviter l'assaut. Si Gros était là-dedans, ce qui était pratiquement certain maintenant, je savais que ça tournerait mal. Je me disais qu'on aurait peut-être la chance de le voir sortir, et une interpellation à l'extérieur était évidemment beaucoup moins risquée.

Et le temps s'écoula doucement. Il faisait un froid de canard. Avec moi, dans la voiture, se trouvaient Manu et Dany, deux « solides » de l'O.C.R.B., et mon collègue François. J'étais inquiet. Beaucoup de choses me gênaient dans cette opération et en particulier le nombre de flics et de pandores sur le terrain, soixante, soixante-dix, c'était complètement disproportionné avec l'objectif à atteindre. Et puis, j'avais vu les collègues du S.R.P.J. sortir un nouvel armement, qu'ils venaient de recevoir. Des Riot-Gun et surtout des carabines de précision, véritables armes de guerre, dont le tir pouvait être mortel à plus d'un kilomètre. Et nous étions entourés de collègues. En tout état de cause, j'estimais ces armes dangereuses entre des mains inexpérimentées et j'avais préféré mettre ces « cow-boys » un peu en retrait. Mais ce n'était guère rassurant de les sentir derrière soi.

Pour la première fois de ma carrière, autant pour

donner l'exemple que pour me protéger de l'humidité, j'avais mis un gilet pare-balles. Et puis, ça ne peut pas faire de mal.

L'attente ne fut pas trop longue. Vers neuf heures et demi, une femme en chemise de nuit, ouvrit les volets de bois de la porte-fenêtre donnant sur la terrasse. Peu après, ce fut le tour des volets d'une des fenêtres du premier étage. Sans doute la chambre, pensai-je.

Les gars, près de moi, étaient tendus. Manu se faisait craquer les doigts, tandis que Dany vérifiait le bon fonctionnement de son Beretta 15 coups. Bertrand commençait à s'impatienter et se manifestait de plus en plus souvent sur les ondes.

Heureusement, comme toujours dans ces cas-là, j'avais pris soin de munir l'équipe d'intervention de talkie-walkies, calés sur une autre fréquence. Je me méfiais comme de la peste de la possibilité d'un cafouillage radio, au moment le plus chaud.

Plus rien ne bougeait dans la villa. Bertrand m'appela :

— Autorité O.C.R.B., d'Autorité ?

— J'écoute.

— Je viens d'avoir le sous-directeur au téléphone. Il s'impatiente. J'ai reçu pour instructions formelles de donner l'assaut à dix heures trente. Je fais préparer les hommes. Nous arriverons par l'arrière. Pouvez-vous vous occuper de l'avant ?

— Oui, bien sûr, mais ne peut-on pas attendre encore un peu ?

— Non ! Ce sont les ordres.

Quand la police se militarise, pensais-je, les catastrophes ne sont pas loin. Les flics ne sont pas entrainés aux méthodes militaires. Leur efficacité tient essentiellement à leur instinct et à l'initiative qu'on leur laisse sur le terrain. Dans le cas présent, on ne nous laissait pas le choix. On nous plaçait dans l'obligation d'agir. La mort de Charles Marteau me revint en mémoire. Là aussi, on s'était placé dans l'obligation d'agir, sans se ménager de porte de sortie, et ça avait mal fini.

Je prévins les gars par talkie-walkie.

— L'intervention est prévue pour dix heures trente. Ça nous laisse dix minutes. Quand je vous le dirai, vous vous approcherez doucement. L'équipe qui possède des fusils couvrira les ouvertures. Nous, nous tenterons de rentrer par la porte-fenêtre. Il nous faut absolument l'effet de surprise, donc, il faut agir un peu avant que le gros de la troupe n'intervienne. Bien reçu ?

Chacun m'accusa réception d'une voix blanche. Manu, qui était au volant, s'étira et me dit :

— C'est risqué, ce type, il va nous tirer comme des lapins.

— Pas d'autres solutions, la machine est lancée. On va faire pour le mieux. Si la porte n'est pas fermée à clé, on a une chance.

C'était quand même bien mince.

Dany, qui avait pris les jumelles, dit tout à coup :

— Ça bouge... la porte s'ouvre. Voilà un mec qui sort.

— C'est lui ?

— Je ne sais pas, on est trop loin...

— Allez, Manu, mets la gomme, on y va.

Dans le même temps, je m'époumonai dans le talkie-walkie :

— Attention à tous ! Notre client est sorti. Il fait le tour de la maison et se dirige vers la grille du jardin. Foncez ! On le saute !

La CX s'arrêta à deux mètres du grillage. Déjà, nous avions quitté la bagnole et ouvert la grille. Gros était au milieu du jardin. Il revenait vers la maison, un chat mort à la main.

— Police ! Rends-toi ! cria quelqu'un.

Je le vis hésiter un instant, puis lâcher l'animal et faire demi-tour. Dans le même temps, sa main plongea à l'intérieur de son caban. Tout en courant, il se retourna, un revolver pointé dans notre direction. J'étais à cinq mètres de lui. Manu et Dany étaient à mes côtés. L'arme sauta dans son poing à plusieurs reprises. Derrière moi, des détonations beaucoup plus fortes retentirent. Ce sont les fusils, pensais-je. Les balles me sifflèrent aux oreilles. Ils vont nous flinguer, ces cons-là ! Je continuai à courir derrière ce type, qui enfermé dans son jardin grillagé n'avait aucune chance de s'échapper. Je devinai Manu et Dany qui s'étaient arrêtés. Je jetai un coup d'œil derrière moi. Ils visaient posément.

— Arrête Gros ! Arrête ! Tu es fait !

Les détonations couvrirent le bruit de ma voix. L'homme tourna sur lui-même, l'arme toujours à la main. Ces yeux ne regardaient plus rien. Un énorme trou était apparu au niveau de sa tempe. Les fusils crachèrent à nouveau. Gros, mort debout, tressauta plusieurs fois, avant d'être littéralement projeté sur le dos. Un dernier coup de feu. Je gueulai :

— Halte au feu ! Halte au feu !

Le silence se fit. Je m'approchai doucement. Il était mort. De sa bouche légèrement entrouverte, un mince filet de sang coulait sur sa joue. Il tenait son arme toujours serrée dans sa main crispée à jamais.

La perquisition nous fit comprendre la chance que nous avions eue. Dans la maison se trouvait tout un arsenal, des grenades et des munitions suffisantes pour soutenir un siège. Homme traqué, Gros avait placé près de son lit un autre revolver, un fusil à pompe et une carabine 22 LR. A quelques minutes près, nous allions véritablement au carnage. « Combien des hommes qui étaient là seraient morts à présent », ne pouvais-je m'empêcher de penser ? Notre chance en l'occurrence était un chat. Un pauvre chat qui s'était fait prendre par le piège qu'avait tendu Gros pour attraper la bête qui tuait ses canards. S'il n'avait pas vu de la fenêtre que son piège avait fonctionné, jamais probablement, il ne serait sorti. Le chasseur chassé.

Dans les papiers de Gros, un numéro de téléphone à Marseille, celui de son complice Havot. Bertrand téléphona tout de suite à Richard les résultats de notre intervention et le précieux renseignement.

— Bravo, dit-il, j'appelle le S.R.P.J. de Marseille pour qu'il fasse la même chose au deuxième.

J'appelai Jean-Pierre, un vieux routier, qui semblait un peu déçu de n'avoir pas été au contact, au moment opportun.

— Vous m'aviez mis un peu à l'écart, je n'ai pas tiré. J'ai eu peur de vous toucher.

— Si ça s'était passé différemment, c'est-à-dire s'il n'était pas sorti, tu aurais été aux premières loges, et ça n'aurait pas été de la tarte.

— Oui ! Je pense qu'on était tous marrons.

— Ecoute, si tu n'es pas trop crevé, tu fonces à Marseille. Je voudrais qu'il y ait au moins un représentant de l'O.C.R.B., pour l'arrestation de l'autre. Moi, il faut que je fasse le P.V. et que j'attende le Proc.

— D'accord ! C'est parti.

R.T.L. annonça la nouvelle vers midi : « Les gendarmes ont abattu un dangereux malfaiteur, Robert Gros, qui s'était réfugié dans une maison isolée de l'Ardèche. » Suivaient les commentaires sur son passé et des propos élogieux sur l'efficacité des hommes du colonel Gourdon.

Pendant ce temps, Sanguy, le patron du S.R.P.J. de Marseille, qui avait pris les choses en main avec son mordant habituel, était toujours à la recherche de la planque de Havot. Quand il arriva sur place, celui-ci, prévenu par les radios, qui avaient toutes repris la nouvelle, les attendait. Pas question d'effet de surprise. L'homme était puissamment armé et disposé à ne pas se laisser arrêter. La situation était explosive. Après une heure de négociations et de tergiversations, Sanguy prit le mors aux dents.

— Ecoute, dit-il, je viens te voir sans armes et nous discutons tous les deux en hommes.

— D'accord, répondit Havot, après bien des hésitations.

Une heure encore d'effort, au cours de laquelle le commissaire montra son courage et son sens de la psychologie criminelle, et, après lui avoir promis qu'il ne lui serait fait aucun mal, le truand accepta de se livrer.

En rendant publique la nouvelle de la mort de Gros, un homme, probablement un gendarme, vu les commentaires des reporters, avait fait risquer leur vie à plusieurs policiers, pour le plaisir éphémère d'une publicité malsaine. La bêtise humaine n'a donc pas de limites ?

Cette affaire Gros et Havot me remonta à la mémoire le surlendemain, comme un mets avarié vous revient dans la gorge au cours de la digestion. Nous avions eu beaucoup de chances, sinon plusieurs d'entre nous y seraient restés. Pourquoi ? Par la faute de qui ? Les raisons m'apparaissaient clairement : tout le système était en cause. D'abord une rivalité imbécile entre services, rivalité qui se faisait sentir à tous les échelons. La direction de la police judiciaire voulait que ce soit la police judiciaire qui intervienne. Le chef du S.R.P.J. de Montpellier voulait que ce soit son G.R.B. Le colonel de gendarmerie voulait que ce soit ses hommes et, moi, je voulais que ce soit l'O.C.R.B. Pourquoi ? Chacun, tout simplement, voulait faire mousser son service auprès de son supérieur et, par conséquent, se faire mousser. Normal ! Sur le terrain, chaque homme, qui risquait quand même sa peau, voulait également intervenir. Pourquoi ? Plus difficile à dire. Pour se faire mousser auprès de ses supérieurs ? Non, je ne crois pas. Alors ? Pour se défouler ? Pour se prouver qu'on est un homme ? Peut-être ! Peut-être aussi tout simplement parce qu'on fait ce métier-là. En tout cas, je m'en voulais. Je m'en voulais d'avoir failli donner l'assaut à cette baraque, obéissant ainsi à des ordres visiblement inconscients et irréfléchis. J'étais le plus gradé au contact. J'aurais dû m'y opposer par tous les moyens. Et si je ne l'avais pas fait, c'est sans doute parce qu'à nouveau, je n'avais pas eu peur. Aucune appréhension avant l'action, alors que je sentais mes coéquipiers tendus. Aucune crainte sous les balles de Gros, ou des collègues situés à l'arrière. D'ailleurs, j'étais le plus près, et je n'avais même pas fait usage de mon arme. Or, pas de doute, j'aurais dû tirer. Ne pas le faire était une faute professionnelle, pouvant avoir des conséquences graves pour moi-même ou les autres. Ma non-peur obscurcissait mon sens des réalités et mon objectivité. Elle me rendait dangereux.

J'étais de plus en plus mal dans ma peau de flic. Je crois que j'étais malade. Toxicomane de la police, la dose normale ne me suffisait plus. J'avais besoin d'autre chose. Je recherchais plus et maintenant, je savais que je risquais l'overdose.

Un peu avant la naissance de mon fils, ma décision était déjà prise.

CHAPITRE XVIII

Chacun portant sa chaise, les gars arrivaient un par un dans mon bureau. C'était traditionnel. Sauf affaire exceptionnelle en cours, tous les lundis matin, je réunissais les chefs de groupe pour faire le point et distribuer le travail de la semaine. Ils appelaient ça « la messe ». Rare que le programme envisagé soit respecté ; il y avait bien trop d'impondérables. Mais c'était bien le point fort de notre métier de ne jamais pouvoir prévoir le lendemain. Parfois, nous avions des creux de plusieurs jours, voire de plusieurs semaines. Rien ne marchait comme nous voulions. Puis ensuite, les affaires nous tombaient dessus l'une après l'autre, et même souvent ensemble. Il fallait passer de l'une à l'autre, sautant les repas, parfois les nuits et souvent les week-ends. Un flic qui bande pour son métier fait cinquante, soixante, soixante-dix heures par semaine. Il ne touche pas d'heures supplémentaires et oublie le plus souvent de récupérer. De toute manière, ça ne serait pas possible, il n'y aurait plus personne au boulot. Quand je pense que les syndicats réclament la semaine de 35 heures ! Ça serait pas mal au fond, on pourrait bosser une semaine sur deux. Il suffit de doubler les effectifs.

L'O.C.R.B. comprend de quarante à cinquante policiers, suivant que l'on est en période de disette ou en période pléthorique. Actuellement, c'était plutôt le temps des œufs durs : peu d'effectifs, peu de véhicules, peu de moyens radio, peu de remboursements de frais. Le seul renfort que nous avions réellement touché était un nombre impressionnant d'armes de tous calibres. Peut-être nos responsables ambitionnaient-ils de nous voir concurrencer le G.I.G.N. Il y a toujours des gens à qui il manquera une guerre. Laissons le capitaine Barril à ses fantasmes. De toute manière, neuf policiers sur dix ne savent pas utiliser le nouvel armement qui leur est distribué et les munitions étant chères, la dotation normale est de vingt-cinq cartouches d'entraînement par an. Par combines diverses et au prix de quelques pots (je n'ai pas dit des pots-de-vin), nous arrivions à en avoir deux ou trois fois plus. Un peu juste quand même pour former des tireurs d'élite. Par contre, pour les gilets pare-balles, il faudrait encore attendre un peu. Trois ou quatre ans que ça durait. J'avais dû assister à une demi-douzaine de réunions d'étude pour savoir si nous devions les choisir bleus, verts ou blancs et en attendant, nous avions toujours les vieux gilets impossibles à enfiler sans être au moins à deux. Au dernier essai que nous avions fait avec un 357 magnum, la balle avait traversé de part en part. Heureusement que, moins dingues que les gendarmes, nous faisions des essais sans personne dedans. Je me vois à l'entraînement, disant à mes gars : « Nous allons faire un essai de gilet pare-balles. Antoine, tu en enfiles un au hasard. Guy, tu te mets à dix mètres et tu vises le cœur. » Ils crieraient au fou et me feraient enfermer séance tenante. Et ils auraient bien raison. On dit que c'est comme ça, et avec quelques acrobaties sans filet, que le G.I.G.N. a conquis le cœur de notre président de la République. Je ne veux pas le croire, ça serait vraiment trop triste.

C'est Pierrot qui parlait. L'ancien du S.R.P.J. de

Versailles. Un jour il en avait eu marre de tripoter des cadavres et avait demandé sa mutation ici. Il y a souvent un monde entre les affaires de sang et les affaires de banditisme, mais il s'en était bien sorti, et sa reconversion avait été rapide. A présent chef inspecteur divisionnaire, il dirigeait un groupe actif. C'était plus dangereux mais aussi plus propre. Pour l'instant, il se plaignait de l'état de ses voitures.

— Vous comprenez, Patron, disait-il, ça ne peut plus durer. Sur trois bagnoles, y'en a deux qui ont plus de cent mille bornes. Elles tombent toujours en carafe. L'autre jour, on était en filoche, à 130 sur l'autoroute, la 305 a littéralement explosé. J'ai deux gars qui ont failli y laisser leur peau. Quant à la voiture de planque, chaque fois qu'on l'arrête, faut faire venir la dépanneuse pour la faire repartir.

Je l'écoutai d'une oreille distraite. Il avait raison. Mais j'entendais ce refrain depuis tellement longtemps. Et puis, je préférais ne pas lui dire que ça allait être encore pire, puisque de nouvelles instructions nous enjoignaient de faire tenir nos véhicules jusqu'à 130 000 kms, minimum. Et encore, ce n'était pas sûr qu'on nous les remplace.

Mes pensées s'envolèrent quelques années en arrière. Je revoyais Pierrot m'attrapant dans l'escalier pour me montrer le croque-mort à la recherche de sa femme disparue. L'avait-il retrouvée ? J'en doutais. Et la noyée de Poissy ? Je m'étais laissé dire qu'on ne l'avait jamais identifiée. Encore un crime laissé impuni.

Hubert, lui, était resté au G.R.B. de Versailles. J'avais tenté de le convaincre de se faire affecter à l'O.C.R.B. mais il avait refusé. Sans doute lui aurait-il manqué quelque chose car, lui, traitait ses enquêtes de A à Z, tandis que nous, nous les prenions en marche la plupart du temps et décrochions bien souvent après les arrestations pour laisser la place au service localement compétent.

Nom de Dieu, j'en avais des souvenirs dans la tête.

A la fin de la semaine dernière, j'avais demandé une entrevue au Directeur central. Guyot était maintenant un bonhomme important, et il fallait montrer patte blanche pour le voir. Ce n'était d'ailleurs sans doute pas de son fait, car il m'avait reçu gentiment, en m'appelant par mon prénom. Je lui avais dit que je comptais quitter la police.

Il n'avait pas eu l'air étonné. Il avait parlé de choses et d'autres et m'avait raccompagné jusqu'à la porte. En me tendant la main, il m'avait dit simplement :

— On vous regrettera.

Oui ! Moi aussi, je vous regretterai. Je vous regretterai tous, collègues et souvent amis, même ceux avec lesquels je n'ai pas été toujours d'accord.

Il avait évité de me demander les raisons de mon départ. Je crois bien qu'il avait eu peur de mes réponses.

C'était ma dernière réunion. Malgré moi, je m'intéressais encore au boulot, sans même réaliser que demain je ne serais plus là.

J'aurai du mal à m'y faire.

La rue du Faubourg Saint-Honoré était calme, en ce mois d'août ensoleillé. Les touristes faisaient du lèche-vitrine en s'arrêtant devant les luxueuses boutiques bien parisiennes. Un couple de Japonais prenait des photos. Rien que de très banal. Ils emmèneront des souvenirs dorés et agréables de notre capitale. Ils garderont aussi probablement le souvenir d'un quartier bourré de gardes mobiles et de C.R.S., au point de laisser croire à une ville en état de siège. Toutes ces forces armées, civiles ou militaires, déployées dans un rayon important autour de l'Elysée, me mettaient mal à l'aise. Ça me rappelait trop certains pays d'Amérique du Sud dans lesquels la seule force du Pouvoir en place est son armée. Comme beaucoup de parisiens probablement, au lieu d'être rassuré, j'étais gêné.

En pénétrant au 11, rue des Saussaies, le flic m'interpella. Je lui montrai ma carte, machinalement. Il me laissa passer, après un bref signe de remerciement. Comme c'était souvent le cas, plusieurs personnes attendaient devant le petit ascenseur qui menait à la Direction centrale de la police judiciaire. Je décidai de monter à pied, tranquillement. Dix-sept ans maintenant que je fréquentais les couloirs en labyrinthe et les escaliers poussiéreux du ministère de l'Intérieur. Je me souvenais encore de la première fois. J'y étais entré pour m'inscrire au concours d'officier de police adjoint, c'est comme ça qu'on appelait les inspecteurs à l'époque. J'étais un peu intimidé. Le flicard à la réception avait pris mon état-civil, avant de me laisser monter au service du personnel en civil. J'avais fait plusieurs bureaux avant de trouver le bon, et l'ambiance m'avait plu. Ça ne ressemblait pas aux bureaux d'une administration ordinaire. Il y avait quelque chose en plus. Quelque chose d'indéfinissable. Sans doute le fruit de mon imagination. Des gens allaient et venaient et j'avais eu envie d'être des leurs. L'avais-je vraiment été ? Pendant dix-sept ans, j'avais bourlingué d'un service à un autre, tantôt triste, tantôt heureux, toujours volontaire, me donnant entièrement à ce boulot qui n'en avait jamais été un pour moi. En fait, c'est ça, me dis-je, durant toutes ces années, tu n'as jamais travaillé. Jamais tu n'as regardé ta feuille de paye. Jamais tu n'as compté le nombre d'heures que tu faisais. Jamais tu n'as rechigné pour bosser les dimanches, les jours fériés ou pour passer des nuits à la belle étoile. Tu as fait des trucs formidables. Tu as fait des conneries. Voilà, maintenant c'est fini.

Je pénétrai dans le bureau de la gestion. Le minable qui était là leva à peine la tête.

— Je viens rendre ma... mon attirail, dis-je.

Je voulais dire ma carte, mais le mot n'était pas passé.

— Oui, un instant... posez ça là.

Je plaçai sur le coin de son bureau mon calibre, ma paire de menottes, ma médaille toute ternie que j'avais retrouvée au fond d'une valise et ma carte professionnelle que je retirai doucement de mon portefeuille.

D'un seul coup, il me sembla tout vide, vieux et triste, avec son plastique jauni qui laissait à présent voir le cuir marron.

— Voilà, dis-je.

— Merci !

— C'est tout ?

— Oui ! C'est tout ! Au revoir !

Je jettai un coup d'œil à ces objets qui faisaient partie intégrante de ma personne depuis si longtemps. Je regardai ma carte, que j'avais appuyée contre mon arme. Des années qu'elle ne m'avait pas quittée. Sous la barre bleu-blanc-rouge, la photo qui me représentait, un peu plus jeune que maintenant.

Je refermai la porte doucement derrière moi.

L'ascenseur était à l'étage, ce qui était vraiment extraordinaire. Je renonçai à le prendre et descendis à pied, tout doucement, comme j'étais monté. La dernière fois sans doute que je prenais ces escaliers. Une boule se baladait entre mon estomac et ma gorge. Curieusement, mes narines me piquaient, comme si j'allais éternuer. Je me pinçai le nez et me frottai les yeux. Je n'allais quand même pas pleurer.

En sortant de « l'Intérieur », je n'étais plus flic.

ANNEXES

- Organigrammes
- Glossaire des principaux sigles
- Petit lexique de l'argot policier

ORGANIGRAMMES

« Chaque société a la police qu'elle mérite », aussi appartient-il à chacun d'entre nous de faire l'effort nécessaire pour connaître sa police, tenter de comprendre son fonctionnement et après, mais après seulement, exiger d'elle qu'elle soit la meilleure possible.

Pour connaître la police, il est nécessaire d'avoir une idée sur son organisation. Pas facile ! Même un policier serait bien en peine de l'expliquer comme ça, de but en blanc.

Il existe en France deux grands corps chargés de missions de police, au sens large du terme : la Gendarmerie Nationale, composée exclusivement de militaires de carrière et la Police Nationale qui ne comprend que des fonctionnaires civils. La différence est essentielle. D'un côté des militaires tenus à toutes les obligations de l'Armée à laquelle ils appartiennent et notamment se taire et obéir ; de l'autre côté des fonctionnaires avec leurs syndicats, leurs petits problèmes d'indices et de législation du travail, rouspéteurs et indisciplinés comme tout Français qui se respecte. Contrairement à une idée très répandue, on ne « s'engage pas » dans la police. On devient flic, comme on devient postier ou instit, en passant des concours. Une fois dans la place, suivant son poste d'affectation, le policier pourra avoir des missions totalement différentes. Grosso modo, on peut les répartir ainsi :

— des tâches purement administratives, inhérentes à toute organisation,

— des missions de maintien de l'ordre, c'est notamment la raison d'être des Compagnies républicaines de sécurité,

— des missions de police administrative, c'est en fait l'application de tous les textes qui réglementent notre vie de tous les jours,

— une mission de renseignement sur les plans social, économique et politique. C'est la base de l'activité des Renseignements généraux,

— des missions de police judiciaire, c'est-à-dire la poursuite des crimes ou des délits, assurés aussi bien par les policiers de sécurité publique que par ceux de police judiciaire.

L'une des erreurs à ne pas commettre serait de confondre la police judiciaire, service de police, et l'activité de police judiciaire, qui est le fait de l'officier de police judiciaire ou de l'agent de police judiciaire. Le garde-champêtre par exemple est agent de police judiciaire et à ce titre il peut exercer des activités de police judiciaire. Le maire, lui, est officier de police judiciaire dans sa ville et il pourrait s'il voulait exercer également de telles activités. Ils ne sont pas policiers pour autant et n'ont évidemment aucun rapport avec un service de police judiciaire.

La police est donc organisée pour répondre à ces différentes missions, en tenant compte également d'un autre élément très important : la compétence territoriale. La compétence territoriale d'un officier de police judiciaire est déterminée par son lieu d'affectation, par le service auquel il appartient et aussi par l'autorité judiciaire qui l'a habilité. Elle peut être limitée à une ville pour les fonctionnaires d'un commissariat de police, à une région pour un service régional de police judiciaire ou parfois être nationale, comme il est de mise pour les offices centraux.

En se limitant aux services dits « actifs » de la police, on peut dire qu'il existe pratiquement huit directions ou services différents :

— la Direction centrale de la police judiciaire, qui comprend des services centraux, administratifs et actifs, et des services régionaux. Les services actifs parisiens, sections ou offices, possèdent une compétence nationale. Ils sont également les correspondants privilégiés d'INTERPOL,

— la Direction centrale de la sécurité publique, avec sur Paris des services plutôt administratifs qui gèrent et contrôlent les « polices urbaines », c'est-à-dire, en partant de la base : les commissariats ou circonscriptions de police, les districts et les directions départementales des polices urbaines,

— la Direction centrale des renseignements généraux, qui possède des services centraux actifs et des services départementaux très proches des préfets,

— la Direction de la surveillance du territoire, dont l'activité principale se situe sur Paris. C'est le seul service qui n'a pas son équivalence au sein de la préfecture de police. Ses fonctionnaires ont une compétence nationale,

— le Service central de la police de l'air et des frontières,

— le Service des voyages officiels et de la protection des hautes personnalités,

— l'Inspection générale de la police nationale,

— la préfecture de police, dont les services compétents uniquement sur les départements de Paris, des Hauts-de-Seine, du Val-de-Marne et de Seine-Saint-Denis ont un schéma qui reprend les principales directions du ministère de l'Intérieur. La préfecture de police dépend du préfet de police. Depuis quelques années, plusieurs préfets de police ont été nommés en province, mais ce souci de décentralisation, ou plus exactement de « déconcentration », n'a fait que compliquer les choses, en créant un échelon supplémentaire dans une hiérarchie déjà fort embrouillée. Il faut savoir qu'un commissaire, chef de circonscription, c'est-à-dire le commissaire de police de votre ville, a déjà des comptes à rendre, à des degrés divers, à son chef de district, à son directeur départemental, au maire, au préfet du département, au procureur de la République et bien entendu à sa direction centrale. C'est déjà pas mal.

Les différents organigrammes qui suivent peuvent aider le lecteur à mieux comprendre les structures de sa police et principalement celles de la police judiciaire.

Volontairement simplifiés, ils donnent déjà une idée de l'embrouillamini qui règne dans cette administration où la simplicité n'est pas de mise.

Peut-être les gouvernements successifs ont-ils eu peur d'une police trop forte et trop bien structurée et lui ont-ils préféré le compartimentage, la division et une certaine anarchie ?

En tout cas, même si ce n'est pas le but recherché, cette complexité présente avantage et inconvénient. L'avantage, c'est un terrain favorable au développement de la nature humaine et aux aspirations de chaque policier, lesquels peuvent valablement s'épanouir dans la branche qu'ils auront choisie, tant la police est à la fois un métier unique et tant de métiers différents. La contrepartie, tient en cette diversité et en cette multitude de services dont les compétences mal définies se chevauchent, et sont les bases mêmes des multiples rivalités qui naissent entre les hommes, au point parfois de pouvoir parler d'une véritable « guerre des polices ».

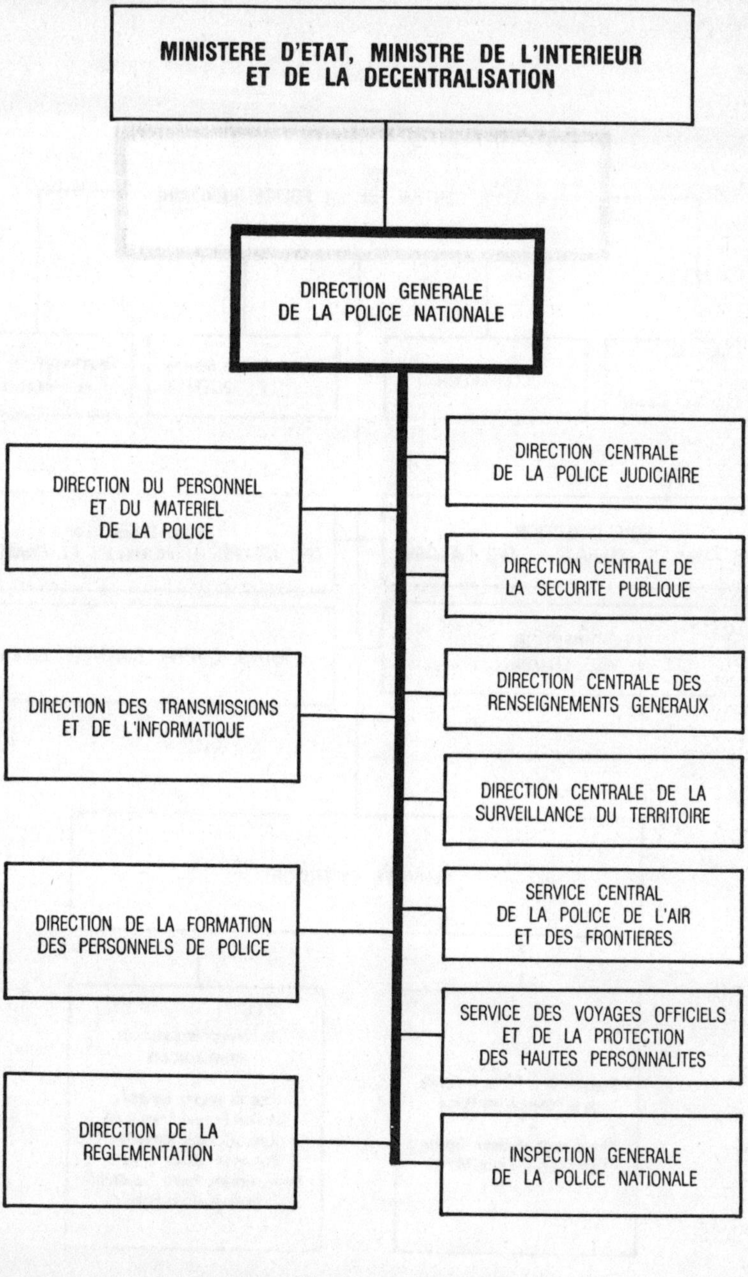
MINISTERE D'ETAT, MINISTRE DE L'INTERIEUR ET DE LA DECENTRALISATION
DIRECTION GENERALE DE LA POLICE NATIONALE
DIRECTION DU PERSONNEL ET DU MATERIEL DE LA POLICE
DIRECTION DES TRANSMISSIONS ET DE L'INFORMATIQUE
DIRECTION DE LA FORMATION DES PERSONNELS DE POLICE
DIRECTION DE LA REGLEMENTATION
DIRECTION CENTRALE DE LA POLICE JUDICIAIRE
DIRECTION CENTRALE DE LA SECURITE PUBLIQUE
DIRECTION CENTRALE DES RENSEIGNEMENTS GENERAUX
DIRECTION CENTRALE DE LA SURVEILLANCE DU TERRITOIRE
SERVICE CENTRAL DE LA POLICE DE L'AIR ET DES FRONTIERES
SERVICE DES VOYAGES OFFICIELS ET DE LA PROTECTION DES HAUTES PERSONNALITES
INSPECTION GENERALE DE LA POLICE NATIONALE

DIRECTION CENTRALE DE LA POLICE JUDICIAIRE

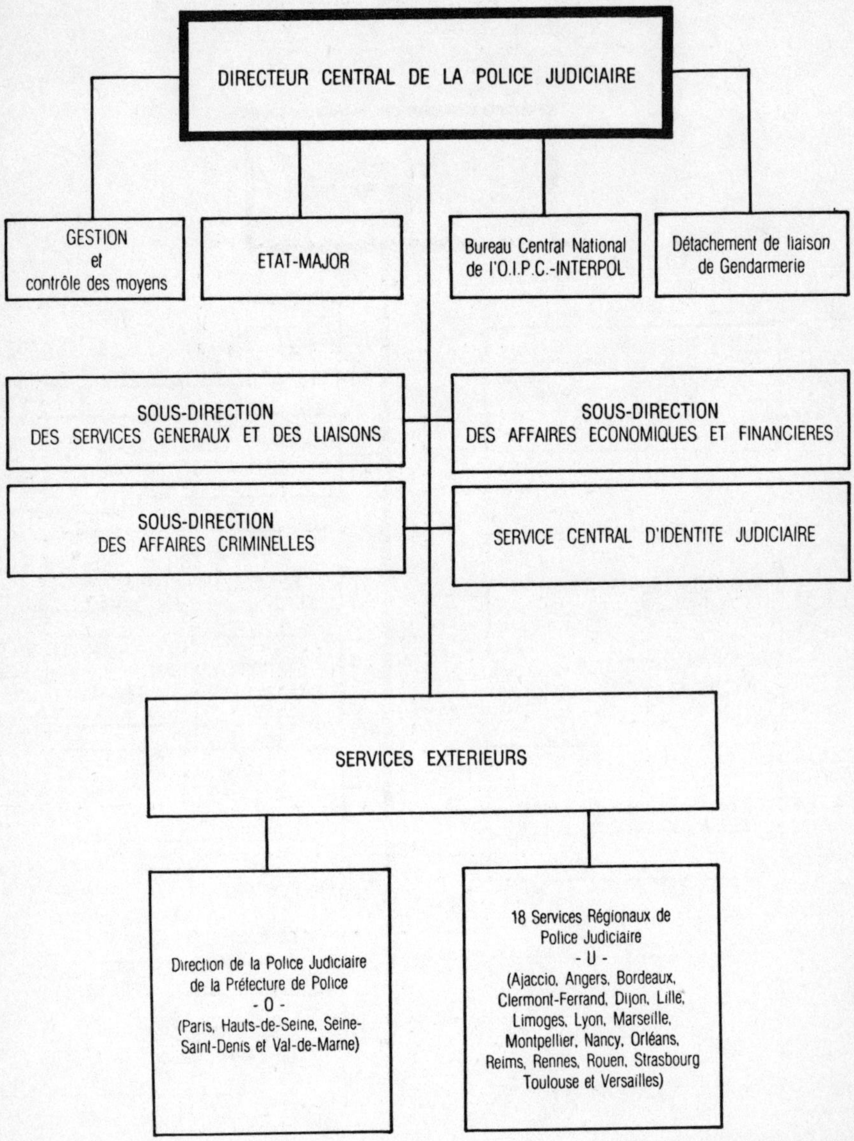

DIRECTION CENTRALE DE LA POLICE JUDICIAIRE

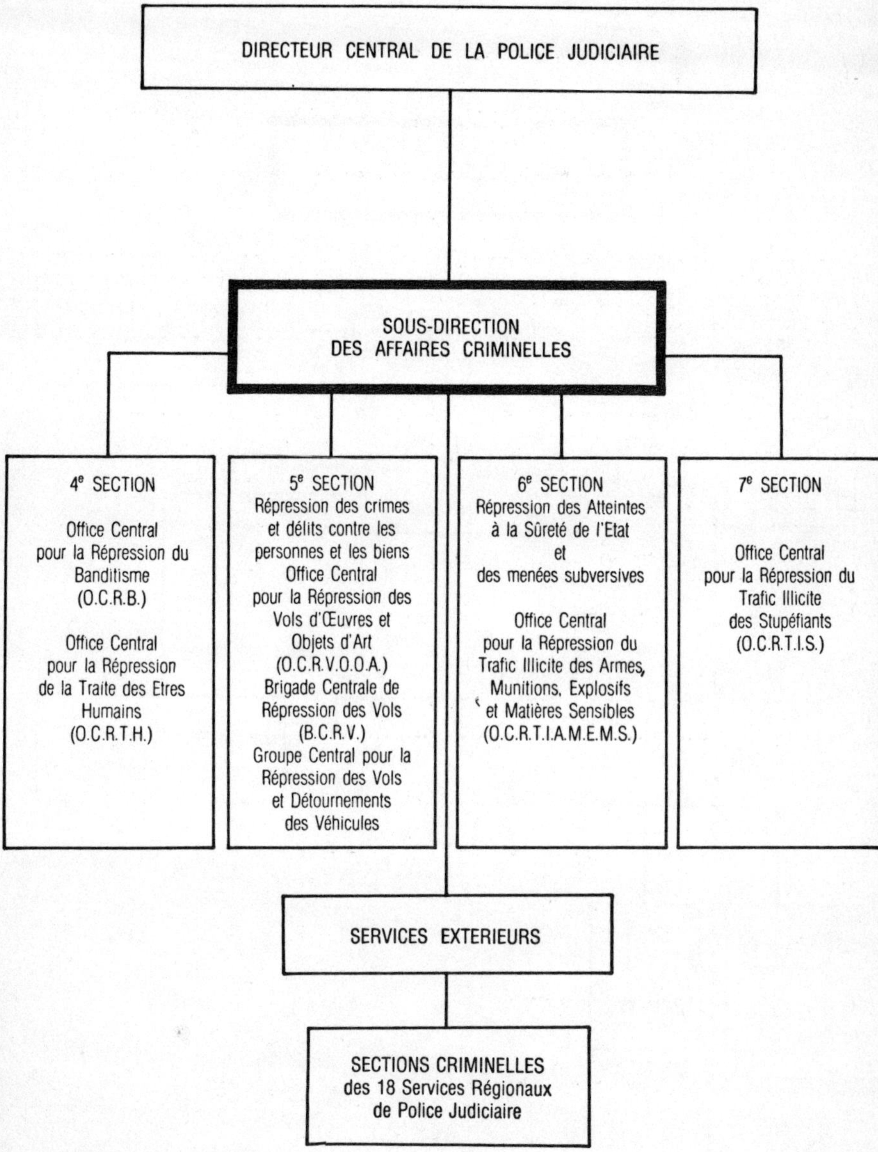

SERVICE REGIONAL DE POLICE JUDICIAIRE

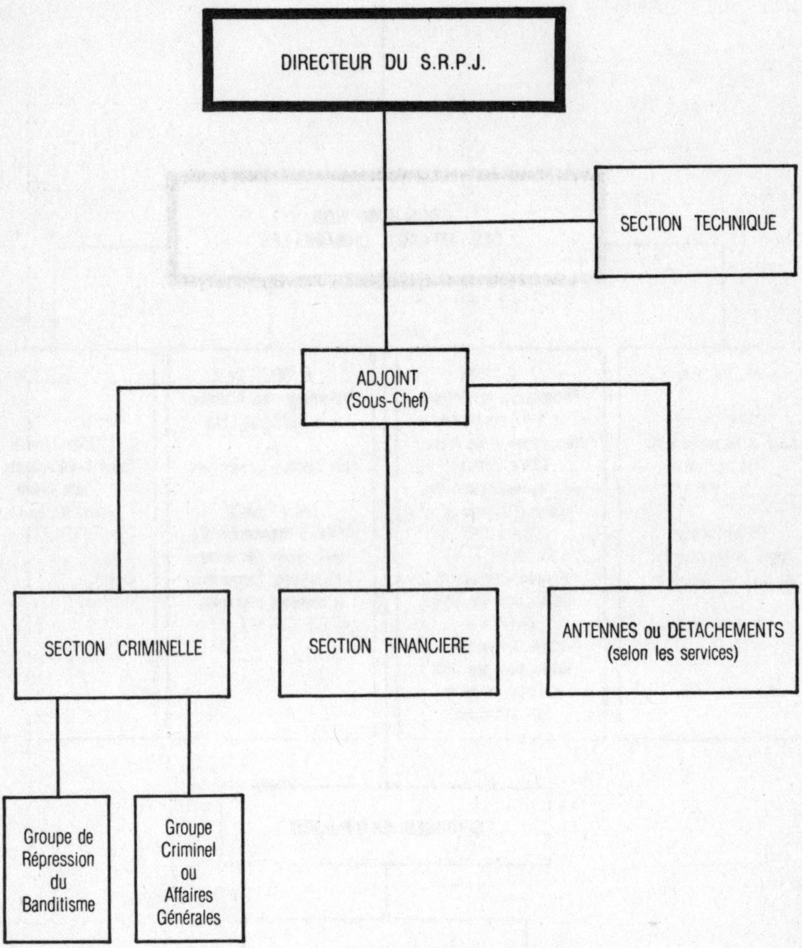

LA PREFECTURE DE POLICE

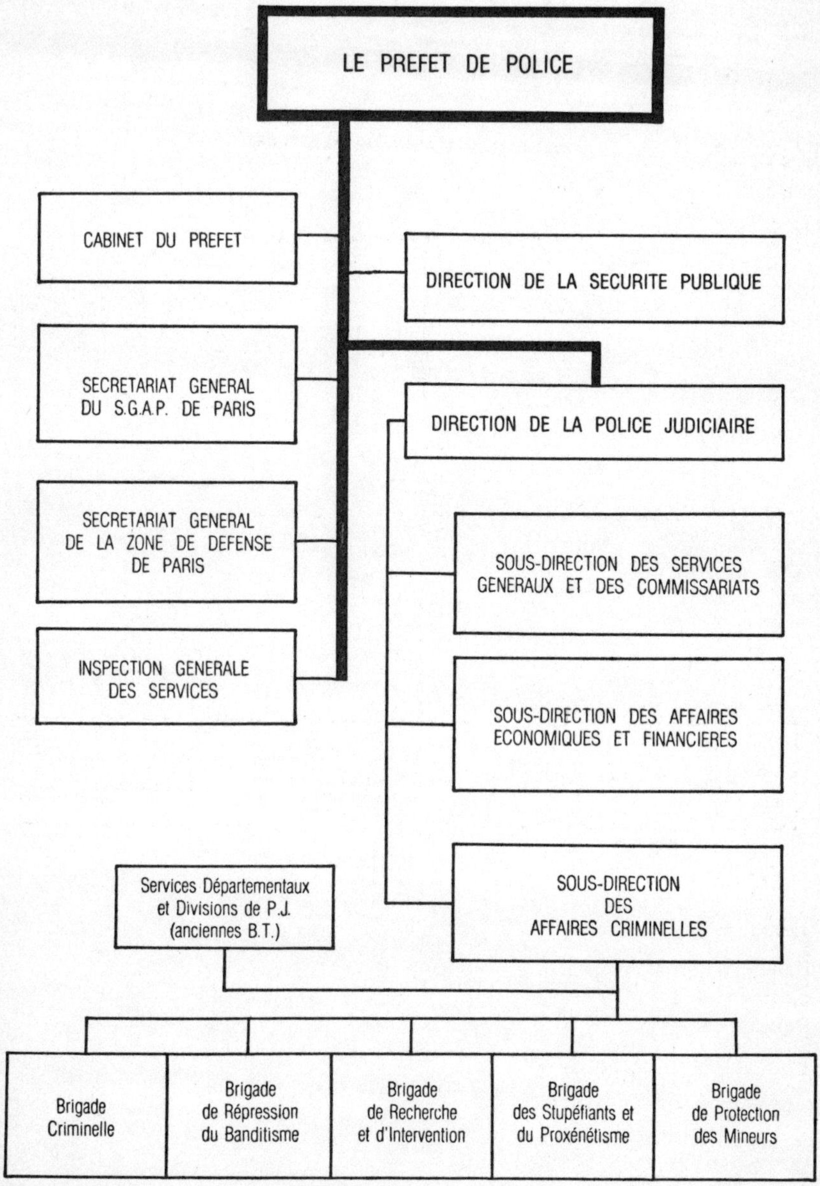

GLOSSAIRE DES PRINCIPAUX SIGLES

B.A.C. Brigade Anti-Commando. Elle n'a pas d'existence réelle mais se mobilise en cas de besoin, notamment pour les prises d'otages. Elle est constituée de membres de la B.R.I. et de personnels volontaires et compétents de la préfecture de police.

B.C. Brigade Criminelle, le service le plus important de la Direction de la police judiciaire parisienne, chargé essentiellement des affaires d'homicides, mais également de toutes les affaires délicates, et notamment des enquêtes judiciaires sur les actions terroristes.

B.C.N. Bureau Central National. Le correspondant de l'O.I.P.C. dans chaque pays affilié à cette organisation.

B.R. Brigade des Recherches de la gendarmerie nationale à compétence judiciaire sur un département.

B.R.B. Brigade de Répression du Banditisme. Brigade centrale de la préfecture de police chargée des enquêtes sur les grandes affaires de banditisme. La B.R.I. est une émanation de la B.R.B.

B.R.I. Brigade de Recherche et d'Intervention, plus connue sous le nom de Brigade anti-gang. Trois services portent ce nom : la B.R.I. de Paris, rattachée à la Direction de la police judiciaire de la préfecture de police, qui a compétence sur les départements de Paris, des Hauts-de-Seine, de Seine-Saint-Denis et du Val-de-Marne. Les B.R.I. de Lyon et de Nice, rattachées aux S.R.P.J. de Lyon, de Marseille et en même temps antennes de l'O.C.R.B., ce qui leur permet d'avoir une compétence nationale.

B.S.P. Brigade des Stupéfiants et du Proxénétisme (l'ancienne brigade mondaine), rattachée à la Direction de la police judiciaire de la préfecture de police.

B.T. Brigade Territoriale de la Préfecture de police.

D.C.P.J. Direction Centrale de la Police Judiciaire au ministère de l'Intérieur. Depuis la réforme de la police et la suppression de la Sûreté nationale le directeur central devrait être le responsable de toute la police judiciaire. Dans la pratique, la Direction de la police judiciaire de la préfecture de police reste autonome et dépend du préfet de police.

D.C.S.P. Direction Centrale de la Sécurité Publique, comprenant deux services centraux importants : les polices urbaines et les C.R.S.

D.S.T. Direction de la Surveillance du Territoire, à la fois service de contre-espionnage et de P.J. en matière d'atteintes à la sûreté de l'Etat. Son organisation est protégée par le label « secret-défense ».

G.C. Groupe Criminel. Le premier a été créé au S.R.P.J. de Versailles, c'est une copie de la Brigade criminelle parisienne. Pour de nombreux S.R.P.J., ce service s'appelle Groupe des Affaires Générales.

G.I.G.N. Groupement d'Intervention de la Gendarmerie Nationale qui est également le pendant de la B.A.C., à cette différence près que ses membres n'ont pas d'autres missions et qu'il a une compétence nationale.

G.I.P.N. Groupement d'Intervention de la Police Nationale, qui est aussi le pendant de la B.A.C. en province. Les G.I.P.N. ne dépendent pas de la P.J., mais du commissariat central de la ville où ils sont implantés.

G.R.B. Groupe de Répression du Banditisme. Chaque S.R.P.J. a le sien, c'était à l'origine la raison d'être des brigades mobiles.

I.G.P.N. Inspection Générale de la Police Judiciaire. « Police des polices » et aussi « cimetière aux éléphants » pour certains commissaires de police.

I.G.S. Inspection Générale des Services. La « police des polices » au niveau parisien. Appelée aussi « bœuf-carotte ».

I.J. Identité Judiciaire. Tous les services de P.J. en possèdent un, composé de spécialistes (photo, recherche d'empreintes, confection de plans, études de balistique, comparaisons graphométriques d'écritures, etc...)

I.M.L. Institut Médico-légal.

INTERPOL Nom courant de l'O.I.P.C. qui est en fait l'abréviation destinée aux transmissions.

P.A.F. Police de l'Air et des Frontières. Service chargé du contrôle et de la surveillance des frontières, trains et aéroports.

P.P. Préfecture de Police (Paris).

O.C.R.B. Office Central pour la Répression du Banditisme, chargé de la lutte contre le grand banditisme au plan national (hold-up, règlements de comptes, extorsions de fonds, enlèvements, rackets).

O.C.R.F.M. Office Central de Répression du Faux-Monnayage, rattaché à la sous-direction des affaires économiques et Financières.

O.C.R.T.E.H. Office Central pour la Répression de la Traite des Etres Humains, chargé du proxénétisme sous toutes ses formes.

O.C.R.T.I.A.M.E.M.S. Office Central pour la Répression du Trafic Illicite des Armes, Munitions, Explosifs et Matières Sensibles, créé en fait pour lutter contre le terrorisme.

O.C.R.T.I.S. Office Central pour la Répression du Trafic Illicite des Stupéfiants.

O.C.R.V.O.O.A. Office Central pour la Répression des Vols d'Œuvres et d'Objets d'Art.

O.I.P.C. Organisation Internationale de Police Criminelle dont le secrétariat général se trouve à Saint-Cloud.

O.P.J. Officier de Police Judiciaire. Les gendarmes et policiers peuvent être O.P.J., sous certaines conditions, et après avoir été habilités par la cour d'appel de leur lieu d'affectation.

Q.H.S. Quartier Haute Sécurité.

R.G. Renseignements Généraux, chargés essentiellement d'enquêtes administratives et de la recherche de renseignements de toutes natures susceptibles d'intéresser le Gouvernement.

S.D.P.J. Service Départemental de Police Judiciaire. Récemment créés en région parisienne, ils sont plus ou moins calqués sur les S.R.P.J.

SECTIONS Services plus ou moins opérationnels de la D.C.P.J. à Paris. Il existe onze sections. Trois sont rattachées à la sous-direction des affaires générales, quatre à la sous-direction des affaires criminelles et les quatre autres à la sous-direction des affaires économiques et financières.

S.R.P.J.(la) Section de Recherche de Police Judiciaire créée par la gendarmerie nationale et calquée sur « le » S.R.P.J.

S.R.P.J. Service Régional de Police Judiciaire. 18 en France, dont la compétence territoriale, en général identique à celle des cours d'appel, couvre plusieurs départements (anciennement appelé brigade mobile).

S.U. Sûreté Urbaine. Service traîtant les enquêtes de P.J. au plan local, dépendant directement du commissariat de police.

V.O. Service des Voyages Officiels et de la Sécurité des Hautes Personnalités.

PETIT LEXIQUE DE L'ARGOT POLICIER

Assettes : Cour d'assises.
Ballon : (Aller au) Aller en prison.
Barjot : Jobart, par extension, fou.
Bastos : Balles.
Batteuse : Machine à écrire.
Bécane : Machine à écrire.
Beep : Emetteur radio produisant un « bip-bip » destiné à être localisé à l'aide d'un radiogoniomètre.
Blanche : Héroïne.
Bignole : Le témoin introuvable sauf dans les romans policiers.
Bœuf-Carotte : La « police des polices ».
Borgnole : Observateur laissé sur une planque en attendant de prendre une décision.
Boulots : Travailleurs.
Bracelets : Menottes.
Braco : Hold-up.
Branché : Etre placé sous écoute.
Braquage : Hold-up.
Braqueur : Celui qui commet un braquage.
Brelica : Calibre en verlan.
Bricar : Brigadier.
Caisse : Voiture.
Calibre : Arme de poing.
Calibré : Etre porteur d'une arme. Egalement « encalibré ».
Car : Commissariat de Police.

Carbonisé : Repéré définitivement sur une surveillance ou lors d'une filature.
Casse : Vol avec effraction.
Casseur : Celui qui vole avec effraction.
Chaleur : (Coup de) Avoir été vu sur une surveillance ou lors d'une filature.
Chandelle : Contre-filature.
Chebran : Etre placé sous écoute : branché en verlan.
Chignole : Voiture.
Chouf : Observateur.
Condé : Flic. Autorisation tacite accordée à un truand en échange d'un service.
Constates : Constatations (acte de procédure).
Construction : Ecoute téléphonique.
C.R. : Commission rogatoire.
Crâne : Arrestation (ex. 3 crânes = 3 arrestations). Très utile pour les statistiques.
Décrocher : Arrêter toutes surveillances.
Défourailler : Ouvrir le feu.
Délit de sale gueule : Interpeller quelqu'un en fonction de son allure ou de son comportement.
Dome : Domicile.
Enfouraillé : Etre armé, porter une arme.
Enlever : Arrêter quelqu'un en douceur, sans l'ébruiter.
Esgourde : Ecoute téléphonique.
Fafs : Papiers d'état-civil.
Faire grimper aux murs : Bousculer beaucoup.
Faux-fafs : Faux papiers d'état-civil.
Filoche : Filature.
Flag : Flagrant délit.
Flicard : Gardien de la paix.
Fumée : Risque d'avoir été vu sur une surveillance ou lors d'une filature.
Gagneuse : Prostituée.
Gnouf : Aller en prison.
Habiller : (sur une affaire) Avoir des preuves irréfutables.
Julot : Proxénète.
Kebour : Képi, policier ou gendarme en uniforme.

Lièvre : Traditionnellement, le porteur de la rançon dans une affaire d'enlèvement.
Loger : Filature jusqu'au domicile afin de trouver l'adresse d'un suspect.
Maton : Gardien de prison.
Mellejus : Jumelles en verlan.
Michetonner : se prostituer occasionnellement.
Mite (une) : Pistolet-mitrailleur.
Mordre : (Se faire) Se faire voir lors d'une surveillance ou d'une filature.
Naimo : Monnaie, argent.
Orion : Ecoute téléphonique.
Orionneur : Celui qui assure une écoute.
Palucher : Prendre les empreintes digitales.
Pandores : Gendarmes.
Patins : Responsabilités (Prendre ses patins).
Péjiste : Spécialiste de la P.J. au sens juridique du terme.
Parquetier : Substitut du procureur de la République.
Perquise : Perquisition.
Pincer : Passer les menottes.
Pinces : Menottes.
Planque : Surveillance discrète.
Preli : Enquête préliminaire.
Proc : Procureur de la République.
Proxo : Proxénète.
P.S. : Car de police-secours.
Queban : Banque en verlan.
Rade : Café.
Redresser : (sur un coup) Identifier formellement.
Retapisser : Se faire voir, être reconnu.
S'allonger : Parler, passer aux aveux.
Saucissonnage : Vol à domicile au cours duquel les victimes sont attachées et parfois torturées.
Sauter : Arrêter, interpeller.
Sauterie : Arrestation.
Serrer : Arrêter, interpeller physiquement.
Sous-marin : Véhicule aménagé pour les surveillances.
Secouer : Bousculer un peu pour obtenir des confidences.
Taper aux fafs : Faire un contrôle d'identité.

Tapissage : Parade d'identification judiciaire, autrement dit présenter un suspect à des témoins, au milieu d'autres personnes étrangères à l'affaire.
Tire : Voiture.
Tomo : Moto en verlan.
Toxico : Toxicomane.
Travelo : Travesti.
Tricard : Interdit de séjour.
Trique : Interdiction de séjour.
Vérif : Vérification.
Zozor : Ecoute téléphonique.

Achevé d'imprimer en avril 1985
sur presse CAMERON
dans les ateliers de la S.E.P.C.
à Saint-Amand-Montrond (Cher)

49-03-0186-01
ISBN 2-86-391-151-1

N° d'édition : 0233. N° d'impression : 683-400.
Dépôt légal : avril 1985.

Imprimé en France.

49-0186-4